U0025677

OVERLORD

16

半森林精靈的神人｜下

OVERLORD [16] The half elf God-kin

丸山くがね 插畫◉so-bin

Kugane Maruyama | illustration by so-bin

Kadokawa Fantastic Novels

目錄 Contents

第四章 在村莊的生活

Chapter 4 | A Life in the Village

1

安茲伴著馬雷，往黑暗精靈的村莊走去。

馬雷穿的並非平常那套女裝，而是換上了安茲帶來的男性服飾。這套跟他借給亞烏菈的那套一樣，內部沒裝電腦數據水晶——未注入魔法力量——純粹只是外裝。

這個世界的物品如果未經魔化，就不會自動調整成使用者的尺寸。但這套服裝是YGGDRASIL的物品，穿在馬雷身上剛剛好。只是防禦能力遠遠不及平常的裝扮，發生戰鬥時必須格外謹慎行事。

起初安茲也想過，或許應該讓他們倆換穿這套以外的服裝。

因為雙胞胎告訴過他，泡泡茶壺除了平常的裝備品之外，還替兩人準備了各種不同的道具。

然而如果問到要前往這次這種地點之際，那些道具當中有沒有哪幾種能用來隱藏身分或實力，很遺憾地，他只能搖頭。這是因為除了平常那套裝備品之外，大半都是給亞烏菈的布偶裝鎧甲，或是馬雷的禮服鎧甲等，以安茲的標準來說會被分類為搞怪裝扮。所以安茲替兩人準備了服裝。

況且這計畫是安茲想出來的。既然如此，計畫所需的物品當然該由安茲來準備。

至於說到三人的外裝是否因此而有著統一外觀，安茲與馬雷的裝扮只有一點與亞烏菈有著大幅差異。

那就是兩人的臉孔下半部都像戴口罩一樣用布蒙著，另外還用布遮住頭部到額頭的部位，可以說眼睛以外全都遮了起來。

抱歉可能會讓馬雷覺得悶熱，但只能請他陪安茲一起喬裝了。

兩人在村莊入口——雖然沒有哪裡能明確稱之為入口——看到了亞烏菈的身影。她會出現並非因為看到安茲他們來了，或是碰巧過來遇到。而是安茲他們事前用「訊息（Message）」聯絡過她，所以她在那裡等他們來。

在亞烏菈背後可以看到她的黑暗精靈信徒們。以日常生活都在樹上度過的精靈族來說挺稀奇的，竟然跟亞烏菈同樣待在地上。雖說離村莊很近，但他們敢站在危險的地面上大概是信任強者（亞烏菈），不然就是想跟他們崇敬的人物待在一起吧。

而在樹上——架在樹木之間的橋上，其他黑暗精靈正在看著安茲他們，跟身邊的人說話。距離太遠聽不到說話內容，但不用想也知道一定是拿安茲等人當話題。

「舅、舅、舅舅！馬雷！」

亞烏菈有點害羞地——用大家都能聽見的音量——揮手呼喚。安茲回以笑容。

安茲有點想說「不用救救舅舅沒關係」，但那樣可能會變成挑亞烏菈的毛病，於是趕緊把話吞回去。

「嗨，亞烏菈！妳舅舅來囉！」

安茲語氣開朗地回答，把揹著的行囊放到腳邊揮了揮手。然後輕輕拍了拍身旁怯生生的少年的背。

「好、好的。」馬雷也小動作揮了揮手。他弱弱地喃喃了一句「姊姊」，但嗓門沒大到能讓那邊聽見。

不過，嗓門的大小不是問題。重要的是告知村民亞烏菈的舅舅與弟弟來了。好吧，其實不用揮手應該也看得出來雙方關係親近，但表現一下總是不吃虧。

也不能說是因為這樣，然而黑暗精靈們即使緊盯他們的一舉一動，看到安茲走向亞烏菈也只是默默旁觀而已。

「呃，那麼，舅、舅舅，我帶您在村子裡到處繞繞。」

看到亞烏菈面露既像為難又像緊張的僵硬笑臉，安茲報以微笑。亞烏菈一反常態的模樣，使他心中湧起「太可愛了」以及「真想摸摸她的頭」之類的溫馨情感——然後急速恢復冷靜。

「——不了。嗯……」

安茲不慎講得有點冷淡，乾咳幾聲之後變回剛才那種開朗的語氣。

「……我得先謝謝這裡的各位對亞烏菈的照顧才行。亞烏菈有借住哪間屋子嗎？」

亞烏菈很快地大大點了個頭。

「那妳可以帶馬雷過去嗎？我晚點再過去。」

「好的，我明……不……嗯，我知道了？」

安茲現在正在扮演亞烏菈的舅舅角色。

附帶一提，關於安茲究竟是泡泡茶壺的哥哥還是弟弟？如果是弟弟，又是佩羅羅奇諾的哥哥還是弟弟？三人事前已經討論過了。最後決定設定成泡泡茶壺與佩羅羅奇諾的弟弟。

亞烏菈必須把這個設定演得夠像，好像還沒摸索到適合的態度，講話動作都慌慌張張的。因為亞烏菈是先被一個人送過來，不知道是時間不夠還是心裡沒打定主意，總之角色似乎塑造得不太順利。

「哈，哈，哈。好了，亞烏菈，帶馬雷過去吧。雖然旅途不算漫長，但還是讓馬雷休息一下吧。」

「好、好的！我明白了！」

也許是在自己心裡做出了某種結論，亞烏菈朝氣十足地喊道。多少也有點自暴自棄的味道。

安茲目送兩人轉身離去的背影一會兒後，視線朝向現場聚集的黑暗精靈們。

人數滿多的。

還沒看到長老們的身影，不過村民的大約一半可能都在這裡了。其中也有幾個小孩。多虧亞烏菈給這村莊帶來的恩惠，從他們身上感覺不到負面情感。只是有些人用品頭論足般的強烈視線對著他，想看看亞烏菈的舅舅有多大本事。

就是亞烏菈的黑暗精靈信徒與他的幾個跟班。

安茲覺得有點奇怪。

雖然後來把亞烏菈的弟弟帶來了，但這個做舅舅的終究是把年紀還小的亞烏菈一個人先送了過來。有正常思維的人會露出這種表情或許不難理解。

因此，如果這些視線來自一般——非亞烏菈信徒——的黑暗精靈們，安茲一定不會覺得詫異。

可是，他們的情況不同。

這幾人都認為優秀的能力與年齡等無關，因此他們應該要認為讓一位能力優秀出色的游擊兵(Ranger)在前面開路是很合理的選擇。

這樣想來——

（——就表示那種眼神具有別的意思。）安茲很快地想了一下，找到了他認為的正確解答。（……我懂了，也許是在懷疑亞烏菈可能被沒用的舅舅當成了下人使喚吧。難怪會用那種眼神看我……嗯——令人心酸的是他們的猜測雖不中，亦不遠矣。我又分心了……差不多該開始了。）

觀眾已經聚集得夠多了。再等下去只是浪費時間，他也不希望觀眾出於好奇的熱烈氣氛漸漸冷卻。

（好久沒做這種工作了……）

安茲覺得有點小緊張。課堂講師或舞台演員是否都習慣這樣受到矚目？他一邊心不在焉地產生這種念頭，一邊發出較為開朗的聲音以符合事先準備好的劇本走向，對著在樹上排排站的黑暗精靈聽眾們說話。

「各位——」

安茲拿掉遮住下半張臉孔的布，露出底下的臉。

然後露出笑容，隨後立刻像剛才那樣遮起臉孔。

「——抱歉。依照我的部族的規矩，男性必須像這樣遮掩面容。如果對這座村莊——部族來說遮臉屬於失禮行為，也只能請各位見諒了。」

聽眾沒有發出不悅的聲音。看來安茲的裝扮被接受了。

這當然是他瞎掰的。

安茲這張臉是戴上橡膠面具後用幻術做出來的，也就是飛飛造型。只是用的是低等級的幻術，倘若一個感覺敏銳的游擊兵來細細端詳說不定會識破，因此他才會這麼做，極力不露臉以免露出馬腳。

但願他們沒厲害到光看眼睛就能識破幻術。

「那麼──很高興有幸認識各位。我家的亞烏菈似乎受各位照顧了……也許亞烏菈已經跟各位說過了，我的名字叫做艾恩．貝爾．菲歐爾。」

安茲報上三個人一起努力想出來的假名。附帶一提，其實幾乎都是另外兩人幫他想的。

「我帶了一點伴手禮聊表心意。可以借一下桌子什麼的嗎？」

突然間，旁邊一棵樹蠢動起來，側面長出一塊大小夠擺所有隨身物品的木板。大概是在場有人施了魔法吧。

「謝謝。」安茲一邊道謝，一邊把放在地上的行囊沉甸甸地擺到桌上。

「不曉得各位會不會喜歡，請大家笑納。」

關於要帶什麼作為伴手禮，可真讓安茲煩惱了老半天。

他想起納薩力克內的森林精靈們津津有味地吃飯的模樣，起初本來想過可以帶調味料──例如鹽巴等。即使是安茲也知道做菜少不了鹽巴。

因此，他一開始本來想帶整塊岩鹽過來，但又想到雖然鹽對人類來說不可或缺，對黑暗精靈來說卻不見得。

就算有需要，黑暗精靈族需要的鹽分也有可能遠遠少於人類。這樣一來，鹽就不那麼可貴了。

事實上，安茲沒看過這座村莊在做菜時加鹽巴——至少就他偷看到的狀況來說。而且也沒看過精靈族製作肉乾之類的，這極有可能是因為有魔法可以用來避免食物腐敗等。

那麼，他們是否把鹽當成一種貴重品省著用？看起來也不像。

只是即使安茲用了「完全不可知化（Perfect Unknowable）」，也沒那多餘工夫去翻人家廚房看看有沒有鹽巴就是。

從這幾點以及不浪費獵物血液的風氣來看，他們也許是像肉食動物那樣從血液當中攝取鹽分。

附帶一提，耶·蘭提爾的領地內沒有大規模的鹽礦場或鹽湖一類，製鹽是學會了生活魔法等魔法吟唱者（Magic Caster）的工作。其他就是從王國或帝國進口，因此，安茲等人占領該地之際曾發生鹽價短暫上漲，不過現在似乎已經恢復正常。

應該說安茲只記得好像在文件上讀到過類似的項目，又好像沒有。雅兒貝德大概已經去處理了吧。

不管怎樣，安茲決定不帶鹽巴來了。

作為替代方案帶來的是——

「這是矮人打造的金屬刀具。各位看是不是很棒？我聽說貴村會用魔法將木頭加工得堅實強硬，但還是不比金屬硬吧？這些刀具是出於鍛造本領特別優秀的矮人之手，換句話說就是上等貨。」

安茲先從袋子裡拿出細長輕薄的小木盒，裡面裝的是菜刀。另外也把箭鏃以及餐刀等一一擺到桌上。

這就像是商品展，目的是讓外幣流入魔導國貿易圈內的矮人國。

當然，就算這個村莊成為顧客，這個一切自給自足的村莊也無錢可付。如此一來就換成這個村莊得想辦法賺取外幣，安茲認為魔導國可以趁機居間斡旋，將這個村莊也納入國內經濟的勢力範圍。

問題是關於這件事，他沒請教過雅兒貝德的看法。

（雖然我這種笨腦袋想出的計畫不會順利到哪去，但反正也沒什麼損失嘛……應該吧？）

所以，就算失敗也不會惹上什麼麻煩。況且他也偷偷期待萬一成功，說不定能提升自己的聲譽。不過所謂不期不待不受傷害，他盡可能不去往那方面想。

（就算他們說不要，也不會有什麼大問題。我只是出於好意帶禮物過來，一句很遺憾你們不喜歡應該就沒事了。不過……看來反應不錯。）

周圍的黑暗精靈們眼睛都在發亮。身為獵人領隊的黑暗精靈第一個向他問道：

「可以讓我看看嗎？」

「請便，請便。拿起來看看吧。」

他來到安茲身邊，一如預料地拿起了箭鏃。很合理的選擇。假如狩獵領班在這時候二話不說就拿起菜刀，才會讓他有點驚訝。

「太精美了。我曾聽說矮人是住在山間的種族，沒想到他們能做出這麼好的東西……這應該是相當貴重的物品吧？我不知道能用什麼東西跟您交換……」

（……哦，跟想像的一樣。）

業務員鈴木悟暗自竊笑。

笑的是顧客的提議正中他的下懷。

據說森林精靈王都在與教國關係惡化之前和人類社會有過貿易關係，部分交易會用到貨幣。不過國內的經濟活動應該不至於擴及這種偏僻村里，森林精靈以外的行商也不會跑來這種地方，因此，基本方式似乎還是以物易物。而且果不其然，像這種「稀奇好貨」似乎很受歡迎。

「……這不是要用來交換什麼東西，是帶來送給各位的。晚點各位可以跟大家隨意分配。」

觸摸箭鏃確認鋒利程度的狩獵領班面有難色。

「不，我們才是受了您的外甥女菲歐拉閣下太多照顧。只收取好處卻不回禮實在有點……」

「不會，不會。這只是一點薄禮，聊表我的善意與感謝，請各位務必收下。不過，談到以物易物……我這邊有以矮人的獨門技術——稱為盧恩的技藝製作而成的魔法道具。」

安茲感覺到狩獵領班眼中蘊藏的光輝變得更強。

「盧恩？您說魔法道具嗎？」

「是的，正是用盧恩製作的魔法道具。這是我個人在使用的物品，但如果您想要，看您用什麼來交換，我可以考慮看看。他們說這東西只是入門款，不過怎麼說也是魔法物品，我不便免費奉送。畢竟我當初也是花了不少錢買的。」

促銷可以吸引買氣。然而做得過頭，也會養出只肯在降價時購買的族群。

矮人他們要這樣做的話無妨，但安茲這樣做不恰當。這時候反其道而行哄抬售價才是正解。話雖如此，這個村莊沒什麼能吸引安茲的東西。不——也許只是安茲不知道，說不定還是有些好東西。

（坦白講，盧恩技術沒做出什麼成果來，也沒聽到幾個人說想要。雖說等於是虧損部門，但現在就喊停也許太操之過急了。要以百年單位的長遠眼光慢慢觀察才行。）

「話雖如此，我想這村莊有著許多像各位這樣的森林祭司（Druid），可能沒太多機會用到這種物品吧。」

安茲邊說邊從懷裡拿出金屬製的棒子。他早就準備好像這樣做展示，拿出來的動作十分流暢。

「這根棒子就只是前端可以點起一小朵火焰。與其說是燈具，用途比較類似打火石的功能。因為只要一鬆手火就會熄滅了。」

幸好沒有引來「就這樣啊」的負面反應，安茲稍微鬆了口氣。

「除了這個之外，我還有幾件道具，晚點再跟大家分享。我想先去那孩子借住的屋子休息一下，恢復旅途勞累。」

在場集合的黑暗精靈們露出諒解的神情。

他們不常離開村莊，但明白自己住在多危險的地方，因此能夠體諒來訪的旅客想恢復疲勞的心情。

「——抱歉在您疲勞的時候留住您。不好意思，最後可以請教您兩個問題嗎？」

「好的，請說。」

名叫什麼洋李的亞烏菈男性信徒提問了。

安茲認真地傾聽。這時要是對答方式出錯，也許會引來他們的敵意。但是，如果能交出他們想要的答案，就能獲得強而有力的幫手。

「首先……我在猜想您是否是森林精靈的混血。」

「喂，這樣很沒禮……」

狩獵領班想打斷他，但安茲輕輕舉手表示無妨。

「沒關係。沒人跟我這樣說過……我看起來像混血嗎？」

「啊，沒有，不是的話就算了。只是覺得看起來有點像。」

「是這樣啊。」

真敏銳。

不是普通的敏銳。

安茲現在這張臉是學他在森林精靈王都看到的森林精靈相貌，然後把膚色變得跟黑暗精靈一樣。安茲覺得自己易容得很完美，馬雷也沒表示過有哪裡奇怪。然而讓純血黑暗精靈來看，這張臉似乎光是眼睛就給他們帶來難以形容的不協調感。

「……我沒聽父母親提過。但您既然會這麼覺得，也許在好幾個世代以前，曾經有個祖先和森林精靈結為夫妻也說不定……另一個問題是？」

「……菲歐拉大人是一位才華洋溢的游擊兵，您身為她的舅舅，也有一樣的才能嗎？」

連面對她的舅舅都要稱呼亞烏菈大人？安茲一邊莫名其妙地佩服起對方的堅定信仰，一邊考慮自己是否也該問對方為什麼尊稱他的外甥女為大人。還是說別問比較好？

安茲說不準哪個才是正確答案。不過，還是先回答對方的問題要緊。

「不，我不像那孩子擁有游擊兵的才能。不過別看我這樣，我認為自己稱得上是一流的魔法師（Wizard）。」

「……魔法師。」

「是，魔法師。」

洋李的視線開始游移。

（啊，我看他不知道什麼是魔法師吧……竟然有人不知道什麼是魔法師？不，魔法師指的是學習知識施展魔法之人。在這種教育制度不夠完善的地方……也許根本不會把魔法師的存在當成知識傳承下去？如果是這樣，好吧，不知道或許也無可厚非？）

雖然很難接受，但也只能從這個角度去理解了。

「呃，就是魔力系魔法吟唱者的意思。」

「魔力系……我懂了，我懂了。那真是太厲害了，不愧是菲歐拉大人的舅舅。」

聽起來的感覺就是雖然聽不懂，但好像很厲害，總之先稱讚再說。不過，有這點程度的反應就夠了。安茲在納薩力克成天被人狂熱捧上天，這種只講表面話的稱讚方式聽了心裡反而舒坦。

「啊——這個，我似乎解釋得不夠清楚。所謂的魔法師就是……像森林祭司一樣會用魔法的一種職業。」

「喔喔！原來如此！那麼您也會生產糧食之類的嗎？」

「咦？啊，抱歉，不會。就我聽說……似乎也有那種類型的魔法師，但很遺憾地，我不會那種魔法。我想我比較擅長破敵型的魔法。」

記得聽說過生活魔法可以生產辛香料或是調味料，也許更高階的魔法師連食材也變得出來。

打從一開始，安茲就不介意別人把他看成無能之輩。事實上，他也認為自己不是什麼大人物，況且對方如果看不起他或譏笑他，還能讓他有機可乘。被評價為無能反而值得暗自竊笑。

但是——作為亞烏菈的舅舅，絕對必須避免被認定為無能之輩。因為安茲現在的立場等於是泡泡茶壺的代理人。

「破敵……原來如此……也就是說您能扮演獵人的角色了？原來如此，果真是菲歐拉大人的親屬。」

不對吧，你這個正職獵人怎麼講這種話？安茲大感困惑。

獵人在這座村莊也許必須負責擊退外敵，但總不可能只負責這一件事吧。真要說的話，從危險的森林把糧食帶回村莊應該才是獵人的本分。如果光是打倒敵人就能算是獵人，這座村莊早就滿是全身穿戴硬邦邦鎧甲的重戰士了。

可是安茲不是獵人，又不明白這座村莊的習俗，由他來指正這點很奇怪，而且也怕對方聽了不高興。

安茲的言行舉止必須盡量不影響亞烏菈與馬雷在這村莊的生活。要是自己一來就破壞了他們的形象，他真不知該怎麼道歉才好。更令他難過的是，亞烏菈一定會真誠地說「不用在意」。

話雖如此，還是把事情解釋清楚，並且做個口頭確認比較好。安茲可不希望日後被人說長道短之際，才發現事情已經搞得很複雜。畢竟在這裡，亞烏菈與馬雷會隨時聽聞到安茲的言行舉止。當安茲犯了低級錯誤時，納薩力克的最高智囊團只會過度解讀一大堆，然後以一句「不愧是大人！」就結束了，孩子們卻很有可能會天真無邪地對他說：「大人剛才為什麼要那樣做？請教教我。」把安茲嚇得心驚膽戰。況且他不想對小孩用上「你得自己動腦思考」那一招。

安茲正在左思右想時，洋李心裡似乎也做出了某種結論，重重點了個頭說：

「哎，真是厲害。了不起！」

有很了不起嗎？安茲再次大感困惑，但他決定當成只要對方覺得好就好。況且仔細想想，目前這個狀況也還不錯，於是安茲開口道：

「我沒有做過獵人的工作，所以沒有自信，不過這座村莊的優秀獵人似乎認同我的能力，讓我心裡踏實多了。」言外之意是有問題你們也得負部分責任。「那孩子最近似乎在村子裡作為獵人大展身手……這事今後就換我來吧。這段期間內，能否讓他們倆在這村子裡玩個幾天？」

洋李露出一副聽到令人震驚的消息的表情。安茲反覆思量自己說過的話，心想：我有講什麼特別奇怪的話嗎？但怎麼想都沒有需要檢討的部分。

「我來到這裡，是想讓那兩個在都市長大的孩子體驗黑暗精靈村的生活，因此如果可以，希望大家能夠教他們一些在都市玩不到……這樣說吧，就是你們村子特有的遊戲。」

「原來如此。都市生活與村莊生活想必有著很大的不同吧。」

狩獵領班帶著理解的態度說道。安茲不知道他做了什麼想像，總之他個人的誤會安茲負不了責任。安茲只有撒一點小謊，沒有扯什麼漫天大謊，之後不管人家來說什麼都多得是藉口可以搪塞。

「——我也可以請教一個問題嗎？」

一個站在橋上、貌似游擊兵的男子開口了。精靈種族整體來說都算是五官端正，這人也不例外，是標準的酷帥型。

「請說，請說。」

安茲一點都不開心，也不想被問問題。但他不能這麼說。

男子略顯遲疑之後向他問道：

「請問菲歐拉閣下已有婚約了嗎？」

安茲差點發出「啥？」一聲，硬是吞了回去。對方拋出的問題完全超乎他的想像。

安茲差點沒嚇得翻白眼，一面心想這傢伙是吃錯了什麼藥才會問出這種怪問題，一面看看其他人，才發現幾乎所有人都跟他一樣吃驚。

（……看來是這傢伙自己在亂問。但話說回來，他有什麼理由需要知道亞烏菈有沒有婚約……？想知道在我們居住的都市有沒有個未婚夫……呵，我也真是的，還能有別的理由嗎？）

安茲很確定自己弄懂了問題的用意。不如說他不認為還能有其他答案。

（他是想替村莊留下亞烏菈的血統吧。記得在孩子們當中有看到男孩。）

安茲飛快地看了一眼孩子們。在他們當中有幾個男孩。

（也許在他們當中有這傢伙的小孩？……黑暗精靈實在太難從外貌判斷年齡了。不過話又說回來，我還真沒想過結婚的事。好吧，如果亞烏菈真的看中了哪個對象，應該無所謂吧？然而作為泡泡茶壺的代理人，身家調查是一定要做的！……啊，我分心了。得快點決定現在是要撒謊還是說真話才行。）

話雖如此，其實想都不用想。說出事實沒有任何壞處，反倒是如果說謊，以後就有圓不完的謊。

「……沒有，目前還沒有論及婚嫁。」

「這樣啊。」

男子似乎略微鬆了口氣。

（……是屬於極力干涉孩子挑選結婚對象的類型嗎？這下糟了。我來這裡是為了讓他們倆交朋友，如果這男的一個勁地送上自己的小孩，妨礙其他小孩跟他們倆相處就麻煩了。得打聽得更詳細點才行……）

「……話說回來……可以請教您的名字嗎？」

男子頓時正色。

「在下名叫藍莓・艾古尼亞。」

安茲也知道有種食物叫做藍莓。如同剛才那名男子叫做洋李，也許黑暗精靈的文化習慣以食物作為人名？早知如此，當初就不該擔心什麼「讓朋友用假名呼喚自己不知道是什麼心情」，替亞烏菈重新取一個假名或許更好。而現在令安茲煩惱的是，不知道他們是用這世界的語言講出水果名稱，安茲聽見的是自動翻譯的結果，抑或是他們報上姓名時也不知道意思——也就是難以判斷這是否為玩家留下的痕跡。

「……原來如此，我會記住的。藍莓．艾古尼亞先生對吧？」

「是的，沒錯。感謝您記住我的名字。」

不懂他在感謝什麼。

安茲正想開口問原因時，黑暗精靈們小聲吵嚷了起來。

安茲立刻就看出了氣氛變化的原因。眼睛往黑暗精靈的視線方向一看，果然如他所料，長老們來了。

四周傳出「怎麼現在才來啊」之類的聲音。

安茲在心中嘆氣。就跟那時候一樣，糟透了。

（……以前有遇過哪家公司會在外人面前說內部的壞話嗎？頂多只會忍不住發發牢騷，壞話應該……沒有過吧？嗯——讓亞烏菈留在這種村子裡真的好嗎？……我應該當作跟小孩子無關嗎？可是……聽到爸媽說別人壞話，小孩子心裡會怎麼想，又會如何表現在行為上？我也不知道……總之我也得多注意日常的言行舉止，可別成為亞烏菈或馬雷的壞榜樣了。）

安茲猜得到之後的事情發展，但不想插手管棘手的閒事。他只想維持自由行動的立場。

既然如此，就得巧妙應對才行。亦即——

（……唯有充分發揮事先演練的成果一途！）

好，放馬過來吧。安茲心中準備好接招時，一名長老不顧周圍的視線開口了：

「與嫩樹菲歐拉小姐同源的人士，歡迎你不辭千里，遠道前來。」

（嫩樹？果然跟我想的一樣。）

安茲在心中得意地竊笑。

這是黑暗精靈特有的表達方式。在這世界上，各種族的語言都會被翻譯成安茲聽得懂的用詞，嫩樹這個名詞卻被保留下來，可見這個說法沒有特殊含意。因為如果是代表少年或少女等特殊含意的用詞，應該會被轉換成安茲能理解的片語。也就是說他們只是固定會在小孩的名字前面加上嫩樹一詞。

對方之所以用黑暗精靈式的表達方式跟安茲說話，很有可能是想藉此推測他——都市的成年黑暗精靈的知識量。

經過亞烏菈的調查——以及安茲的偷聽——他得知這個黑暗精靈村分成兩大勢力，一個是像長老們這樣重視傳統的派系，另一派則是以想脫離這種狀況的青年族群為中心。所以長老們必定是想弄清楚安茲——在都市生活的黑暗精靈屬於哪一派。

（……我比較想維持牆頭草狀態。可是現在要是糊里糊塗講錯話，也許會被強制捲入其中一個派系。假如要選一派加入，為了有助於他們倆交朋友，博得做父母的黑暗精靈們的好感——加入青年派應該比較有利。問題是缺乏根據證明這麼做是對的……打聽到的情報還太少了。目前最好的做法應該是講些似是而非的話，硬拗成我們那邊打招呼的方式矇騙帶過。）

安茲早就想過這個可能性了，他可是有備而來。

「——身為來自同一大地但不同森林之人，感謝在這森林生息者對我們的歡迎。」

安茲沒有多想就胡謅了一些類似的東西。而長老們一聽，很快地眨了幾下眼睛之後

「噢……」輕嘆了一口氣。

這聲嘆息聽起來毫無負面觀感，反而像是抱持著好感接受了這番話。

「麻櫟與青剛櫟都是同等堅硬，生生不息的姿態同樣雄壯，我感到心滿意足。只要夠多的樹木密生，終能化作茂密森林。」

安茲口若懸河地接著這麼說，心滿意足地簡單點個頭。

老實講他也不知道自己在鬼扯什麼。其實安茲講這些根本不經大腦。

安茲心想連他自己都不知道這是在胡說什麼了，對方聽了必定更是感到莫名其妙。沒想到長老們竟也重重頷首，回應他的發言。

一副就是了然於心的態度。

不過長老們的這種反應，身為社會人士的鈴木悟看多了。他有看過這種場面。不，應該說安茲自己就常常這樣，所以非常能夠理解。

（啊，完全就是部下講到一些自己不知道的專業術語或略語的時候，上司會有的那種反應……）

安茲以這番話作為最後致意之後，雙方之間產生短暫的沉默。

「……那真是太好了。那麼我們就此告退，否則對千里跋涉而來的人士冗長地致意，就跟藤蔓伸長一樣了。」

「您說……藤蔓嗎？」

安茲忍不住問了一下。也許黑暗精靈會用這種說法形容講話不可以拖拖拉拉？若是如此，安茲應該會接收到那種語意，但接收到的只有字詞的原意。

長老們不可能沒聽見安茲脫口而出的疑問，卻轉身就走。

（……怎麼搞的？）

事情沒有照他原先演練的發展。

安茲將視線移向帶來的伴手禮。

他本來以為長老們接下來會說「這些禮物就交給我們來分配」之類的。

（咦？……真的就只是致意？怎麼回事？我哪裡出錯了嗎？）

安茲產生一種面試太快結束，想搞清楚是怎麼回事又不行的心情。如果有人參加面試才講兩句話就被面試官問到：「有什麼問題想問嗎？」一定也會有同樣的感受。

假如剛才安茲的對應方式讓對方做出明顯不快的反應，讓他清楚得知是自己搞砸了，就算搞到必須換一個村莊，至少也能當成上了一課。

但剛才完全沒能引發對方的任何反應，導致他連整個致意過程到底是好是壞都不知道。這樣一來，此次的經驗以後就派不上用場了。

安茲偷偷觀察周圍的反應，也沒看到有誰對他略有微詞或是抱持敵意。感覺比較像是他們也跟安茲一樣困惑。

（搞不懂……不過，再想也沒用。視情況而定，也許我等會可以使用「完全不可知化」趁長老們聚集時溜進去，探聽他們對我的反應。）

安茲目送長老們的背影離去，然後假裝忽然想到似的向一旁的村民問道：

「……看來長老們似乎願意接納我們了。我本來還有些事情想跟長老們談談，他們是不是太忙了？」

「咦？呃，應該……是吧？」

村民回得有點慌張曖昧。應該是正在努力思考剛才對話的含意吧。

「有一棵樹是長老們的集會所，等一下我告訴您怎麼走。」

離安茲最近的狩獵領班態度鎮定地幫忙解圍。看他這樣成熟穩重，會被亞烏菈錯當成叔叔也無可厚非。

「說得……也是。我再另找時間拜訪他們好了——那麼我該去找兩個孩子了，能不能請哪位人士為我帶路？」

「我很樂意效勞！」

一旁突然有人大聲自告奮勇，嚇得安茲不存在的心臟漏了一拍。是藍莓。

大概是安茲在跟狩獵領班說話時，就一聲不響地從橋上下來了。

「……可以請您不要突然大聲說話嗎？差點把我嚇出心臟病了。」

「真、真是抱歉……我今後會小心，絕對不會再犯。」

看到藍莓露出一副自己罪該萬死的表情，安茲不便再多說什麼。一方面是自己得表現出一點度量，再來也得讓對方鎮定點，以免他又突然做出反常舉動。

「很高興你能諒解……那麼可以勞煩藍莓先生為我帶路嗎？」

「一點都不麻煩。在我們村子裡您有任何困擾，務必找我幫忙。我定會盡力提供幫助。」

「聽了真讓人放心。」安茲如此說完，就跟著藍莓往前走。只是，事情還沒有結束。還有最重要的一件事要做。

安茲在半路上駐足，視線望向孩子們。然後對他們露出笑容——雖然臉孔大部分都被布遮住了。

這群小孩子包括四個男生與兩個女生，總共六個人。

其中有兩個小孩看起來比亞烏菈與馬雷還小，一男一女。另外有個男生看起來與亞烏菈他們年紀相仿。其餘三人年紀似乎都比他們大。

「嗨，你們好啊。」安茲打聲招呼，走向孩子們。

周圍的大人並未出於戒心阻止安茲。一定是因為安茲至今的態度還算彬彬有禮。

「要請你們多照顧我家的亞烏菈與馬雷了。」

孩子們臉上大大地寫著「咦？」一個字。不能讓話題就此結束，必須再多做個保險。講得明白點，安茲這趟旅行的目的可以說就在這一瞬間。

「我想請你們讓那兩個孩子跟你們一起玩。不過說歸說，你們玩一些需要運動神經的遊戲恐怕贏不過他們。所以我希望你們能找他們玩一些其他遊戲，像是在都市玩不到的遊戲之類。」

關於與長老們的對話，安茲已經在馬雷的幫助下做過了演練。相較之下，與孩子們的對話演練完全是安茲一個人——腦內會議的結果。其中必定含有大量錯誤與疏漏。

在大人面前出錯有可能對今後行事帶來負面影響，因此如果可以，他這些話只想對孩子們講。但是做父母的不見得會讓寶貝孩子在沒有監護人的狀況下跟陌生外鄉佬見面，因此，他只能在這裡把話說完。

安茲伸手從懷裡取出一只皮袋。

然後從袋子裡拿出了拇指尖大小的琥珀色顆粒。

「來，把手伸出來。」

安茲對站在孩子們前面的少年說道。他應該就是村子裡的孩子王了。

安茲一邊注意不要直接碰到黑暗精靈少年的手，一邊讓顆粒落進他的掌心。

這可不是在搞零接觸找零錢那一套。

安茲其實也很想正常給人而不是丟到手心，但他的手是用幻術變的。如果產生肢體接觸，對方可能會發現他的手摸起來不太對勁。

只有這點絕對必須避免。

（嗯——也許我可以砍斷罪犯的手臂，拿皮膚或肌肉做個類似手套的配件。在納薩力克內問問應該有人擅長此道……但會不會排斥碰到人類素材？不過尼羅斯特之類的可能會很高興……）

「呃，這是……」

少年看著掌心裡難以形容的東西問道，安茲對他露出微笑，溫柔地說：

「是糖果，吃起來比水果更甜。啊，不是用咬的，含著就行了。不過……也可能沒有真正好吃的水果那麼甜……」

安茲有些缺乏自信地說。

由於體質的關係，安茲無法品嘗味道，頂多只能試試咬勁。這使得他對糖果的味道沒有自信。他也不是沒吃過原本那個世界的糖果，但是從未吃過的YGGDRASIL產糖果真實化之後有多可口，他實在無從得知。

況且考慮到具有魔法力量的水果等存在，說不定這世界上其實有一些甜食比安茲帶來的糖果更可口，而且黑暗精靈們幾乎天天都在吃。

不過，他有自信這種糖果不會輸給普通水果。

聽說這個世界的品種改良技術不怎麼先進，有些水果不是很容易入口。所以在納薩力克也有人嘗試進行品種改良。

例如副料理長等。

少年戰戰兢兢地，把安茲給他的糖果放進嘴裡。

周圍的孩子們——以及安茲，還有旁觀的成年黑暗精靈們——都在觀察這個不幸又勇敢的少年的反應。

「──好甜！好好吃！這是什麼啊！」

少年睜圓眼睛說出的第一句話讓安茲面露微笑。即使看到少年似乎因為太吃驚而把沾滿口水的糖果從嘴裡拿出來，也依然保持笑容。

（幸好他沒說不好吃……或者是會過敏什麼的……好吧，應該不至於啦……）

「來來來，你們也有。」

安茲如此招呼，把糖果發給每一個孩子。

不只是孩子們，其他人也對糖果投以饞涎的視線，但安茲不予理會。這是給孩子們的賄賂，發給大人沒有意義。重點在於他是拜託這些孩子陪亞烏菈與馬雷玩，才會給他們糖果。

發完糖果後，安茲重新叮嚀一遍。當然他有格外注意語氣，以免讓孩子們覺得受到威脅。

「那就請你們多照顧他們倆了。」

安茲心想該做的事已經做完，於是邁步走去。確定沒有人要叫住他之後──

（呀呵──！）

──他發自內心發出歡呼。

這次的簡報應該稱得上頗為成功。但安茲想想，又繃緊了臉孔──儘管臉部肌肉不會動。

成功與否要等到那幾個孩子來找亞烏菈與馬雷玩之際才能見真章。話雖如此——

（——該做的事都做了。不過……走在前面的藍莓為什麼沒有半點表示？自己的孩子收到禮物，做爸爸的不是該道聲謝嗎？難道說藍莓的孩子不在那幾個孩子之中？村子裡還有其他小孩？傷腦筋，這下我得再努力一下了。）

2

房間裡有三個人。

大長老，樹莓・納瓦。

男長老，桃子・歐維亞。

女長老，草莓・琵夏。

他們的話題只有一個。當然是關於方才來到村莊的旅人，能力優越的游擊兵——亞烏菈的舅舅。

而他們現在感到頭痛不已。

原因是——

「麻櫟……是哪種樹啊？他在那時候提起這種樹，話中究竟隱藏了什麼含意？」

三人一回來就立刻召開會議，聽到桃子皺眉蹙額地這麼問，同樣苦著臉的樹莓回答：

「不知道。但是，誰也不可能當場問個清楚……假如那是他的部族在進行祖靈信仰或祭祀儀式時使用的神聖樹木，我們沒聽過這種樹說不定會被視為一種侮辱。」

「唉。」草莓嘆一口氣之後咕噥：

「因為看他那種態度，好像我們本來就該知道似的。那時候就算撕裂了嘴也不可能說沒聽過。」

「如果種族不同也就算了，但彼此都是黑暗精靈。而且從他們出現的方向來想，很有可能是在我們父母那一輩分支的其他氏族。這麼一來，使用的語言應該相差無幾。從這幾點來思考，那番話恐怕是依照他的部族作風進行的正式致意了。」

「只有看到眼睛不能確定，但相貌看起來像是繼承了森林精靈的血統。那種致意方式也有可能是來自於森林精靈的禮法。」

另外還有一點可證明他與森林精靈之間的關係，就是名字。

黑暗精靈的名字是姓在前，名在後。而森林精靈是先名後姓。從這點來看，他們的命名方式比較偏向森林精靈式。

「……森林精靈的作風或禮法我可就不懂了。你們倆懂嗎？」

兩人都不作答。

首先，他們也不是通曉黑暗精靈的所有民俗傳說。因為部族在遷徙至這座森林時失去了部分口傳知識，而且不知道失去了哪些部分。這才是最令人頭痛的地方。

「總之在他的部族流傳的歷史當中，我們被稱為青剛櫟部族，或者是與此相關的意涵，比方說青剛櫟會分叉生長，所以用來稱呼我們這個分支氏族等。到目前為止，你們倆都能接受吧？」

「從那段話的脈絡來想只可能是這個意思了。不過不只是麻櫟，青剛櫟又是一種什麼樣的樹？有沒有可能是我們所知道的哪種樹的別名？還有他特地用這種樹來稱呼我們，其中帶有什麼樣的含意？」

就常識來想，會選擇這種樹應該具有某種含意。

反過來說，如果沒有任何特殊含意，就亂拿什麼麻櫟或青剛櫟之類的陌生樹木打比方，那才會讓人懷疑他在發什麼神經，因此，只要能夠了解這些樹，就能掌握其中暗藏的含意。問題是就連草木相關知識算得上豐富的他們，聽到麻櫟——更重要的是青剛櫟，也毫無半點印象。

倘若再考慮到不同氏族對樹木可能有不同稱呼，就更是撲朔迷離了。

「嗯——若是能夠直接請教他就好了……」

「能的話早就這麼做了……如果讓他認為我們連這種事情都不知道，那可就糟了。年輕小夥子可能會從他口中聽到這件事。」

他們當然也知道青年集團排斥他們。但他們還是認為等到那些小夥子年紀大了，就會對他們擁有的知識抱持敬意。傳統文化——古老的智慧乍看之下毫無意義，其實常常是其來有自，絕非可以棄如敝屣的東西。況且他們應該也同意知識就是力量。

然而如果現在，長老們被年輕人認定為連正式致意都不會——亦即已然喪失了傳統知識，會有何種後果？這可能會導致世代之間產生比以往更深刻而致命的對立。

所以他們才會這樣抱頭苦思。

「那時從他的眼神當中看不出任何情緒反應，也許真的就只是禮貌性致意……但是面無表情到那種地步，看起來真是怪可怕的。」

「……所以……現在該怎麼辦？我是很想問問他知道黑暗精靈的多少口傳知識……」

「……這麼做風險有點大。就算我們不怕丟臉，請他私底下偷偷告訴我們，也不知道他會不會真的保密。這樣一來……就有可能變成沒被追趕，卻自己跳進荊棘叢裡。」

「說得是。我想最好的方式還是保持距離，敬鬼神而遠之。」

「若是這樣……他的贈禮該如何處理？那是黑暗精靈與森林精靈以外的族群居住地區的

特產，其中必定有幾件奇貨。」

假如三個長老接下分配禮物的工作，對他們確實有一定的好處。

當然根據分配到的那一份，勢必會有人表達不滿或是怪東怪西，這也是一個壞處。但是以大多數情況來說，那種人無論分到什麼都有怨言。可想而知的是部分年輕人光是由長老來分配就構成埋怨的理由了。不過，只要長老們公平分配，其他人自然會給那些愛抱怨的人白眼瞧。

因此，長老們決定如果真的由他們來分配，自己就不拿禮物。

塑造無欲無求的長老形象，應該會比入手稀有物品更有價值。但是——

「——就像我剛才說過的，不用自己往荊棘叢裡跳。我們如果要分配他的贈禮，無論如何都得直接向他道謝。這樣一來，就又得按照正確的禮法來致謝了。」

「……萬一對方很重視禮法，我們有可能被認為粗魯無禮，不然就是以為我們對伴手禮有哪裡不滿意呢。」

假如他認為身為村莊長老當然應該熟悉禮法，結果看到長老們的態度有失禮數，不知道會作何反應？這就是所謂的爬得越高，摔得越重。

再說，收到價值不菲的禮品時，對應方式不能跟收到隨處可見的薄禮一樣。禮數必須要夠周到。

「既然如此，就讓那些年輕人去做吧。幸運的是，他們是第一個碰禮物的人，也應該聽過禮物細節了，直接交給他們去做就好。」

「說得對，我也覺得這樣最好。」

樹莓與草莓都做出了結論，只有桃子神情悶悶不樂。

「這倒無妨，但有沒有必要提醒那些年輕人態度莊重點？我擔心那些輕視傳統習俗的小夥子會有口無心地冒犯到他的部族。」

「嗯──」剛才做出結論的兩人也變得悶悶不樂。

「當初還是應該動用強制力逼大家學習的──不過現在不是說這個的時候。對方畢竟是輕鬆擊退過甲熊王的菲歐拉閣下的舅舅，實力必定不凡。我可不想被這樣的強者盯上。」

「話是這麼說，但我看不管我們說什麼，那幾個笨蛋都不會聽進去的啦。總之就先警告一聲，萬一他們搞砸了，我們也只能出面頂罪……是這樣嗎？坦白講我可不樂意倒這個楣，但誰教我們是長老呢……」

「長老就是得勇於負責……是吧？這也是無可奈何……」

「不過……到底該怎麼做？要問問那位舅舅是出於何種理由才會來探望族人嗎？」

「……假如他說是來學習我們村莊代代相傳的禮法怎麼辦？……坦白講，我真不希望他提到這件事。」

「設宴洗塵還是不可少，是不是？菲歐拉閣下來到這裡時說是要等她舅舅來，所以也沒辦。對於一位為了村莊賣力了好幾天的游擊兵，不設宴洗塵可是村莊之恥呢……而我們如果不參加這場宴會，就已經不是失禮，而是存心給人難看了。」

「……唉。我們要參加宴會，但能不接近他就不接近吧。那位舅爺似乎年紀很輕，年輕小夥子們一定會代替我們接待他的。」

「是呀。那幾個小夥子一定會試著拉攏他的，我們可得感謝他們才行。」

後來又談妥了幾項議題後，樹莓轉過去看著桃子，提出早就想問的一個問題：

「對了，你那時候說就跟藤蔓伸長一樣……是什麼意思？我怎麼沒聽過這種說法？」

草莓的視線也對著他。她大概也覺得納悶吧。那時候不好意思問，現在可以大大方方地問了。

被問到的桃子吞吞吐吐地回答：

「……抱歉。我一時沒多想……就配合他……隨口亂謅了……嗯。」

「唉。」樹莓深深嘆了一口氣。

「……那位舅舅當下的困惑語氣，擺明了就是沒聽過這種說法。」

「怎麼辦啊……假如下次見面時他問我是什麼意思，你們覺得我應該怎麼回答？」

「你問我，我問誰啊……除了現在先想個說得通的解釋以免被他問倒之外，還能怎麼辦……？總不能說只是耍帥隨口亂謅的吧……再說要是那些年輕人因為這樣，以為我們平常的那些口傳知識也是耍帥亂謅就難辦了。」

「我看也只能這樣嘍……下次不要再耍帥亂講話了喔？」

「嗯，是我不好。以後不會了。」

「那就……一起來決定『就跟藤蔓伸長一樣』代表何種含意吧。這樣不管是誰被問到都能答得上來。」

長老們針對會議結束後又冒出來的新議題，再次開始交換意見。

●

長老們抱頭苦思，試著想出還算合理的答案時，另一群人也同樣正在抱頭苦思。

也就是與長老們不和的青年族群。

他們——硬要給個名稱的話就是青年派——之所以與長老們作對，是因為他們的主張與長老們相牴觸。

他們聲明既然要在森林這樣的危險地帶生活，服從能力優越之人才能造福村莊，就算年歲較長，只要能力不如後進就應該讓出席次。

說得明白點，相較於長老們重視傳統文化與口傳知識等，青年派是能力至上主義。因此，假如長老們論純粹能力——以這個情況來說就是魔法或戰鬥能力等肉眼可見的部分——出類拔萃，青年派也會唯命是從。但很遺憾地，長老們沒有那麼強大的實力。像這樣的人遇到事情動不動就要插嘴，只會讓他們煩不勝煩。

即使如此，雙方之間還是沒有完全撕破臉，是因為這村莊裡他們特別尊敬佩服的四人——狩獵領班、藍莓·艾古尼亞、藥師領班與祭祀領班——都不希望與長老們為敵。

然而就在最近，事情發生了爭議。

因為亞烏菈的存在引發了風波。

亞烏菈是一位才勇兼優的游擊兵。美中不足的是她只是一名旅人，但亞烏菈的發言對他們來說仍然極有分量。與村子裡至今德高望重的四人同等，甚至在他們之上。

也因為如此，他們亟欲了解亞烏菈的想法。

附帶一提，青年派當中意見最偏激的幾人就是虔信亞烏菈的黑暗精靈。

「那麼你們覺得會怎麼處理？」

一名年輕人視線定住不動，向眾人問道。

他的視線盯著亞烏菈的舅舅帶來的伴手禮。由於沒有人自願做分配工作，這些物品目前先被搬到村子裡作為公共倉庫使用的森林精靈樹裡來。

「不知道會由誰來分配，長老們嗎？」

假如按照平常的習慣就會是如此。那些長老總是愛在這種時候強出頭，因此換作是平常的話，青年派當中都會有人表示應該由他們搶先分配。但是這次沒有任何人提意見。豈止如此──

「──那樣或許也沒什麼不好。」

甚至還有人提出這種意見。

說到底，還是與他們尊敬不已的亞烏菈有關。

亞烏菈來到村莊時，言行舉止並沒有用上她自己的部族代代相傳的禮法。青年族群向來認為繁文縟節在森林以外的地區早已式微，或是有能力的人不會去在意那些，看到這個狀況更是覺得他們的想法獲得了證實。

然而亞烏菈的舅舅──艾恩．貝爾．菲歐爾的登場，使得這種想法變得有待商榷。

他們聽不懂亞烏菈的黑暗精靈舅舅──似乎混入了些許森林精靈血統──致意的內容。對方不可能在那種時候亂講些廢話，因此那套致意無庸置疑地一定是遵循了長老們所說的禮法。

一個是先到但沒有表現出那種舉動的亞烏菈，一個是後到並重視禮儀的舅舅。

兩者之間的差異從何而來？

大家只是沒有說出口，其實都已經推論出了答案。

差在一個是小孩，一個是大人。

那位舅舅提出了請求，希望能讓那兩人在村子裡玩耍。換言之，他把實力那般強大的亞烏菈純粹只當成小孩。

沒錯，在森林這種嚴苛環境求生存，小孩子首先該學的確實不是禮節。比起這個，必須教會他們更多重要的事情——與求生相關的事情。

太離譜了。

因此，小孩子完全不懂禮法也無可厚非，長老們也從未試著嚴格教導小孩子禮儀規矩。

基於這幾點來想，問題在於亞烏菈的舅舅為何在長老現身之前沒有表現出重視禮儀的態度？

難道不是因為在亞烏菈的舅舅看來，現場聚集的所有人都跟亞烏菈一樣是小孩嗎？不只是青年派成員，在場所有人都沒對舅舅行正式禮儀。面對這種不懂禮數的小孩，成年人會做出何種行動？

當然不可能由成年人主動按照禮法向小孩致意了。任何人都會從兒童的角度來跟兒童相處。

原來他們至今不屑一顧、認為沒有意義的禮儀，其實是有意義的。那是用來向對方表示敬意的象徵性舉動，那位舅舅只對長老們這麼做。

這就是答案。

「如果我們被那位舅舅當成空有大人外表的小孩，卻擅自分配伴手禮，他有可能會以為這座村莊是由小孩子當家作主——不然就是不懂禮數的蠻族村落。」

「他或許不會只因為不懂問候禮節就把我們當成小孩……但也不是沒這個可能。如果真的發生那種狀況，當他回到都市時，搞不好會跟其他人說森林裡的黑暗精靈村都是些幼稚的傢伙在當老大。」

「……那真是讓人氣不過。」

「是啊，我也這麼覺得。我們村莊如果被外人取笑，那實在是有點——不，是相當令人不愉快。」

「……對方之所以沒有遵守禮法向我們致意，八成是因為他看我們就只有這點程度吧。」

「是啊，假如我們當時的應對方式符合禮法，菲歐爾閣下的態度可能就不一樣了。」

的確，他們多少也覺得自己好像被坑了。只是，對方那麼做不見得有惡意。應該說對方抱持著惡意與他們接觸，能得到什麼好處？雖然說也有些微的可能性是他天生就個性惡毒。

「……總覺得不太能接受。但看來也只能交給按照禮法致過意的長老們來處理了。」

對方似乎是按照禮儀規範向長老們致意，所以長老們應該也表現出了合乎禮節的態度。目前可以認為那位舅舅對長老們抱持著比較高的敬意。讓那些長老來分配伴手禮，那位舅舅就不會覺得奇怪了。

「也是。只要我們什麼都別做，長老們就會自己去分配了。其他事情……只能拜託當時沒到場的藥師領班與祭祀領班了……你們覺得呢？」

「他們倆……特別是藥師領班絕對不會願意吧。」

藥師領班屬於懶得做這種事情的類型，祭祀領班則是都會建議交給長老們處理。

「……好，結論出來了。總之我們已經把上面吩咐的事情做好了，趕快離開這裡吧。」

「嗯，就這麼辦。然後就是……我們是不是該跟長老們學一下最基本的禮法比較好？」

幾名年輕人都把反感寫在臉上。

因為他們向來都說禮儀規範是無用之物，拒絕學習。可是，假如來自遠方的強者客人對他們再次表現得合乎禮法，他們可不願意二度被當成小孩。

只是，他們也不想在這種時候向長老們低頭。

心情複雜的幾名年輕人，發自內心深處長嘆一口氣。

「再說……之前提過等菲歐爾閣下以及弟弟閣下到來後要為他們設宴洗塵……現在怎麼辦？宴會一定也有一套禮儀規矩吧。要是失了禮數可是會丟人現眼的。」

「我是覺得宴會的話還好……但也不能讓對方把我們村子看成無禮小孩的聚落。宴會就交給長老們去辦吧。」

「就這麼辦。我是很不想承認……但那些長老一定能把這方面的事情處理妥當吧。」

●

就在長老們與青年族群各自為了今後的事情抱頭苦思時，還有一群人比他們更煩惱。

就是那六個小孩。

他們集合起來圍成圈圈，其中最煩惱的就是第一個收到安茲糖果的——換言之就是被安茲直接拜託照顧亞烏菈的那個小孩。

來自遠方陌生都市的少女，的確讓孩子們產生了強烈的好奇心。他們現在還是對亞烏菈很有興趣，想跟她做好朋友，也想找機會跟她一起玩。但他們始終只是遠遠旁觀而絕對不靠近她，是有原因的。

因為雙方活在不同的世界。

本領優於村子裡頂尖獵人的少女，即使從年齡而論跟他們相仿，身分立場上仍然有著天地之別。誰也不敢輕易接近這樣的人物找她講話。

看到自己尊敬不已的知名偉人，一般來說就連上前攀談都需要勇氣。

可是，他們現在非這麼做不可。

「怎麼辦啊……要玩什麼才好啊……有什麼遊戲不用比運動神經的啊……意思就是爬樹之類需要活動身體的遊戲除外，對吧……哪有那種遊戲啊……」

黑暗精靈小孩之所以有意願找亞烏菈玩，一方面是因為收下了糖果，但最主要還是因為他們也想跟亞烏菈一起玩。就某種意味而論，安茲的提議可說來得正是時候。

「玩躲葉葉怎麼樣？」

躲葉葉就是其他種族的捉迷藏。

「今天來的那個男生是怎樣不知道，但那個女生可是超強游擊兵耶？一瞬間就會被發現了啦，根本玩不起來。」

「被發現也不會怎樣啊，玩遊戲又不是一定要爭輸贏。」

「笨耶。請她陪我們玩，跟大家一起玩是兩碼子事，懂不懂啊？」

聽到這番話，其他小孩開始「噗咻～」吹起口哨。

「小庫好帥～」

「厲害喔～」

「哎喲，大家都知道的事就不用說了啦。」

小庫──全名是甜橙．庫納斯。這個第一個收到安茲給糖的小孩一面露出有些得意的笑臉，一面搖搖兩隻手請大家稍安勿躁。

「好啦，現在先別管我帥呆了的事實，大家有沒有想到什麼……就是……不用比運動神經的遊戲？」

「爬樹……也是要比運動神經呢……」

當孩子們陷入沉思時，一個年紀比較大的女孩說：

「既然這樣，讓他們教我們在都市玩的遊戲不就好了？」

庫納斯很故意地「唉」嘆一口氣，然後簡短地回答：

「笨耶。」

「幹嘛說我笨啊！」

「──妳生什麼氣啊，回想一下那個叔叔說過的話就知道啦。人家不是說了，要我們跟他們玩在都市玩不到、我們村子特有的遊戲嗎？這麼快就忘啦？」

「……他有說過嗎？」

「有啦。所以得玩一些在都市玩不到的……遊戲才行呢。應該說他們在都市都玩些什麼啊？也許我們應該先去問問看再說？」
「村莊特有的……還是說去森林裡好了？」
「不行！」聽到有人這樣提議，庫納斯臉一沉說道。「你們應該都知道阿恩後來的下場吧！」
所有人都沉默了。提議的那個小孩更是臉色發青。
即使村莊裡還算安全，村莊周圍卻不是如此。小孩子自己跑去森林裡玩，遲早會遇到危險。對，一兩次或許還不會怎樣。可是，這種幸運不會永遠持續下去。最後就會有小孩回不來。而且大人也不會為此想什麼對策。
甚至連找人監督孩子們，或是在身上綁條長繩之類的單純措施都不做。
他們認為就算有小孩不聽大人的話，害自己陷入危險而回不來，那也是必要的犧牲。認為如果一個小孩喪命，能夠讓其他小孩學會森林的危險性，就不算是太大的損失。
也認為比起這樣，長大成人了都還不知道森林的危險性才叫真正可怕。
事實上，村子裡沒有一個大人小時候沒有朋友在森林裡喪命。正因為如此，村民才會對森林戒慎恐懼，日子才能過得下去。在這座森林裡生活就是這麼回事。
「我知道你覺得那個女生是高手游擊兵，比大人陪我們一起去更安全。可是，以我們幾個來說還是有危險。艾爾斯——」庫納斯指著年紀最小的男生。「——跟我相比，體力什麼的都差很多，對吧？至少得等你學會爬樹什麼的才行。」

「那不然要玩什麼？」

結果還是回到這個問題。

「我看還是得去問問他們倆，在都市都玩些什麼才行了。」

「話又說回來，都市到底是個什麼樣的地方啊？我猜一定比這裡有著更多的樹吧？是不是有很多很多獵物，才會讓那個女生變成那麼厲害的游擊兵啊？」

孩子們你看我，我看你，然後自然而然地盯著庫納斯瞧。

庫納斯神氣活現地回答了：

「我有聽跟那個女生一起打過獵的大人說過。」

「真不愧是小庫，超強～」

「小庫真的好厲害喔。」

「嘿嘿嘿……聽說所謂的都市啊，不只有黑暗精靈，還有各種種族的很多人住在那裡喔。然後據說好像都沒有樹，但是蓋了很多用磚頭還有叫做什麼灰泥的土做成的房子哩。」

「用土做成……是不是就像蕈蟻人他們那樣？」

有人講出居住在這座森林的種族之名。

蕈蟻人雖也是雜食性，但不會吃有智慧的生物，與黑暗精靈保持距離，即使在森林裡遇到也會各自沉默地走遠。

據說他們的住處，呈現宛如泥土箱子般的形狀。

孩子們想像一片草原上林立著許多這樣的箱子，歪著頭覺得好難理解。

「嗚哇，他們好像是來自一個很不得了的地方耶……」

「有點想聽聽他們在都市過著怎樣的生活……」

「可是我說啊，如果一問之下發現原本要玩的遊戲在都市也有人玩，我們能準備的遊戲不就變少了？那就表示我們得準備好幾種遊戲才行耶。」

「啊──」

所有人再次陷入沉思。

真是個難題。

「可不可以玩扮家家酒？」

年紀最小的女生輕聲說道。

三個年紀較大的男生表情顯得有點不樂意。大概是覺得他們已經過了那個年紀了吧。不過──只有庫納斯轉念一想，表情像是在說「這點子不錯」。

「這個遊戲的確是不用比運動神經。不，應該說就是它了！」

「可是這又不是只能在森林裡玩的遊戲，在哪都能玩好不好！」

「只要玩村莊特有的扮家家酒就行啦。」

村莊特有的扮家家酒。

那是哪種扮家家酒啊？除了發言的庫納斯之外，似乎沒有一個人懂。

「況且我說啊，後來才來的那個男生看起來不是很會運動，我覺得玩扮家家酒或許還不賴。那個年紀的小孩還有在玩扮家家酒吧？」

「才沒有呢——」

一個年紀與亞烏菈他們相仿的男生說完，「才怪——」其他小孩紛紛回嘴。

「我明明看到你一個人在玩扮家家酒。」

「那不是扮家家酒！是在扮黑暗精靈的英雄啦！」

孩子們的話題，就這樣轉到黑暗精靈英雄遊戲與扮家家酒的差異上。

●

安茲讓藍莓幫忙帶路，來到了一棵森林精靈樹前。當然，安茲早就知道亞烏菈在這裡借住了，所以其實並不需要帶路。但安茲假裝自己是今天第一次來，因此也不能表現得好像知道地點。

兩人不在外面，看來是先進屋了。

「謝謝您為我帶路。」

不知道是什麼事情放在心裡，藍莓好像探頭看了一下兩人待著的森林精靈樹，發出顯得有點遺憾的聲音。

「很高興能幫上您的忙，其他還有什麼事情都儘管說。要不要我替您把行李搬進屋子裡？」

「不、不用，怎麼好意思讓您幫這麼多忙？不用麻煩了。」

「這樣啊。有任何事情都可以吩咐我喔？」

不知道為什麼，這人一直逼近過來。

人與人相處要考慮到所謂的人際距離。也許黑暗精靈之間在這方面比普通人類更親密。仔細想想，在像這座村莊這種周圍有魔物出沒的危險地帶生活，也就代表必須互相幫助才能生存。這點說不定就反映在人際距離的親密上。話雖如此，安茲實在沒什麼事需要拜託他。

「不，是真的沒事了。您帶我過來就已經幫了很大的忙了。」

「這樣啊……那麼請您替我向菲……亞、亞烏菈小姐問好。」

（……為什麼只跟亞烏菈問好？……啊！我懂了！）安茲想到了答案。（……糟糕，我忘記跟大家介紹馬雷了。雖然亞烏菈有叫他的名字，但只有那樣也太隨便了。）

只是，跟成年人介紹馬雷沒什麼好處。只要讓孩子們認識馬雷就夠了，這方面就交給亞烏菈去做吧。

「好的，我會跟她說一聲。」

目送頻頻回首的藍莓離去後，安茲走進森林精靈樹一看，果不其然地，兩人正在裡面等他。

「辛苦……」安茲講到一半頓時停住，修正對他們說的話。「不，讓你們倆久等了。」

「那麼容我立刻進入主題，請問大人接下來有何——」

「——等等。過度恭敬的講話方式就免了吧。我很清楚憑著亞烏菈妳這個游擊兵的耳朵，這村子裡的任何一個黑暗精靈接近這裡，妳都不會聽漏來者的腳步聲，因此我也知道現在在這裡很安全，用任何口氣講話都沒有問題。但是，所謂的演技必須從日常生活培養起，否則隨時可能因為一點小事而穿幫——待在這村子裡的期間，我就是亞烏菈的舅舅。妳不用跟我講敬語。」

「嗚嗚……」亞烏菈發出呻吟。然後她瞥了一眼身旁的馬雷，視線稍微下降，接著抬眼看著安茲問道：

「呃，舅舅，請問接下來要怎麼做？」

身旁的馬雷也不住點頭，表示他也想問這個問題。

「Good，做得好……不，我作為亞烏菈的舅舅也不能再這樣講話了。要像剛才那種口氣……不錯喔，亞烏菈。就像這樣嗎？」

亞烏菈露出了既像苦笑，又像為難，也可以說像是害羞的表情。確定她的意思不是「不行」之後——雖然就算她說不行，安茲仍然打算採取比平時更親密的態度——安茲告訴二人：

「——言歸正傳……不，我是說……再來嘛，這樣？總之就按照當初的預定計畫，我仍然有意……說成『還是想』比較好嗎？想在這村子最長待個一星期。我不知道狀況會發生什麼變化，或是已經有了變化，所以不敢斷定，總之目前是打算放鬆個幾天，四處打聽情報。」

「啊，呃……那個，舅舅。您說打聽情報，請問是什麼樣的情報呢？」

「Good，馬雷。講得不錯喔。」

雖然感覺講話方式跟平常也沒差多少，但總之先稱讚再說。安茲飛快地看一眼馬雷害羞的神情，然後開始解釋。來到這裡的路上馬雷已經問過相同問題，不過那時安茲說等跟亞烏菈會合後再解釋，藉此拖延時間。

多虧於此，他已經準備好合理的藉口了。

「全部都要，我要知道這個黑暗精靈村的一切。這是因為今後也許我會需要你們倆扮演普通的黑暗精靈出外辦事，你們說是吧？好吧，也或許不會有這個機會。只是，如果那種機會真的來臨，你們要是不知道黑暗精靈的常識，行動時很有可能會引起他人疑心，因此，我想及早為將來做準備，讓你們在這座村莊盡可能多接觸黑暗精靈的常識。」

這個藉口應該還算不錯。然後接下來才是重點。

「特別是也許我會需要你們倆假扮一般的黑暗精靈小孩，所以你們就去跟那些小孩子玩玩看吧。當然！這可不是命令喔。你們如果有其他更好的方法，就去做沒關係。」

從想讓兩人交到朋友的計畫來看，最多只能這樣指示了。如果再作進一步指示就會變成命令，可是不多做點指示，兩人又有可能不理會那些小孩。

只是令安茲意外的是，兩人露出了有些不解的表情。

（咦？為什麼？……我演練了那麼多遍才想好這個計畫，還以為很完美的說，難道是有哪裡遺漏了？）

「那請問……呃，我是說……不用打聽教國的情報了嗎？」

聽到亞烏菈的疑問，這次換安茲不禁露出不解的表情。不過說歸說，幻影假臉依然文風不動就是了。

怎麼會扯到教國的情報去？安茲心中大惑不解。

他明明在納薩力克說過，來這裡是為了放有薪假。他也記得他說過這麼做同時具有測試用意，看看納薩力克少了安茲、亞烏菈或馬雷等菁英分子還能不能照常運作。但是──

（──我應該沒提到過教國吧？等等，在迷惑那個森林精靈時，他們也建議我問教國的事情……到底為什麼？啊，我懂了！也許是因為納薩力克有當過奴隸的森林精靈，他們是近親種族，所以會擔心嗎？畢竟這兩人的正義值沒雅兒貝德或迪米烏哥斯那麼低嘛。）

至於兩人在王國做過的事就先忽視吧。

更何況這兩人疑似抱持的親近感說不定對象只限森林精靈與黑暗精靈，搞不好他們單純就是討厭人類。

「嗯，也是。就麻煩你們順便問問教國的情報吧。」

「是！屬下明白了！──咦？嗯，我們知道了……？」

安茲對看來還不太習慣的亞烏菈笑笑，拉開行囊的袋口。

「好，那麼既然最長要待到一星期，就來慢慢整理隨身物品吧。」

安茲他們帶了矮人製作的餐具等不少東西過來。雖然弄得大包小包的，但這是為了引起黑暗精靈們的興趣。就跟剛才的伴手禮一樣。所以東西也不能亂擺，必須布置得具有足夠吸引力。

換言之就是要打造一間樣品屋。

對自己的藝術天分毫無自信的安茲正跟雙胞胎分工合作裝飾樹木時，亞烏菈停下手邊的工作說：

「舅舅，有六個腳步聲往這邊一直線過來。沒有要消除氣息接近的跡象。從重量來判斷，應該是小孩子吧？」

「哦？」安茲也停下手邊工作，把視線轉向門口。真沒想到他們今天就來了。安茲在心中對孩子們道謝時，收過安茲糖果的男孩從門口探頭進來。

在別人家外面探頭探腦，一般來說會被認為欠缺教養，然而在這座村莊裡似乎是正常行為。

「嗨，你們是來找亞烏菈與馬雷玩的嗎？」

「呃，啊，對，是的。」

可能是看到屋裡的陳設有點吃驚，男孩怯生生地回答，安茲對他破顏而笑。

「這樣啊，這樣啊。我正等著你們呢。好了，你們倆去跟這幾個孩子玩吧。」

「咦？那、那個，舅舅，可是，這個，房間還沒有收拾好……」

「沒關係的，馬雷，剩下的舅舅來就好。放心交給你舅舅吧！噢，不過你舅舅對自己的藝術天分沒什麼自信，你們之後如果有哪裡想要更動，我都聽你們的！」

看到安茲哈哈大笑，亞烏菈與馬雷顯得一臉驚訝。

平時的安茲的確是不會「哈哈哈」地放聲大笑，所以也不是不能理解他們的心情。安茲擔心角色可能塑造得太刻意了，不過反正之後如果問起來，只要堅稱是在演戲就好。

「——既然舅舅好意……好吧！我們馬上過去，你們等一下！那麼，馬雷，我們走吧。」

「呃，嗯。」

雙胞胎離開後，安茲臉上浮現十分滿足的笑意。

（為了感謝那些孩子來找他們玩，真想給他們更多糖果！不，等等……？如果他們倆得知孩子們是為了要糖才來找他們玩，不知道他們會作何反應？說不定會大受打擊。）

坦白講，安茲不認為他們倆有那麼玻璃心，只是——

（——畢竟我不是茶壺桑，他們倆的事情我不是全都了解。既然如此，我看還是應該假設他們會受到打擊再展開行動。反正也沒必要冒險。要是因為這樣害他們留下心理創傷說再也不交朋友，我可就沒臉見茶壺桑了。不過，不知道他們倆會去玩什麼遊戲？）

安茲瞇起眼睛，懷念從前的時光。

懷念鈴木悟光輝燦爛的時代，想起聚集在ＹＧＧＤＲＡＳＩＬ這款遊戲的四十人——以及另一人的身影。

聚集在那裡的同伴們——都各自活在不同的世界。

有人在超大型企業（Megacorp）的生態建築過日子，有人在比那差一點的巨蛋城生活。也有人像鈴木悟這樣在艱困環境下度日，或是在更惡劣的環境下苦撐。

一群照理來講永無交集的陌生人，由於玩同一種遊戲而結識為朋友。

「……遊戲能夠跨越人與人之間的隔閡。它具有這種力量。不，我想正確答案應該是只有遊戲能夠跨越隔閡。然後……即使活在不同的世界也能成為朋友。就像我……我們的友誼那樣……」

力量凌駕凡人的守護者與脆弱的小孩……一離開這裡，雙方恐怕就不再有交集。即使如此——

「——如果他們能了解到朋友的可貴，我就太高興了。」

不用說，兩人不在他的眼前。

即使如此，他彷彿能看見那對雙胞胎的身影。

假如他們跟孩子們玩過覺得合不來，那也無可奈何。

安茲也是如此。他不知道ＹＧＧＤＲＡＳＩＬ以前有多少玩家上線，不過人數一定相當可觀。但也只有四十一人能被他稱為朋友。

並不是遇到誰都能建立起友誼關係。

只要能給兩人機會認識合得來的朋友就夠了。然後如果能讓兩人了解交朋友不是件壞事，安茲在這裡做的一切就算是成功了。

安茲視線落在沒戴戒指的右手無名指上，微微一笑之後心想——

（——之前我就在想，是不是也該努力讓迪米烏哥斯、雅兒貝德或夏提雅多認識些朋友？……………算了，別想了。）

他決定盡量不去想那方面的事。因為才隨便想一下就破壞了他的好心情。

（不過話說回來——為什麼都沒人來找我？就我用「完全不可知化」偷聽到的談話內容來判斷，他們差不多該為我們設宴洗塵了吧？要到什麼時候才會來通知我？總不會是想給我們驚喜吧？）

安茲也有他要準備的部分，冷不防就來叫他赴宴會讓他很為難。

最大的問題是安茲無法進食。他不知道會舉辦什麼樣的宴會，但是照常理來想，這座村莊的掌權者一定會齊聚一堂，安茲的面前也會擺下餐點。如果安茲對這些餐點碰也不碰，對方會怎麼想？

想也知道會冒犯到對方。

如果雙方是完全不同的種族，對方也許會諒解，要怪也得怪主人那方提供了不合客人胃口的餐點。但是安茲已經用幻術喬裝成跟對方一樣的黑暗精靈。

或許可以假稱體質對部分食材過敏等，但所有餐點都不碰是不可能用一般藉口蒙混過去的。

所以，安茲才有必要搶先想好理由。

（還是說他們顧慮到我們旅途勞頓，不想這麼快就來打擾？如果他們因為這樣而決定延後設宴當然很好，但要是都做好準備了才來叫人也很傷腦筋……我應該主動去找他們嗎？）

安茲稍微想了想，搖了搖頭。（不，還是算了。那就……等哪個黑暗精靈來了再請他傳話比較好？）

安茲想起他用完全不可知化狀態潛入村莊時目睹的光景。

（他們每次都是把早晚兩頓餐點一起送來，以時間來看差不多了吧？那麼我或許可以向送餐的人問問看？還是說那是因為亞烏菈雖然是旅人，但也作為游擊兵為村莊提供了獵物，才會分配到食物？那樣的話，沒出過力的我們也許拿不到餐點？不，應該不至於。亞烏菈做事很賣力，我又帶了那種厚禮過來，就算一星期不幹活應該也有飯吃吧。）

當然，安茲也沒打算白吃白住。既然都自稱為魔力系魔法吟唱者了，只要有必要，他願意使用到第四位階為止的魔法，也有意代替亞烏菈幫忙打獵。

畢竟還不知道今後雙方的關係好壞，他無意接受人家的施捨。

（可能只是時間還早。我可以等任何人來了再說，沒人來的話我自己過去也行。再說……我也想去探聽一件事。）

亞烏菈自從被主人送出來後，就一直煩惱不已。

主人的提議是「跟小孩子玩以學習黑暗精靈的常識」。可是，這讓她很有疑問。

不是說小孩子就不懂常識，或者都是些沒常識的存在，但她總覺得從小孩身上學到的事情稱之為黑暗精靈的常識似乎不合理。就她的觀點，從成年人身上能夠學到的知識，應該才是黑暗精靈族的樹海求生常識。還不知道作為比較標準的正確常識就跟著孩子們學習，讓她覺得有點危險。

（意思或許是運用錯誤的常識才能演得像小孩，難道安茲大人是為了這個目的才把我們送出來的？因為這樣更像小孩？）

也許是她想太多了。可是她想起出發之前，雅兒貝德曾經叫她隨時用腦思考。

此時此刻只有他們倆陪侍主人。既然如此，他們理當事事深思熟慮，表現出不負守護者代表身分的姿態。

她握緊橡實項鍊，發動道具力量對馬雷說話，立刻就收到了回應。

於是她把自己的想法——一些疑點告訴雙胞胎弟弟。

『——嗯，我也這麼覺得。』

回話的馬雷沒有握住項鍊。這個動作只有在主動通訊者發動力量之際——啟動道具時——才需要做，即使要繼續通話，接收訊息的一方也不用握住項鍊。

『這樣一來就表示……跟小孩一起玩除了學習常識之外，一定還有其他目的對吧？你覺得到底會是什麼？來到這座村莊時，大人有說過要我們釋出善意，會不會這也是其中一部分？因為我們跟小孩子玩可以表現得比較友善？』

『這或許也是原因之一，可是又覺得……嗯——……啊，會不會是要我們拉攏小孩？』

『會嗎？要拉攏的話你不覺得成年人比較有用嗎？像有些傢伙雖然一直在妨礙我，但好像很容易拉攏。』

越講越不懂為什麼要他們跟小孩子玩了。

『還是說，安茲大人正在考慮利用小孩進行某些計畫？』

聽到馬雷這麼說，亞烏菈看看走在前面的六個小孩的背影。

都是些脆弱的存在，身分地位也很低。真不明白哪裡有利用價值。

『能有什麼利用方法？人質嗎？』

『是不能說沒有這個可能，但我覺得可能性不高喔。』

『小孩……小孩……還是利用小孩收集情報？』

『嗯——可是小孩子能知道多少情報呢？』

『就是啊……』

她不覺得只有小孩知道的情報能重要到哪裡去。還是說主人是進行多方面的分析，所以小孩的情報也想要？

『是說你啊，從剛才到現在就只會否定我的看法。你就不能提出一點更有自信的推測嗎？』

『嗯——……』停頓了一段時間後，馬雷的聲音再次響起。『啊！會不會是想把這裡的小孩帶去耶．蘭提爾？』

『有道理……或許有可能，但也還是成年人比較好不是嗎？』

『也許是懵懂無知的小孩比較容易哄騙……不對，說不定不只是小孩，而是想把村子裡的所有人都帶去喔。』

『啊——原來如此……可是啊，假如要帶走全村的黑暗精靈，我覺得大人還是不會為了讓我們跟小孩拉近關係而叫我們去跟他們玩耶。』

假如馬雷說得對，主人應該還是會設法拉攏成年人才對。如果小孩子的意見很有分量的話或許另當別論，但亞烏菈在這村莊待了三天，完全沒看出那種跡象。

不管怎麼想，她都不覺得小孩子有那個身價。

『那應該還是要我們建立友好關係，好從小孩身上收集情報吧……』
『大概也只有這個可能了……不過仔細想想好像也是。應該說雖然很不甘心，但我也只能想到這個可能了……好吧，也許是因為成年人口風比較緊，但小孩子就有可能一不小心說溜嘴。嗯！很像是最重視情報的安茲大人會有的想法！既然這樣，一定要多想些話題跟他們聊才行。』
『姊姊加油……』
『你也要加油啦。你跟我講話的時候就很正常啊，多練習啦，練習。』
『那是因為是用項鍊講話啦……』
走在前面的小孩停下了腳步。
這裡是村莊的一個角落，但是沒看到什麼兒童遊具，也沒其他特別的東西。當然亞烏菈在這村莊裡散步過，早就知道村子裡根本沒有那類設備。
不對，亞烏菈這時發現自己想錯了。
這幾個孩子很可能有人會使用魔法，從樹木變出遊具。
自己作為游擊兵的掃描範圍內，有個人——一個大人在偷看他們。
『啊，是那傢伙。他又在看我了。』
『是誰？』

『不要往那邊看。村子裡最有本事的獵人就在我們的左斜邊。那傢伙自從我來到村子裡，就常常盯著我看。但是從來不會靠近我。』

『就好像對妳起疑，但是沒有確切證據，所以暫時只是盯著？』

『就是那種感覺。馬雷你也要小心，不要做出讓人起疑的舉動喔。晚點我還得向安茲大人報告才行。』

亞烏菈盡量忽視男子的存在。

難道他以為像自己這麼優秀的游擊兵會沒注意到？或者就是故意讓她注意到——意思說是我正盯著妳，當成沉默的牽制手段？

雖然弄得她很煩，但不能殺掉。要殺也得徵求主人的許可，偽造出被連甲熊或其他魔獸殺害的狀況，還得做點簡單的不在場證明。

不過只要亞烏菈這個馴獸師出手，三兩下就搞定了。

「……我們到這裡來要玩什麼？」

「對！來玩扮家家酒吧！」

年紀最大的男生大聲說道。好像是想用氣勢讓他們倆點頭。

（——扮家家酒？）

亞烏菈對這種遊戲還算有點了解。

（就是一種角色扮演吧。記得……佩羅羅奇諾大人以前說過「好想變成小寶寶給媽媽哄」，讓泡泡茶壺大人唉聲嘆氣……所以現在是要玩那個？）

亞烏菈想像自己摸摸夏提雅的頭說「乖喔乖喔」的畫面。

（啊──好像就是那種感覺……可是，現在要我那樣，或是被那樣啊……）

如果是扮演媽媽還好，演小寶寶就太羞恥了。或者應該說雖然只是角色扮演，但自己是無上至尊創造出的樓層守護者，演什麼小寶寶不會對泡泡茶壺大人不敬嗎？

（雖然聊到佩羅羅奇諾大人這件事之際，夜舞子大人與紅豆包麻糬大人都在笑……但我還是怕泡泡茶壺大人會生氣……）

一句話說不想玩就結束了。但是──為了收集情報以及讓對方容易鬆口，或許有必要忍辱負重。任何人都是這樣。一個人接受了自己的提議，另一個人拒絕。哪一個比較讓人喜歡？況且一般來說，一起玩相同的遊戲更容易讓雙方打成一片。

相較之下，如果說不想玩會怎麼樣？

假如對方問說那要玩什麼，亞烏菈沒自信能提出很好的點子。

亞烏菈當然也能舉出幾種遊戲，例如賽跑、爬樹、鬥劍等。但是這類遊戲很容易因為實力差距而分出勝負。而天底下不可能有小孩能夠跟亞烏菈與馬雷──特別是馬雷──在體能上並肩。

這樣一來不用玩也知道結果，一點樂趣也沒有。為了讓小孩高興，亞烏菈他們可以適度地故意輸掉。可是，亞烏菈曾經擊退過甲熊王——只是演戲——是眾所皆知的事情。這樣的強者如果在賽跑時說什麼「哇——我輸了——」，就算是小孩子也知道是故意放水。要是這樣就能加深雙方情誼，只能說這些小孩也太有修養了。

那麼能不能選擇乾脆不玩遊戲？不可能。

因為至高無上的主人說了「去跟他們玩」。

既然如此——

「姊、姊姊……該、該不會……」

視線轉去一看，只見馬雷一臉驚愕。大概是跟亞烏菈想到了同一件事，得出了同一個答案吧。

亞烏菈對這樣的馬雷竭盡所能露出笑容。

「這就是『高難度的任務』了，馬雷！」

3

把亞烏菈與馬雷送走，安茲收拾完隨身物品後靠著牆壁，時不時地看看手上的小紙條，或是心不在焉地仰望天花板。

閒得發慌。

隨身物品本來就不多，一下子就整理完了。關於室內布置方面的問題，晚點再跟兩人討論就好。

話又說回來，本來以為很快就會有人過來，結果等半天都沒人。

安茲低頭看看手上的字條。

紙上寫著來到黑暗精靈村之後，安茲設想到的突發狀況以及應對方式。然而，他完全沒料到竟然會沒有半個人過來。

不得不承認自己想好的劇本，才剛開始就出現了漏洞。

他不覺得受到打擊。因為自己終究只是個凡人，頂多也就這點企劃能力了。重要的是接下來如何補救。

當下能夠想到的方向有兩個：一個是不動如山地在這裡繼續等，另一個是自己主動出擊。

安茲選擇了前者，以免雙方正好錯過。

安茲就這樣閒著沒事，等了一段時間。就在他開始擔心自己是否做錯了選擇時，總算有一名黑暗精靈女性毫不客氣地從門口探頭進來看。這座村莊的人際距離向來都是這樣。而她跟安茲四目交接時，似乎顯得有點吃驚。

這讓安茲感到有點詫異。

安茲待在屋子裡有什麼好驚訝的？

（不，探頭往別人家裡看——雖然只是借住——結果跟屋裡的人目光對上，會有這種反應或許很正常？雖然從黑暗精靈的人際距離來想好像不太對……）

女子向安茲致意般地點個頭，視線就這麼對著地板，走進室內，把端來的盤子放到地板上。

黑暗精靈即使進了森林精靈樹也不會脫鞋，因此把要吃的食物餐盤放在地板上讓安茲個人有點難以接受，但他們都是坐在地板上用餐——就安茲所看到的，使用餐桌的人不到一半——所以這或許是他們的習慣。

而且有另一點讓他更在意。

安茲與女子之間沒多少距離，女子只要往前多走幾步就能直接拿給他。女子卻仍一言不發地把東西放在地板上。而且自從一開始探頭看屋內之後，就再也不看安茲的眼睛。

安茲當然也看得出來。

這表示她不打算跟安茲說話。

只是——從態度當中感覺不到敵意、蔑視或厭惡感等負面情感。她把端來的盤子放在地上時，態度也很有禮貌。還不如說她天生就是那種——比方說不善言辭——類型的女性比較容易讓人接受。

（不，也有一種可能是她對我抱持戒心。畢竟來的是個跟亞烏菈實力相當的大人，他們不知道我的來歷，會有戒心是當然的。況且又是異性。但我就是為了避免得到這種反應才會帶伴手禮來，還演了一場戲……這下不太妙……還真有點不知該如何應對。）

他不知道這名女性有沒有小孩，萬一這座村莊的女性——特別是做母親的跟自己的小孩說「不准跟那對雙胞胎玩」就難辦了。

小孩子有時會不聽父母親說的話，但有時候又很聽。

安茲陷入沉思，然後認定不可能立刻想出答案。

（反正說來說去，不知道她的這種態度從何而來，或是發自何種情感，我也不能怎麼辦，況且我又不知道她平常是什麼態度，再怎麼做假設也想不出答案。目前不該急著下結論。）

她放下端來的盤子，行了一禮之後就離開了森林精靈樹。當然，安茲也在同一時間低頭致謝。

望著沒有外人的空間，安茲不禁嘆了一口氣。

沒能問出口。

他不好意思直接開口問：「妳為什麼是這種態度？」話雖如此，就算問不了這個問題，他還有其他想問、想說的事情。只是不知為何，總覺得雙方之間有種明確的隔閡，讓他一時忍不住退縮。

雖然她表現出那種態度，但也許下一個人會是另一種態度。目前就先這樣期待吧。

與其硬逼封閉內心的人開口，這樣做想必能得到更好的結果。

安茲本來是這麼想的，但是看到黑暗精靈女性留下的餐盤，讓他想起了自己還是鈴木悟的那段時期。

在公司也是這樣。

（——不對！現在還不遲！與其日後出問題，不如現在就採取行動。）

比起日後發現疏失，當下立刻向上司報告比較能夠減少損害。這是因為有時候自己以為是重大疏失，其實並沒有那麼嚴重。只是這種小錯，有時會隨著時間經過而擴大傷害。

沒錯。有幾件事情最好盡早跟黑暗精靈們說清楚。

安茲急忙跑出森林精靈樹。

方才那名女性的背影很快就出現在視野中。黑暗精靈的——其實森林精靈也是——聽覺比人類更靈敏，她一定是聽到了安茲跑出來的聲音。可以看到她正要回過頭來。

「——抱歉打擾一下。」

「請、請說！」

可能是攀談的時機抓太準了，女子似乎嚇了一大跳，講話都破音了。

「關於為我們接風洗塵的宴會——」

「——這件事請您直接跟長老他們談。」

女子講話又急又快，幾乎是搶著回答。

那種態度會讓人懷疑她是不是有事隱瞞或是不想說。安茲立刻能想到的可能性是——驚喜。應該說他只想得到這個可能性。

設宴洗塵還要給人驚喜說起來是很奇怪，但說不定這是黑暗精靈的習俗，現在最好不要追問。

「這樣啊……我不知道這在貴村是怎麼說的，是這樣的，我目前正進入卡優卡曾的忌月。」

「卡優卡曾的忌月嗎……」

「是，您沒聽過嗎？」

當然，這只是安茲隨口胡謅的名稱，是一種儀式。他本來以為對方一定不知道，沒想到下一句話卻出乎他的預料。

「啊，啊，不，這個……那個，好像在哪裡……對！好像在那裡聽過，又好像沒有……這只是我的感覺啦。」

咦？安茲心裡著急。難道說這座村莊有什麼類似的名詞？假如是會很不妙，如果是什麼不好的儀式就更糟了。他不知道該怎麼圓謊。

不過忌月這個詞本身是有含意的，意思是有人過世的月分，這個意思他們應該有聽懂。就算卡優卡曾這個安茲自創的名詞正好跟什麼東西相符，應該也多得是藉口可以掰。

附帶一提，安茲會知道忌月這個詞並不是在公司學到的，而是因為YGGDRASIL當中有稱為忌月的特殊技能，所以他查過是什麼意思。

「這、這樣啊。不、不過，說得也是。大家都是黑暗精靈，說不定也有一些名稱是相通的。話雖如此，是不是意思也相通就得問過才知道了。」

「就、就是說啊。而且！我只是印象中好像有聽過，也不見得真的就是卡優卡曾嘛。」

安茲與這名女性各自連珠炮般地說話，僵著一張臉打哈哈。當然，安茲的臉只是幻術，表情幾乎沒有變化。

「總之，這個月對我來說是祈求死者安息的時期，我想盡量避免參加宴會這類歡欣愉快的場合。當然，我想貴村有貴村的規矩，因此如果各位堅持，我還是會參加，但請允許我婉拒飲食。」

「是呀，畢竟是祈求死者安息的月分嘛。您想避免用餐對吧，我能理解。」

妳能理解啊？安茲一邊暗自心想一邊點頭。

「我想去跟長老談這件事情，請問該怎麼走？」

「這、這樣一來，我代為向長老轉達就好。」

「咦？這……太謝謝您了！那就多多拜託您了！」

安茲可不會說什麼「但妳剛才不是叫我自己去說嗎」，也不會跟她重新確認一遍。她的提議正合安茲的意，安茲馬上就像說好了不能反悔那樣再三拜託。

然後只要趁她反悔或是改變心意之前，趕快走人就沒事了。

安茲向被他突然猛烈拜託、驚訝得直眨眼睛的女子單方面道別，然後回到住處。

安茲盡可能不理會她的反應——對於她沒叫住自己鬆了口氣，回到借住的屋子後，端起她放在地板上的餐盤。

很有重量——儘管對安茲來說很輕——不是三個人能吃完的分量。

這一定是早晚兩頓的分量，也就是三個人的兩頓餐點——總共六份食物。從這點來想的話，分量這麼多似乎也很合理，但好像還是太多了一點。不過，也有可能是因為鈴木悟從來沒把心思放在吃飯上，成為安茲之後又變成不能進食的體質，所以從他的感覺來看會覺得比較多。

（在這樣的環境下過日子，也許就得攝取這麼多熱量吧。畢竟這裡又沒有代餐之類的。）

餐點是經過調理——感覺只是烤過——的肉類與果乾。配菜像是用某種葉片切絲做成的沙拉。然後配上類似薯泥的東西，以及種類豐富的樹果。此外還有燒烤肉蟲——很大一隻——等拼盤。

亞烏菈吃過的感想是不怎麼好吃。而且因為食材與口味等缺乏變化，說是很快就吃膩了。

話雖如此，它們還是刺激了安茲的好奇心。

很想知道吃起來會是什麼味道。

昆蟲含有豐富的蛋白質，鈴木悟以前也常常吃些ＢＢＱ之類的口味。但他從沒吃過整隻烤熟的這麼大一條肉蟲。

安茲一邊對自己不能用餐的體質感到有點遺憾，一邊到樓下房間把餐盤放在櫃子上。然後思考接下來該怎麼做。

（村民沒有午餐的概念，所以孩子們應該會再玩一段時間吧，我猜。）

如果小孩也被算在勞動人口內，遊玩時間可能會受到某種程度的限制，但有很多人聽到安茲請孩子們陪雙胞胎玩。因此那些大人今天應該會破例一次，讓孩子們玩一整天。

也就是說亞烏菈與馬雷都很可能不會這麼早回來。那麼安茲也可以把時間花在自己的興趣上。

安茲有用「完全不可知化」在村莊裡走動過——其實是用飛的——但從未在村民面前現身，現在到處走走說不定會有新發現。而且他也想去一個地方看看。

「畢竟我都準備了嘛。」

這次不是紙條，安茲從空間——道具箱——中拿出正式的一本記事本，努力把寫在本子裡的各種句子背起來。

裡面寫著使用各種藥草與礦物等製作藥水的方法。

話雖如此，很遺憾地憑安茲的腦袋頂多只能記住兩、三種配方。不過，儘管安茲的腦袋的確不算優秀，但這不是問題的所有原因。主要是因為配方實在太繁瑣——儘管這也是理所當然——對於完全不具備基礎知識又不感興趣的人來說，要背起來還真有點困難。

安茲把記事本收回空間，一面嘴裡念念有詞地反覆默念配方，一面再次走到屋外，開始在村莊裡走動。

有幾名黑暗精靈注意到安茲，視線往他看來。這些人都不是想監視安茲，只是正常在村莊裡走動，眼神都帶著好奇心或興趣。

萬一其中有任何一人能識破幻術就麻煩了，不過幸運的是似乎沒有人具備這類能力。其實想也知道，否則安茲抵達村莊時早就引發騷動了。

這些村民雖然看著他，但沒有人過來攀談。

也許在這種與世隔絕的村莊都習慣與外人保持距離吧。不，就算換成安茲，應該說鈴木悟如果在公司裡看到陌生人，也不會想過去聊兩句。如果村民過來找他說話，或許反而應該擔心自己是不是引起了對方的疑心。

況且話說回來，安茲並不因此覺得被排擠。

這次旅行的主角是那對雙胞胎，安茲現在只是生魚片旁邊的蘿蔔絲。這種配角太過強調自我才有問題。只是大概再過不久，他就得主張一下自己的存在感了。如同前來的路上想過的那樣，好把英雄亞烏菈的地位降低到普通小孩程度。

黑暗精靈從前方走來。

視線有時會望向安茲，但純粹只是在看一個擦身而過的人。

（這樣正好，讓我用來要點偽裝手段吧。）

他已經用「完全不可知化」大致摸透了村莊的結構，但亞烏菈的舅舅角色是第一次來到村莊，如果當自家後院似的到處走來走去可能會讓人起疑。當然，要找多少藉口都行，譬如他跟亞烏菈問過路等。但他懶得找藉口，也不想讓對方沒事懷疑他。

提高對方的戒心沒有任何好處。既然如此——

「啊——不好意思。」

隨便找個黑暗精靈問問就行了。這樣就可以當成完美的假證據。

「啊，是。請問怎麼了嗎？」

「是這樣的，我聽外甥女說，貴村有一位優秀的藥師在擔任藥師領班。我想拜訪這位人物，請問他的森林精靈樹在哪裡？」

對方毫無疑心，老實地回答了安茲的詢問。

安茲向這名黑暗精靈道謝後，前往對方告訴他的——而且安茲早就知道的森林精靈樹。

半路上，他看到一名黑暗精靈男性筆直伸手對著樹下的地面。

安茲駐足看看這人在做什麼，只見土地開始一塊塊隆起，土塊就像黏體（Slime）一樣沿著樹幹往上爬。

跟馬雷使用的「大地巨浪（Earth Surge）」很像，但跟那種魔法有著很多差異。

這很可能是生活魔法或森林祭司的信仰系魔法，不是ＹＧＧＤＲＡＳＩＬ的魔法，應該是他們在生活當中開發的新法術。

土塊就這樣順從男子的操作，爬到了安茲看不見的樹頂上。

那應該是黑暗精靈們用來栽培家庭菜園的土壤。

黑暗精靈都會在樹木內或樹上安裝花盆弄成家庭菜園。花盆是用木頭做成的，但安茲之前一直在好奇土壤是怎麼運上去的，看來這就是答案了。

看到了有趣的事物讓安茲很是滿足，再次舉步往前走。

他要前往的森林精靈樹是頗為氣派——粗壯的一棵樹。說不定是村莊裡最粗的一棵。不愧是在村莊裡位高權重的藥師領班的住處。

而且跟周圍其他森林精靈樹有點距離。

這一定是為了預防調和藥劑的過程中產生有毒物質，危害到周圍其他住家。

就算等級較高而免疫系統也受到強化的藥師能承受產生的毒素，小孩或病人等體力較低的人能不能承受就很難說了。

況且說不定——

（——也有可能是為了避免知識被竊取。）

安茲也很贊同這種獨占知識的觀念。一方面是為了捍衛自己的既得利益，一方面也可避免知識被竊取之後引來麻煩。

誰都知道藥物一旦弄錯分量就可能變成毒藥。

那麼擅自竊取知識的人能做對藥方嗎？想必做不出來。萬一粗製濫造的假藥在市面上流通造成人命傷亡，甚至可能影響到藥師調製的正規藥物。

說穿了就是這麼回事。

「——抱歉叨擾您。」

他往森林精靈樹裡面呼喚。

沒人回應。

安茲敲敲森林精靈樹的樹幹，再一次叫門。他側耳傾聽，聽見某種物體互相摩擦的嘎吱嘎吱聲。

「打擾了。」

安茲擅自走進屋內，很快就看到一名男性黑暗精靈微胖的背影。大概是平常不運動，但因為地位崇高加上為村莊賣力，能享有豐富的餐點，才會養出這種體型吧。這人必定不是學徒，而是這個家的主人——藥師領班。

他面對矮桌席地而坐，全神貫注地活動手臂。

桌上有乳缽與藥碾子等基本器具。架子上的甕大概裝了生藥吧。天花板掛著像是藥草的植物。

融合了青草味與生藥苦味的氣味飄進鼻孔，讓安茲想起恩弗雷亞他們的工作室。

黑暗精靈的聽覺比人類更敏銳，但也只是跟人類比起來好一點，因此安茲無從判斷藥師領班是知道他進來了但故意忽視，還是太專心做事而渾然不覺。

安茲再次對那人說：

「失禮了，方便打擾一下嗎？」

到了這時候，藥師領班才終於放下搗藥棒。然後轉過頭來隔著肩膀責怪地瞪了安茲一眼，皺起眉頭。

「你是——噢，原來如此。看你臉上蒙著布，記得你是之前來到村子的那個少女的同鄉，好像是魔力系魔法吟唱者？」

「是的，正是如此。看來您對我的事情已經相當了解了。」

安茲正想取下蒙面布，藥師領班對他說：

「——不用了。這不是你們部族的規矩嗎？不用給我看沒關係，反正我就算看了你的臉也沒有要怎樣。你繼續蒙著吧，我接受你的致意——好，那就這樣了，你可以走了。我可是很忙的。」

藥師領班嘟嘟噥噥著說完，就好像對安茲失去了興趣般把視線轉回桌上。這種冷漠的態度讓人感覺到難以跨越的隔閡，卻讓安茲很放心。

這種類型的人，都會直言不諱地說出心裡的想法。假如對方說「請你出去，不要妨礙我」冷淡送客，就算再怎麼發揮業務員的能力，恐怕也很難讓對方回頭多看安茲一眼。

但他沒有這麼說。換言之——還有機會讓他聽自己說話。

安茲從背後看著拿起搗藥棒的藥師領班，問他：

「您在調製什麼藥？」

「關你什麼事？」

講話口氣有點衝。不能廢話太多。

「──這樣啊。」安茲回答後，頓了一頓又問：「……我想請教您一個問題，貴村在治療腹痛時都是使用哪種藥草？是幾涅樹皮？還是甘地安草根？」

藥師領班頓時停下了手邊工作。然後再次像剛才那樣轉過頭來，隔著肩膀盯著安茲瞧。

「方便等我一下嗎？」

「當然好。」

藥師領班就像剛才那樣，背對著安茲再次開始用搗藥棒搗藥。不過光看背影就知道，態度比起剛才已經有了些許改變。

看來從興趣或出身地等方面尋找雙方共通的話題，這種鈴木悟擔任業務員時的基本話術派上用場了。

假如一個毫無交集的人與興趣相同的人，提出的商品內容、外觀、金額與交貨期等完全相同，客戶正常來講都會選擇後者。

這個藥師領班看起來對工作很有熱忱，所以安茲才會猜想製藥話題最能夠讓對方卸下心防。

「我現在……正好就在做。這附近沒有長幾涅，所以……我用阿先葉。你或許也知道，阿先葉一搗爛就會讓藥效急速降低。但是磨得太快也不好，會提高葉子的溫度。」徹底搗爛之後，男子把一種濃稠液體倒進了藥缽。「這是從內雷樹的切口分泌的液體。把這個加進去，藥效就不會產生變化。話雖如此，這樣拿來服用藥效還是太低，所以還得再下點功夫。」

藥師領班再次把臉轉過來對著安茲，毫不客氣地把他從頭到腳打量了一番，然後抽動鼻子聞了聞，隨即不快地皺眉。

「……沒有味道。喂，把手伸出來給我看。」

安茲照他說的把手伸出來。安茲猜得出來他想說什麼，因此把手背——手指露給他看。距離隔得這麼遠，對方應該不會過來摸安茲的手，但他還是先想好一套謊話，以防對方真的靠近過來。

「沒有搗爛草木的氣味——藥師身上一定帶有的氣味，手指也沒有染色。聽說你是魔力系魔法吟唱者……所以你是用其他方式運用藥師的技術了？」

安茲早就計畫好要過來這裡，故他也可以事前搗爛藥草，把味道沾在身上以獲取對方的信賴。再說安茲的手是幻術變的，要做出令他中意的手也不是問題。

但出於兩個理由，他沒有這麼做。

其一是巴雷亞雷家沒有這些氣味什麼的。沒錯，他們在工作時是會散發那類氣味，工作室與工作服等沾染的味道也相當刺鼻。

但他們並不是隨時都帶有那種氣味。應該說恩弗雷亞似乎非常怕留下怪味，除臭工作從不偷懶。當然也許只有巴雷亞雷家是這樣，但是在偽造身分時拿真實人物作參考能夠讓言行舉止更自然，也不用每句話都費心扯謊。

其二是因為關於藥草學，安茲實在是一無所知。

就算把氣味往身上抹，讓手指變色，詐稱為藥師學徒，對方一問到調藥知識還是答不上來，立刻就會穿幫了。一旦這個破綻造成自己的一切都遭人懷疑，在這村子的活動就收不到成效了。

「不，不是。其實是我的一位師父也會使用鍊金術，教了我一點知識罷了。」

因此，這就是安茲避免說謊、最起碼不會自相矛盾的設定。

「……喔──這樣啊。」

安茲立刻就感覺出藥師領班對他失去了興趣。

這是無可奈何，也可說是一如所料。

所以，安茲早已準備了好幾種能引起對方興趣的祕密武器。安茲移動到再次轉向桌子的藥師領班身旁，把其中一件東西放到了桌上。

「……這是我從某個地方帶來的，是含有治療效果的藥水。」

這瓶裝在耶．蘭提爾製粗陋玻璃瓶裡的液體，是巴雷亞雷家在製造紅色治療藥水的過程中做出的產品。紅色藥水如今已經完成——目前他們日以繼夜地忙著開發用廉價鍊金術溶液或藥草等就能調製的藥水——因此現在反而是紫色藥水變得十分稀少。

「這是……紫色？」藥師領班拿起瓶子。「不是瓶子本身的顏色……為什麼不是藍色……裡面加了什麼嗎？」

藥師領班拿起瓶子，看著瓶底把它搖了搖。

「似乎有少許的……極少的沉澱物……？」

他一個人念念有詞。

「可以讓我用用看嗎？」

「請便。」

安茲一答應，藥師領班立刻打開瓶口，毫不猶豫地用小刀往手上輕刺一下，把藥水滴在這個小傷口上。

滴的量滿多的，用掉了至少一半。

傷口——儘管不能說瞬間痊癒，但很明顯地快速癒合。

「好快……就連時間都不用算……？以使用了藥草與魔法溶液的配方來說……沉澱

物……？」

（好愛自言自語啊……應該說那把小刀，剛剛不是還用來剁碎什麼東西嗎？拿來割傷自己的手不會有事嗎？魔法溶液是否就是黑暗精靈對鍊金術溶液的稱呼？再說，原來還可以這樣使用啊……所以不是不管哪種傷勢都得全部用掉才能發揮藥效？不對，也許是因為在戰鬥中等極限狀態下，不可能去計算傷口深淺需要的用量？）

藥師領班舔一口沾在手上的藥水，然後聞了聞味道。

「聞起來有阿先葉的味道……？」不等安茲吐槽，他似乎已經發現不對了。「不對……這是我的手本來的味道……所以是無臭無味……是為了隱藏嗎？」

（……隱藏什麼？）

「不——」這時藥師領班霍地把臉轉過來，定睛盯著安茲。「都市的治療藥全都是這個顏色嗎？」

「不是。我聽說這種藥水來自統治耶．蘭提爾的不死者之王那邊。我不知道它是怎麼來的，總之難得一見。實際上市面流通的治療藥水都是藍色的。」

藥師領班呼出一大口氣。

「不死者之王？……不，現在不用去考慮這個……雖然也好像不能忽視。好吧，就先……算了……？嗯。那麼，這個我可以收下嗎？」

藥師領班指指還剩大概半瓶的藥水。

「要看您開的條件。」確定藥師領班有興趣聽下去後，安茲接著說：「要以知識作為代價。您在這片樹海是有資歷的藥師，想必擁有此地特有的豐富知識。我想這些知識夠作為藥水的代價了……您覺得呢？」

沉默籠罩室內片刻後，藥師領班開口道：

「……你想拿這些知識達到什麼目的？」

只要想想藥師領班從剛才到現在的態度，就會知道他想要哪種答案。也就是想作為藥師更上一層樓等，例如成為更優秀的藥師之類。但是，安茲不能說出這種答案。

「沒有什麼特定的目的。只要手上有知識，將來或許可以用作籌碼，也可以滿足求知欲。」

一如安茲所料，藥師領班露出有點排斥的神情。

「……就為了這種事？」

「如同方才說過的，我是個魔力系魔法吟唱者。我自認身懷高超的魔法實力，但作為鍊金術師的本領可以說一竅不通，師父也說我沒有天分，因此，我絲毫不打算以藥師為人生志向。但是知識就另當別論了。知識是力量，也是武器。有或沒有，差別可是很大的。而且能賣您一個人情也很有意義。」

「——人情？」

「是的。我想您一定不願意把祕奧知識傳授給無意以藥師為志向的我——對吧？」不等藥師領班回答，安茲接著說下去。「如果是這樣，您提供的知識值不值得我用那瓶未知而寶貴的治療藥水做交換，就令人存疑了，因此，兩者之間的差價就成了我賣給您的人情。」

「你怎麼知道我不會教你一些沒有價值的配方或藥效知識，聲稱它們有那個價值？況且我也有可能堅稱我沒欠你什麼，或是說我支付的代價比較高，你才是受了我的恩惠。」

「那樣也無所謂。」

藥師領班露出「咦？」的表情。

「這樣一來您必須負擔兩個損失。其一是您騙不了自己，會因為用沒有價值的知識換到貴重知識而讓心裡留下罪惡感，不是嗎？」

「哦——」

「另一點，是您會被我視為厚顏無恥的人物。假如我們今後還會繼續來往，這就是我對您的認識。況且如果我在都市講起這件事，您覺得其他人——學識比我更淵博的藥師們會有什麼觀感，怎麼看待這件事？」

「——原來如此。他們會認為邊境蠻族的知識不過如此，住在這座森林裡的黑暗精靈，尤其是藥師都會變成笑柄了。不是把我當成連收到的藥品有多大價值都不會判斷的藥師，就是具備的知識不足以交換這瓶藥水。再不然就是把我看作沒有公平交易原則的貪婪藥師……」

「但也有可能稱讚您能用低價買到高價物品就是了。」

「……都市的藥師有這種觀念嗎？不會想對獲得的物品支付正當的代價嗎？」

「畢竟都市居民龍蛇雜處，我不敢斷定沒有那種短視近利、無法用長遠眼光為自己做打算的人。不過嘛，那種人都不會有第二次的生意機會，很快就會被淘汰了。反之，懂得珍惜生客的人做生意才有機會大發利市。就像俗話說得好，吃虧就是占便宜。」

「哼哼哼。」藥師領班好像被逗樂了。這是安茲第一次看到他的笑容。「你這傢伙真會耍嘴皮子。能言善道講的就是你這種人吧。」

安茲稍微鬆了一口氣。本來還以為這個藥師領班會是個更感性派的黑暗精靈。

說句老實話，一般業務員常常會跟憑感性行事的客戶產生糾紛。無論業務員如何解釋利益得失，如果對方屬於更重視自我感性的類型，在個性上也會很難相處。安茲記得以前聽人家說過，通常都是這種人當天決定好規格，第二天又說要改。

雖然一流業務員的意見是這種客戶籠絡成功之後其實更好講話，但是像安茲——鈴木悟這種水準普普的業務員可不會想跟這種類型談生意。

「我還是第一次被這樣說。」

確實沒有人給過他這種評價。

「我看只是沒有說出口，其實都是這麼想的吧？」

跟剛才比起來，他似乎變得心情很好。

「會嗎？我不覺得我有這麼厲害啊。」

「哼哼哼──回到正題，如果要交出配得上這瓶藥水的知識，那就只能教你我所知道的祖傳藥方了。你會在村子裡待多久？」

「沒有特別定下期限，不過我打算只在貴村待上幾天。最久也就七天吧。」

藥師領班把嘴巴彎成了ㄟ字形。

「是喔……這樣一來……」

他就這樣陷入沉默，停頓了一段時間。安茲一句話也不說。

「總之，如果你只待短短幾天，我沒辦法教你祖傳藥方。祖傳藥方大多都必須摸索細微的變化──用嗅覺或觸覺等感受材料在各個時期的變化，精細地調整使用的分量。坦白講，我是希望你能在這裡至少待上半年，讓我鍛鍊你的五感學會這些變化。」

安茲很想說「你只要把作法寫在紙上給我就好了」，但這樣說可能會惹惱對方，他不能主動要求。

「所以我不能教你祖傳藥方，雖然不知道價值夠不夠高，但也只能教你我認為屬於珍貴藥品的配方與處方等知識了，你不介意吧？」

「是，沒問題。都由您決定。」

「那麼——你從今天起就在我這邊住下學習吧，畢竟時間實在太緊湊了。我一定會好好鍛鍊你，讓你用身體記住。」

「——咦？」

那就傷腦筋了。太讓他為難了。

安茲想盡量減少幻術穿幫的可能性。再說他的體質既不用吃喝、上廁所，也不用睡覺，不管怎麼演戲都一定會被發現不對勁。

「非常抱歉，我還有一對外甥要顧，所以恕我婉拒。要減少藥方數量也沒關係，能不能再想想辦法？我會認真做筆記的。」

「……這只能口頭相傳，不准做任何筆記。」

「這……」

安茲感到難以啟齒。

他沒自信能把人家特地教他的知識全部背起來。

的確，在YGGDRASIL這款他灌注了所有心血的遊戲裡，要把其中龐大的知識全部記住對他來說一點也不辛苦。但是問到像這次他完全不感興趣的知識還能不能記得住，就只能搖頭了。

真要說的話，一個部下只用聽的不做筆記，上司看了不會擔心嗎？

社會人士鈴木悟正在這樣想的時候，藥師領班可能是誤會了他沉默的意思，開口道：

「你好像不服氣啊。但是，你也想想嘛？我也沒有要你交出這瓶藥水的製法，這點小事你得讓步。」

「如果說完全都不能做筆記，我就有點為難了……我對自己的記憶力沒自信，因此為了幫助學習，就不能准我做一點點筆記嗎？」

「說這什麼話！」藥師領班口沫橫飛地說。「你得用你的身體去記！身為見習藥師，師父總有教過你快速判斷拿在手裡的分量有多少重量吧！」

看來很難回答「不，我不會」。那麼是否應該說謊？

安茲無意說什麼不能說謊之類的好聽話。有時候也得說些善意的謊言。以這個場合來說，或許該說不可以惡意撒謊比較正確。

（——真傷腦筋。）

整件事情聽起來似乎是安茲變成了學徒在這裡接受特訓，但他來此拜訪藥師，其實只是抱持著能學到知識就學的輕鬆心態。他只是心想，假如能夠學到黑暗精靈的一部分藥草學，而且他們的技術比魔導國更先進，將來可以用某些方法——例如送技能實習生過來——吸收他們的技術。

作為其中的一環，安茲只是想把學到的技術帶回去進行調查。絕不是自己要拜師求藝。

講得明白點，安茲雖然剛才求取知識作為代價，但其實要來一瓶村裡製作的貴重藥水帶回去交給恩弗雷亞，也不會——幾乎不會——有什麼問題。他應該有辦法分析出藥水使用的藥草等原料。

（嗯——我可能有點弄錯一開始的接洽方式？可是……為了引發對方的興趣，也只有那個辦法了……可以說是因為我那樣做，事情才會進展得比較順利。再說就算我把藥帶回去也有可能無法分析，所以也不是完全失策……好了，現在怎麼辦？不，應該先決定要不要說謊，要說的話又要怎麼說。）

「快點做決定！」

看來是不打算讓安茲慢慢考慮了。既然如此就只能像平常一樣，見招拆招。

「……師父的確有說過，要我用身體記住。」

藥師領班小聲碎念著「就是這樣，當然了，都市的藥師也懂這個道理」，不住地點頭。

「可是同樣地，師父也對我這樣說過。他說『你是豬腦袋，所以給我好好做筆記。不要讓我一再重複同一件事』。」

「…………咦？」藥師領班睜圓眼睛，然後眉毛垂成八字形問道：「……他說你……豬腦袋？」

「是的，師父這樣講過我。」

「這、這樣啊……沒有啦，沒有啦，做師父的都會對自己的徒弟比較嚴格，我想那應該不是真心話吧？你看，你剛才講話有條有理，等於是堵住了我的退路。一個笨蛋絕對說不出那些話來。」

（被安慰了……）

看來一聽到對方宣稱自己是笨蛋，即使是黑暗精靈也會變得無話可回。本來以為他們在嚴苛的環境求生存，可能會對笨蛋棄之不顧，看來是安茲想錯了。

儘管心情變得很複雜，安茲心想現在只能乘勝追擊，於是回答：

「不，我一定是真的腦袋不靈光。大概是記憶力太差了吧。」

「這、這樣啊…………」

被安茲自信十足地這樣斷言，藥師領班似乎無言以對了，視線轉向別處。

雙方都陷入沉默。

藥師領班很有可能會說：那我怎麼敢教你弄錯分量就會變成毒藥的配方？

然而——突然間，藥師領班用有所領會的語氣，輕聲說了句「原來如此」。

什麼原來如此？安茲正覺得費解時，看到藥師領班一瞬間露出了佩服的表情。由於他隨即變回原本的表情，那一剎那的變化讓安茲有點懷疑是自己看錯了，但那絕非他的心理作用。

安茲暗自準備接招。雖然不知道是怎麼回事，總之藥師領班心中似乎已理出了一個脈絡。

彷彿有個惡魔臉上浮現安茲熟悉的笑容，出現在藥師領班的背後。

（……他在想什麼？不會是什麼怪念頭吧？）

「……既然是這樣就沒辦法了。你說最多七天，也就是說有可能更早離開村子對吧？重複說明同一件事只會浪費有限的時間。等你都記住了，抄下的筆記一定要燒掉喔。」

不知道是什麼改變了藥師領班的心態。安茲一面抱持戒心一面故作平靜地回答：

「……好的，我答應您。」

「那我明白了。我就如你所願，教你非常困難的配方。我會很嚴格地指導你，你可別跟我訴苦喔？」

安茲不記得自己有這樣拜託過，但是先不管這個，有件事一定要先講好。

「不了，可以請您親切有耐心地教我嗎？」

藥師領班愣愣地張嘴，然後擺出一副苦瓜臉。

安茲並不是反對嚴格的指導方針。但他寧可選擇寬容式教育而不是嚴格式。

「你這個人真是……」

「不是，我可不希望您拿燒過的木樁打我什麼的。」

「你、你師父會這樣對你嗎！」

「不會，他沒有這樣對我——」

「——我也不會好不好！」

「很高興您願意放過我。」

安茲故意做個聳肩的滑稽動作，看得藥師領班一臉不開心。

「唉，我有點了解你的個性了。而且也有點同情起你師父了。好啦，我現在就來教你。我舉出幾種藥的名稱與效果，如果是你已經知道的藥就不需要……不，或許也不能說不需要？學習使用不同的材料等也不錯。哎，總之，你想學哪種就跟我說吧。」

「謝謝。不過，在那之前，我有個問題……口頭約定就行了嗎？」

如果需要簽契約或是施加某種法術，整件事情或許最好全部取消。

「無所謂。你不是說信用很重要嗎？你如果把它整理成冊，以後遲早會輾轉流傳到我手裡。到時候我就知道都市的藥師就是這種人，再來瞧不起你就好。」

「原來如此，我明白了。損害都市藥師的名譽對我來說也是一大損失。我答應您，絕對不會讓這些配方出書上市。」

目送都市男子離去直到身影消失不見，藥師領班「呵」笑了一聲。

不知道有多久沒為客人送行過了。自從自己坐上村裡的藥師長位子以來，說不定還是第一次。

（——這男的真是聰明伶俐得讓人驚訝。難道在所謂的都市有很多像他這樣的男人嗎？）

不可能吧？不，萬一真是如此就太令人震驚了。

（聽說都市居民比這座森林裡的所有黑暗精靈加起來更多，那男人在他們當中應該屬於佼佼者。假如像他那樣有頭腦的男人在都市比比皆是，今後當村莊需要跟都市親睦，雙方交流成為日常生活的一部分時，我們可能得小心謹慎，以免遭人欺騙了。）

那男人謙遜地說自己不成材，但不可能是真的，否則無法解釋他的辯才無礙。再考慮到整段談話的過程以及他給予自己的情報等，談判技巧絕非一個笨蛋所能辦到。

既然如此，他為何堅持要把藥師領班傳授的內容寫在紙上。難道不怕藥師領班聽了不高興，拒絕教學嗎？

然而，當那男人開始說自己是笨蛋、記憶力差時，藥師領班才想到他那樣做也是有其目的。

他大可以之後再偷偷把學到的事情寫在紙上，卻寧可惹惱藥師領班，也必須當面宣稱要做筆記。換言之——

（——當下我沒有聽懂，但現在想想，那男人大概是想傳達兩個訊息。其一是想告訴我，他無所隱瞞。）

當然，這個訊息不能隨便輕信。那男人也有可能在實話實說的同時另外有事隱瞞等。很遺憾地，藥師領班無法完全信任一個今天初次見面的男人。然而對方已經盡量對他開誠布公，這對將來信賴關係的建立上具有重大意義。

（至於另一點，我看應該是雖然不能明說，但希望我在有限的時間內盡量教他難度越高越好的配方吧。難到只看幾次絕對記不住的程度。）

他又不是專業藥師，想學到高難度的配方簡直是自不量力。再說困難的配方幾乎都得使用同等珍貴的藥草等。大概是因為這樣，他才不便直接開口要求吧。

換言之，他是個有廉恥心的男人。

只是關於第二點，藥師領班認為不是什麼大問題。

既然是拿那種未知的——很可能與傳說中的藥水有關聯——藥作為交換條件，藥師領班本來就有意願提供祖傳藥方。這裡所說的黑暗精靈祖傳藥方可大分為三種類型。

第一種是經由困難配方製成的藥。

第二種是以極其珍稀的藥草等製成的藥。

第三種是藥效過猛等等的危險藥物。

就是這三種。

剛才藥師領班提起了第一種藥方作為無法教他祕藥製法的理由，但有意教他第二種藥物的製法。

說不定在這個地區不易採到的藥草，在那個什麼都市卻遍地都是。而且這種現象以藥草來說並不稀奇。但如果連這都得列入考量就永遠談不出結論了。不如說既然第一種不可行，又不能教他帶有危險性的第三種藥方，答案自然只剩一個。

基於這些理由，藥師領班認為第二種作為這次的代價很恰當，同時如果森林裡難得一見的材料在都市同樣珍貴，對他們這邊也有好處。

假如他回到都市推廣學到的藥品，結果發現需要使用珍貴材料，都市藥師也許會來黑暗精靈村做買賣。只要看看這瓶紫色藥水，就知道都市的製藥水準相當高。藥師領班認為有機會獲得都市的知識或原料，對他來說也沒有壞處。

目前還不知道那男人來到村莊，將來會不會使得村莊與都市產生交流。只是，假若那男人剛才從實際利益層面建議藥師領班接受他的建議，他知道自己反而不會點頭。他如果是那種會屈從於利害得失等現實考量的個性，村民就不會在背後說他是個「老頑固」，也不會都到了這個年紀還娶不到老婆。連藥師同行都對他敬而遠之並非讓他無動於衷，但也不想現在才來改變自己。

那男人談到了得失。這種論點本來並不合藥師領班的意。但是他所說的——很有意思的是——竟然是對藥師尊嚴而言的得失。就算在哪個遙遠外地有人嘲笑他作為藥師的能力，也不關他的事。雖然不關他的事，但問到能不能容忍的話，答案又是不能。

所以他非得看出對方給的藥水有多大價值，而且得回贈價值同等或是更高的事物才能讓心裡舒坦。

藥師領班真心佩服那男人的口才。因為那人竟能從理性與感性兩方面同時進攻。

一般來說知識傳遞者應該能占優勢，受教者都得虛心求教。

但這次情況不同。

這次是要用知識換取那瓶藥水，而且教與不教都任憑藥師領班決定。光從這點而論就可以說雙方是立場相等。

而且那男人還立刻表示要做筆記，對他敞開了胸襟。

（既然對方行事無所隱瞞——想得到我的信賴，那我也該表現出信賴那男人的態度。但是——）

這是個大難題。

藥師領班一邊回到矮桌前，一邊蹙眉顰額。

（我不認為我有那個本事。）

藥師領班知道自己不善處理人際關係。

即使回想起自己教育村民時的狀況，也還是能斷言自己不是個好老師。

（如果不是教學之類的工作，或許還能用藥暫時解放自己的人格……）

偷看一眼放在藥草櫃上的一種乾燥麻藥葉子，藥師領班搖搖頭。那種藥草適合用來紓緩疼痛等，也能有效消除焦慮不安。但是身為教育者，服用那種藥物實在不太恰當。

「大概也只能努力看看了。」

藥師領班輕聲低語一句。

（不過嘛，他看起來不太會演戲。竟然像那樣盯著我看，看到忘了眨眼睛……所以他是真的對我很感興趣了。呵呵……從長相來看年紀似乎比我小，這樣想想的確還太年輕了……這小子也還滿討人喜歡的嘛。）

安茲他們三個人一起用餐。

話雖如此，當然安茲是不能吃東西的，所以只有亞烏菈與馬雷在吃。吃的不是黑暗精靈準備的天然原味料理。

是安茲裝在道具欄裡帶來的納薩力克料理。

黑暗精靈送來的料理由亞烏菈與馬雷各試吃一口，把感想寫在手邊的紙上，然後就送去給耶・蘭提爾各種種族的學者專家進行分析。

只是到目前為止，還沒有任何驚人的重大發現——包括金錢價值在內。雖不知道今後跟這座村莊的關係會如何發展，總之料理不太可能成為有益的談判籌碼。

亞烏菈與馬雷之所以各試吃一口之後記下感想，是為了讓安茲被人問到感想時回答得出來。

只是有一個問題，就是吃慣了納薩力克料理——胃口養大了的亞烏菈與馬雷，對於黑暗精靈料理給不出半點好評。但是只有不懂得體諒他人心情的人，或是想跟這座村莊交惡的人才有辦法當著好意提供餐點的人面前直說不好吃，就算讓個一百步也只有小孩能說這種話。

因此，兩人吃起飯來很花時間。

含一點在嘴裡，仔細咀嚼，皺著眉頭，寫下誠實的感想，然後將記事本翻頁，眉頭緊皺，好不容易才寫下拍馬屁的感想。每次都寫「食材很新鮮」不夠格稱為感想，用詞遣句必須稍做改變。

寫完一篇如果有同義詞詞典真想立刻查閱、煞費苦心的感想後，亞烏菈與馬雷都累癱了。簡直就像剛比完一場大胃王比賽似的。

安茲能體會他們的辛勞，所以對他們說：

「──辛苦了。」

這句話讓兩人立刻收起鬆弛的表情。

「不，這點小事不敢邀……沒什麼啦，舅舅！」

「對、對啊。就、就只是吃飯寫感想而已嘛。」

好吧，其實馬雷說得對。可是安茲身為一個不能進食的人，不好意思說「嗯，你說得對」或是「的確是這樣」。更何況兩人是為了安茲才會這麼辛苦。

他們倆還小，就算說出誠實的感想，也不會──大概吧──造成多大問題。只有安茲說錯話會造成大問題。況且要是安茲能夠進食，也不用讓他們這樣傷透腦筋了。

道謝幾次都不嫌多。不過要是再三道謝太多次，又會給他們倆太大壓力。

所以安茲不再多說什麼，只是聽兩人對料理發表感想。

誠實的感想這邊兩人意見相同，而且每次內容都一樣。但還是問問比較保險。

「也許當初應該先提供用辛香料調味的料理，告訴他們這是我們平常的飲食習慣？這樣他們可能就會試著準備類似的餐點了。」

「大人說的或許……是這樣喔。」亞烏菈一邊歪著頭調整自己的講話方式，一邊繼續說。「烤肉之際只簡單撒點鹽可以接——還不賴，但恐怕是保鮮方式做得不夠完善，肉的腥味之類都會殘留在口……嘴巴裡面。也許有些人會喜歡這種風味，但我沒辦法接受……？」

來到這座村莊已經過了一段時日，亞烏菈的說話方式還是不穩定。

「我、我也這麼覺得。有點腥。」

「這樣啊。」

「蔬菜還不錯，只是不怎麼甜，首先嘗到的都是苦味或酸味。喜歡這種滋味的人或許可以試試……他們怎麼不用水果或什麼的做點調味料啊？」

「對啊，會很想加調味汁。」

「這樣啊。」

果然還是同樣的感想。

「那麼不好意思，可以讓我看看你們倆寫的感想嗎？」

一看，很明顯地都在努力稱讚料理。

安茲在心中對兩人低頭說：真是辛苦你們了。

安茲把感想——其實沒幾個字——看過一遍，拚命記住之後把記事本還給兩人。這樣早上的準備就做完了。

再來該進公司上班了。

「好！時間差不多了，我要走了。我今天應該也會很晚回來，晚飯你們先吃好嗎？」

兩人齊聲答應。這時安茲看出亞烏菈似乎有話想講。

「怎麼了，亞烏菈？有什麼事讓妳操心嗎？」

「啊，是……呃，嗯，對啊，舅舅。你今天也要去學製藥對吧？」

「對啊。他說今天會教我再難一點的藥方。我用『傳送門(Gate)』去問過恩弗雷亞，他說他也沒聽過這種藥……他如果願意相信『訊息』就不用這麼麻煩了。」安茲嘆一口氣。「好吧，考慮到與納薩力克為敵的人也有可能用這種魔法對付我們，他們繼續保持戒心或許比較好。」

「——這樣真的妥當嗎？」

亞烏菈的說話方式變了。所以安茲也跟著改變語氣。

若是作為樓層守護者提出的疑問，安茲也得以納薩力克的統治者身分回答。

「我也不知道——不過，我不打算自己做這些藥。因為假如使用的藥草當中含有ＹＧＧ

ＤＲＡＳＩＬ也有的種類，我一定做不出來。」

就跟料理一樣。

安茲不具有相關技能，因此無法用ＹＧＧＤＲＡＳＩＬ的藥草或鍊金術溶液等素材製藥，但是可以用這世界的技術與特有的藥草製藥，因此，他在接受藥師指導之際，一開始都得先問清楚會用到哪些藥草。

但話又說回來——

「——待解之謎還真多。我不能使用ＹＧＧＤＲＡＳＩＬ的藥草，那麼如果把它們拿到這世界的土地栽培呢？會被當成這世界特有的藥草嗎？還是說一樣不行？」

「這、這只是我的猜想，那個，我覺得是後者。」

「我想也是。那麼，藥效減弱又是怎麼回事？不是聽說在人工藥草田栽培會造成藥效減弱嗎？據恩弗雷亞所說，之所以在耶．蘭提爾等地耕耘藥草田卻種不好，是因為缺乏大地或其他方面的營養素。他說過藥效很差。不過似乎也因為如此，他才會在那座森林裡規劃藥草田等實驗就是了。」

「是的，好像是這樣。森林裡是有一小塊田地。其他還有不少長了菇類或苔蘚的原木，我去偷看時好像有看到這類東西。要悄悄接近那座村莊其實還滿有難度的……」

亞烏菈深有感觸地說。

卡恩村周圍有聽從安莉命令的哥布林們廣範圍進行戒備。特別是其中好像還有所謂的哥布林陷阱師，他們設置的警報系陷阱不同於損傷系陷阱，聽說相當難以發現。

「可是，如果是營養不足，竊以為讓馬雷多加把勁，或是使用道具就能解決……」

馬雷被兩人集中注視，縮成了一團。

「啊，呃，是這樣的，我想我應該有辦法解決，只、只是我在想，它需要的，真的是大地的營養嗎……我、我都有在耶·蘭提爾冒險者工會的藥草田，趁晚上時偷偷嘗試，但是那個，看起來好像不太有效……」

目前即使能種出外表相同的藥草，實際試作藥水卻發現效果總是差了一點，讓人傷透腦筋。

不知道是馬雷來做會讓營養過剩、不巧沒成功、有其他缺乏的要素，還是每種藥草適合不同的魔法等，可能形成原因的要素太多了，到現在都還沒摸索出答案。

「來到這世界已經過了好幾年了，但還有很多未解之謎。」

「是。」

「是、是的。」

每當獲得新知或發現新的神祕現象，未解之謎就會連鎖性地增加。只是，不知道算不算得上幸運，這些謎團的優先度都有待商榷，因此現在有很多延後調查的問題堆積如山。

要是這些能交給僕役或召喚魔物等去處理，問題或許很快就能一一解決。遺憾的是有部分實驗是召喚魔物或僕役做不來的。

安茲認為最起碼也得是像ＮＰＣ這種與玩家創角方式相同的存在才行，但說不定即使是安茲（玩家）與ＮＰＣ相比，做同一件事仍會有差異。假如真的想仔細調查，恐怕得讓安茲、ＮＰＣ與僕役三種存在重複進行同一種實驗了。

「像這種植物栽培等實驗或許可以讓已征服的族群來處理，但重要實驗就不能委託給這世界的——可能成為潛在敵人的族群。這樣一來就只能讓納薩力克內部的人進行……偏偏人力又吃緊。真是令人煩惱……」

（一面得提防外國技術出現突破性發展，一面還得提升納薩力克這單一地點的技術，好讓情勢對我方有利，是吧？）

儘管相當困難——

（——只要交給雅兒貝德或迪米烏哥斯去做，他們一定有辦法解決。那兩人聰明得很。）

毋寧說照那兩人的個性說不定早就設法應對了，不用安茲雞婆。總之先提醒一下有這個問題就夠了。

（就像之前那樣讓召喚的魔物把問題抄下來，投進意見箱就好。）

這樣一來，就可以避免惹來「您怎麼現在才想到？」之類的白眼。

（——又分心了！）

「——糟糕！要遲到了！那我走了。」

沒空慢慢看兩人點頭，安茲衝出了借住的森林精靈樹。

遲到就太糟糕了。以前出社會打拚時，他也從來沒遲到過。不管玩YGGDRASIL玩得多熱中都一樣。

（快跑，快跑。）

光線照在安茲的臉上。

陽光從樹林茂密枝椏之間的些微縫隙灑下，告訴他今天又是個好天氣。

●

亞烏菈一直等到耳朵聽不見主人奔跑的聲響，才終於開口。

「總覺得安——唉……」

亞烏菈嘆了口氣。每次剩下她跟馬雷兩個人，她就演不好。這樣可不妙。相較之下，馬雷根本沒發揮什麼演技。

她覺得有點不公平，半睜眼瞪著馬雷。

「咦？呃，姊姊，妳、妳怎麼了？」

「嗯？沒有啊，沒什麼。」拿馬雷出氣也不能怎麼樣。亞烏菈重新打起精神，說出本來要講的話。「舅舅看起來，好像很開心耶。」

馬雷也點頭同意亞烏菈的看法。

這實在讓亞烏菈有點不太明白，因此她「嗯——」地沉吟，腦袋瓜往旁邊一歪，道出了她的疑問：

「話又說回來，自從來到村子裡之後，舅舅每天都去找藥師領班，可是這麼做真的值得嗎？」

「不曉得耶。可、可是，森林祭司使用這種樹施展的魔法就連我也不會，說不定藥學方面也有研發出什麼獨特的知識喔。」

「既然聰明的舅舅都覺得有趣了，或許你說得沒錯……可是在這種鄉間小村，我實在不相信他們的學問能多先進耶。再說，使用這種樹施展的魔法也只是馬雷不會而已吧？還是說，馬雷以外的森林祭司也都不會？」

「嗯——……不曉得耶。其他人的話，呃，說不定有人會用，但我覺得它應該就像生活魔法一樣，是這世界獨自演變出來的精靈族魔法……只是，不管怎麼樣，既然舅舅每天都去報到就表示絕對有那個價值，不是嗎？」
講得一點也沒錯，完全無法反駁。
「好吧，我想也是啦。」亞烏菈抬頭看著天花板，然後視線再次轉回馬雷身上。「那你覺得舅舅為什麼每天看起來都那麼開心？」
「應、應該是因為那個吧？就、就是，可以獲得新知——新資訊讓他很開心吧？因為舅舅真的非常重視情報。」
「啊——有道理，舅舅是這樣沒錯。所以才會每次事情發展都如他所料嘛。」
不光只是聰明絕頂。想必正是這種對情報堪稱飢渴的執著心，帶來了洞穿一切的睿智。
她還記得聽迪米烏哥斯說過主人甚至能夠放眼千年之後，現在看到主人處事的態度，不得不說真是心服口服。
亞烏菈不禁欽佩而讚嘆地呼一口氣。
不愧是率領諸位無上至尊的偉大人物。
雖然對亞烏菈來說泡泡茶壺才是至高無上的存在，但她第二尊敬的就是安茲。然後雖然掉到第三名，但她也很尊敬佩羅羅奇諾。接著紅豆包麻糬與夜舞子並列第四，其他無上至尊都在他們之下。馬雷則是第三名以下全都等同視之。
「真不愧是舅舅。相比之下——」亞烏菈露出憂鬱的表情。「——我們真不中用。」

馬雷的神情也同樣蒙上陰霾。

「就、就是啊，到現在都沒打聽到特別的情報——舅舅可能會想知道的情報……但我們還得繼續玩下去，對不對……？」

「沒辦法啊，我其實也不想再玩扮家家酒了。可是如果說要玩別的，還能玩什麼啊？我們不可能輸他們，但要是故意裝輸讓他們覺得自己被看扁，那也很麻煩啊。畢竟還是得打好關係才行。」

兩人都沉默了。

再這樣下去，又得玩扮家家酒了。可是他們找不到好藉口拒絕，又想不到替代方案。如果不是無上至尊的指示，也許還能佯稱身體不適開溜，但他們不能那樣做。

「…………總之，我作為馴獸師的能力對黑暗精靈不管用，算是至今還沒人發現的新情報吧。」看到馬雷面露苦笑，亞烏菈接著說：「附帶一提，百級黑暗精靈也包括在內。」

馬雷想起了某件事情，頓時變得一臉厭惡。

●

在葉隙間灑落的陽光下，安茲走過樹木之間的橋梁。

時不時會有黑暗精靈對安茲揮手。不只是這樣，從前面走來的黑暗精靈還會笑容可掬地跟他寒暄兩句。

「菲歐爾先生，今天也要去找藥師領班嗎？」

「是的，沒錯。」安茲爽快地回答。

起初這個假名讓他不太習慣，但才過了幾天就完全適應了。

「說來難為情，我沒這方面的天分，煩擾到臨時師父了。」

「菲歐爾先生是魔力系魔法吟唱者中的奇才，如果同時還是個天才藥師，那才讓人吃驚呢。就像沒有人能身兼優秀的森林祭司與游擊兵一樣。」

安茲有一次用魔法解決了逼近這座村莊的魔獸——催眠巨蛇(Giant Hypnotism Python)，從此贏得了村子裡黑暗精靈的尊敬。

所以，來跟他寒暄或是對他揮手的人，全都帶著藏不住的敬意。

「這話對我來說真是一大安慰。我很想再多聊兩句，但不好意思讓臨時師父久等，恕我先失陪了。」

「我才該請您見諒，在您趕時間之際攔住您。」

又講了幾句「不不不，您客氣了」等場面話之後，安茲繼續前進，然後抵達幾天來天天報到的培訓地點。

「抱歉我來遲了。」他打聲招呼，走進了森林精靈樹。

其實也沒有真的遲到，應該說村子裡的時間概念全憑個人感覺，因此獵人以外的村民時間觀念都很寬鬆，幾乎不會跟人約在特定時間見面。就算有約，也都只是約個大概。所以對方也並未指定安茲在這個時刻到來。

但安茲畢竟就是比平常來得晚了點，因此只是禮貌性地講一聲。

事實上——

「——沒有很晚啊。」

屋裡的人也這樣回答。

在熟悉的工作室裡，藥師領班不曾回頭看他一眼，正在用生疏的動作慢慢地、慢慢地把搗爛的藥草盛到盤子裡。

安茲坐到他旁邊，拿起盛好的盤子，裝到天秤上。另一個沒盛藥草的秤盤裡放有砝碼。很遺憾地沒能一次量準，安茲替換了幾次砝碼，兩邊才終於取得平衡。接著，安茲把砝碼的重量寫在事先準備好的一疊紙張上。

「好了，請師父繼續。」

剛才不耐煩地看安茲放完砝碼的藥師領班，動作粗魯地拿下盛藥草的秤盤，把藥草移到另一個容器裡。他處理得很細心，但不可能把所有搗爛的藥草都從秤盤上刮下來。藥草的少許碎渣——跟草汁一起留在秤盤裡。

藥師領班表情火冒三丈地一看，想用刮刀替藥草換容器。

如果有橡膠刮刀之類的工具或許可以刮乾淨，但不幸地這裡只有木製刮刀。多少是刮下來了一點，但秤盤裡還是有剩。

「嗚啊——！麻煩死啦——！」

藥師領班一邊吼叫一邊亂抓頭髮。

他第一天認識安茲的時候從來沒有過這種態度。現在是指導了安茲幾天漸漸混熟了，但更主要其實是用誇張的演技來表達安茲的提議弄得他有多煩躁。也就是在暗示安茲「不要再用這種方式了好嗎」。

「您就忍忍吧，臨時師父。」

藥師領班對安茲露出一副氣鼓鼓的臉。

這種表情讓女性或小孩來擺或許能引發安茲不同的情感，但一個男人——而且是成年的大人即使擺出這種態度，安茲也無動於衷。就算是帥哥也一樣。

「……不要給我找這種麻煩好嗎？臨時徒弟。」

「不是，我之前不是跟您解釋過原因了嗎？而您也諒解了不是嗎？並不是我強迫您這麼做的。」

「……那時候我覺得你講的確實也有幾分道理，因為村子裡不可能有什麼巨人。但我後來睡覺時想想，最重要的應該還是記住手感，要量分量等你以後回都市再慢慢量不就好了嗎……」

可能是越講越沒自信了，藥師領班的聲音漸漸變小。

至於安茲則是在心裡咂舌。被他發現了啊。

安茲不知道這算發現得早還是晚，但真希望他能繼續被哄騙下去。

之所以變成這樣放在秤盤上量，是因為藥師領班想叫安茲用手與舌頭記住藥方。

手的話——只要努力操縱發動的幻術，還有辦法掩飾過去。但是味覺就不行了。萬一叫他理解藥草放在舌頭上帶來的麻痺感，沒有舌頭的安茲就沒轍了。可是，他不可能跟藥師領班這樣說。

所以，安茲找了一番藉口。「在我的都市有巨人這樣的巨大種族，也有矮人這種個頭比我們更小的種族。我不確定同樣的藥量能不能治好這些種族。因此我想正確衡量您調製的藥每一人份所使用的藥草量，斟酌各個種族的體重等因素之後再配藥。」

對於他這位專治黑暗精靈的藥師領班來說，這番話聽起來想必很有道理。

安茲也不覺得全是在瞎扯。但也明白不能算是真話。

這是因為安茲的理論其實只適用於原本那個世界，不是這世界的常識。

這世界有著名為魔法、性質特異的物理定律。所以跟這種定律稍有相關的藥水等，也必定脫離了安茲所知道的過去世界的常識。

事實上，即使只有少量的藥水，也同樣能治好巨人的傷。

當然，一般人類與一般霜巨人(Frost Giant)的生命力最大值並不相同，乍看之下會以為回復量有差，其實應該沒有不同。不用說，安茲沒仔細做過實驗，因此這只是他根據自己知道的ＹＧＧＤＲＡＳＩＬ——最接近這世界的法則——的知識進行的推測。所以也說不定真的被他講中了。

（仔細想想，或許我應該一開始就說我有味覺障礙……）

省得他現在這麼辛苦。只是如果講那種假話，大概又要為別的事情煩心了。

（……現在才來後悔也沒用。我現在需要的是，想出一個能哄騙得了他，讓他服氣的藉口，可是……想不出來。真不該以為成功騙過他了，就沒先想好備用的藉口。）

安茲活動幻影變出的臉孔，慢慢閉上眼皮。當然這只是幻術，安茲的視野沒有任何變化。

那兩人提醒過安茲「臉孔好像戴了面具一樣都不會動」，因此他有時會故意閉一下眼睛。沒用布蒙住的部分——眼睛與眉毛等最會透露出感情，這個部分完全不動、加上視線定定地注視一點會讓人覺得很詭異。他自己卻忽略了。

因此安茲在雙胞胎的監修下反覆練習，如今只要像這樣特別留心——儘管表情變化的過程非常生硬而刻意——技術已經練到看起來有點像真人的水準。

藥師領班不知是如何解讀安茲的沉默，接著說下去：

「而且，再繼續這樣搞下去的話……對！我想說的是生產性會降低。每天的藥品產量下降對村莊可是一大損失啊！」

這說得也沒錯。

這座村莊有著好幾名低階森林祭司，需要急救的傷勢等大多都能治好。只是，像獵人之類必須離開村莊——有森林祭司待命的地點——工作的人，就需要藥師調配的藥了。

如果讓森林祭司與獵人同行，或許可以在有人受傷時幫上忙，然而一旦開始狩獵，不擅長潛伏的森林祭司就會拖累隊伍。

像安茲這種沒什麼狩獵相關知識的人會心想：「做個營區讓森林祭司在那裡待命不就結了？」但村子有村子的規矩。所謂的規矩，大多都是基於至今的錯誤嘗試所歸納出來的法則。一個對這片樹海一無所知的外地人沒資格講什麼。

「真要說的話，誰能保證藥草放在這個秤盤上不會變質？我有說錯嗎？」

這個天秤與秤盤，都是安茲在這世界所認識的最優秀的鍊金術師——巴雷亞雷家長年使用的老東西。既然他們都在用了，應該沒有問題才對。當然，安茲也告訴過他，這是師父給的東西，所以應該沒問題。

只是，如果他還要追問「你那位師父也用過這種藥草嗎？你沒辦法保證這種藥草不會變質吧？」安茲就會被問倒了。實際上會不會變質，要問過專家才知道。

「關於這點，我之前也說過了，我想不會有問題。」

「你只是說你想，對吧？不是肯定對吧？也就是說你自己都不敢保證不會出錯——沒有自信對吧？這樣好嗎？藥有時候也能害人。你怎麼知道它放在這個秤盤上不會變質，變成害人的毒藥？」

「……我覺得不可能。」

「當然，也許你說得沒錯。但如果要驗證清楚，就得把所有藥做出來檢查一遍才行。更何況就算驗證過了，如果只是些微的變化，也許一時之間看不出變質。也許要等上幾天、幾星期才會發生巨大變化。用在重症患者身上，也許這一點點的變質就會讓原本有救的生命回天乏術啊。」

還是一樣說得很對。

對於他所提出的「也許」，安茲沒有根據能斷定絕對不會，所以也沒辦法駁倒他。

更糟的是安茲的知識只是臨時抱佛腳，沒辦法用藥師的知識打比方跟他辯論。假如換成巴雷亞雷家的人在這裡，大概立刻就駁倒他了。

但是，他現在不能讓步。

考慮到對方可能教他用舌頭記住，還是不能退讓。

「既然如此，就請臨時師父照您原本的做法來做。我會把這些數據帶回都市，照臨時師父所說的，把所有藥調配一遍做各種驗證。」

藥師還來不及說什麼，安茲先一連串把話說完。只有笨蛋才會給對手反擊的機會。附帶一提，安茲正是個笨蛋，所以成天遭受對手的反擊——或許應該稱之為背後放槍。特別是常常來自迪米烏哥斯。

「都市裡的藥師人數比這裡多多了。只要請他們幫忙，可以一口氣做出很多的藥。而且都市有著各種種族，我也應該請那些種族的藥師集思廣益，仔細驗證是不是誰都能安全使用。」

藥師領班露出了有點排斥的表情。誰也不會高興看到自己部族代代相傳——不管是不是祕傳——的藥方被很多人知道。這點安茲也有同感。與其說是計較既得利益，重點在於只有蠢貨才會讓潛在敵人獲得知識。

事實上，安茲也並非真的有意那麼做。只不過是隨口說說以敷衍一時罷了。

安茲也是從朋友那裡學來的。

朋友告訴他，知識禁果要獨占才有價值。

所以安茲就算要傳播得到的知識，也只限於納薩力克內部。

「看來臨時師父並不反對，那就拜託您了。」

遭受到安茲的反擊，藥師領班不服地叫了一聲。但他似乎想不到什麼決定性的反擊方法。只見他故意擺出垂頭喪氣的樣子，再次開始把藥草盛進秤盤。

動作很快。這樣安茲要一邊做好自己的工作一邊抄筆記可不容易。

他覺得對方就是故意要這樣。

如果他的部分做完了，安茲卻還沒做完，他鐵定會講些話來酸人。這麼做與其說是想早點結束討厭的工作，應該說根本是為了講輸安茲在發脾氣。

（別小看我了！）

安茲的工作速度確實不可能比長年從事製藥工作的藥師領班快。但安茲也在他身邊反覆做了好幾天同樣的工作，可不會還沒試過就認輸。

唔喔——安茲在心中燃燒起鬥志，也開始拚了命做事。

安茲活用至今的經驗，瞬間判斷出藥師領班給他的藥草放在秤盤裡需要多少砝碼。沒時間抄筆記，先記在腦子裡就行了。儘管安茲絕對稱不上聰明伶俐，但也不是完全不長記性。

安茲一加快速度，藥師領班的動作也變得更快了。

兩人都沉默無言——以如果有第三者在場絕對會吐槽的速度——誰也不讓誰地專心做

事。

（不過——還真有意思。）

安茲一面記住這種藥的配方，一面思考它的藥效。

（這種藥的效果實在很弱。但是，如果把它跟那種方法並用，也許會有意外的加乘效果？）

對ＹＧＧＤＲＡＳＩＬ的玩家而言，在資料量無以計數的ＹＧＧＤＲＡＳＩＬ這款遊戲當中建構新的戰術是最大的樂趣之一。這點對安茲——不，對鈴木悟來說也不例外。

以這個世界的技術製造，不存在於ＹＧＧＤＲＡＳＩＬ的藥，隱藏著能夠活用於新戰術的可能性。

（與其使用魔法，不如利用魔法道具來彌補弱點……不，那樣太花時間了。要用更快速的……）

事實上是否真有加乘效果，得進行過驗證才知道。即使如此，有望獲得新技術仍然讓安茲興奮不已。

（早知道就早點開始認真學習了……）安茲想起恩弗雷亞的容顏。（又不是沒有門路。只要我開口，他應該會教我很多……）

之所以沒那麼做，是因為安茲之前必須把時間用來學習其他事情。這個世界的技術學習他都交給蒂托等成員去負責。

（老實講，要我管理一個組織——一個國家根本是不可能的事。倒不如還是讓我負責技術研究比較好吧？況且我也比較喜歡做這些事……）

他再次思考自從來到這裡開始學製藥之後，時常隱約浮現心頭的事情。

假如鈴木悟有著優秀的頭腦——雖然安茲沒有腦子——說不定兩邊都能學習有成。然而他偏偏就沒那本事，結果卻得把勞力耗費在自己不擅長的領域上，可以說一直都在浪費時間。

（我原本以為這是在逃避責任……但我錯了。每個人都有適合自己的場所。等回到納薩力克後……就跟雅兒貝德試著申請轉調部門吧……但是，等等。但是，我這樣會不會辜負了ＮＰＣ們的信賴？這是一個公會長以及自稱「安茲．烏爾．恭」之人應有的態度嗎？大家……會怎麼說……啊！）

藥師領班突然停下手邊的工作，兩人的競爭與安茲的思考就此倏然告終。

因為藥師領班回頭望向背後——門口那邊。

險些露出勝利笑容的安茲立刻正色，看往同一個方向。那裡沒有人在。於是他豎起耳朵聽聽看。

遠處好像在吵鬧什麼。只是，不像是情況危急——例如魔物出現襲擊村莊，或是有人受傷——的那種騷動。
「從都市前來的就你們幾個了嗎？」
「咦？啊，對，是的。我沒聽說過除了我們之外還有誰要來……難道是……？」
「對，沒錯。每次有人來到村莊時都是像這樣。而且不是族人……如果是這附近的黑暗精靈，就不會是這種反應……也許來者是森林精靈？」
或者是有人從納薩力克過來了？
但安茲又覺得不可能。如果想跟安茲取得聯絡，大可以用「訊息」等方法。他不認為納薩力克有誰會過來。不過，假如來者是森林精靈，他想到了一個可能性。
「會不會是森林精靈的行商？」
「也有……這個可能……但又覺得有點不像。算了，反正應該跟我們無關。如果跟我們有關，應該馬上就會有人過來了。」
藥師領班回答得像是在說服自己，然後再次轉向桌子。
「別理會了，繼續做事吧。你應該也聽師父說過吧，有些種類的藥在調合的過程中，藥效會隨著時間變差。」
兩人做事的速度比剛才放慢許多，但很快就被迫中斷。一名村子裡的黑暗精靈，氣喘吁吁地跑了進來。

「芒果先——！」突然闖入的黑暗精靈喊到一半，看到安茲聲音立刻弱了下來。「啊——菲歐爾先生。抱歉在您做事時打擾。」

每個村民都知道安茲成天泡在藥師領班的家裡求教。但似乎是因為突然發生狀況，讓他急得忘記了這件事。

「……只對臨時徒弟道歉卻直接跳過我，不曉得你是什麼意思？」

藥師領班嘟噥著抱怨，不過應該只是說著玩的。臉上是有著不滿，但比較像是在淘氣胡鬧。

「啊！芒果先生，抱歉打擾您工作了。」

芒果．基萊納——這就是藥師領班的名字。

道歉的黑暗精靈頻頻偷看安茲，遲遲不說出來意。

「啊——如果不便讓我聽到，我可以先出去一下，你們覺得呢？」

「不，其實也沒關係。只是，這個嘛……芒果先生，剛才有個森林精靈來到村莊，說是這座森林外面的一個人類國家攻打到附近來了。」

話講到這裡，他又看了一眼安茲。

「原來如此，如果是擔心這個，我可以保證那不是我居住的國家。我想應該是教國——我國的一個鄰國。我有聽說過他們正在攻打森林精靈國。」

黑暗精靈看起來變得放心多了。

「那個森林精靈來到村莊，說我們也必須派出士兵。現在那個森林精靈已經離開村莊去其他村子傳話了，長老們說想召開集會討論接下來的決定。」

5

廣場上聚集了人數眾多的黑暗精靈。恐怕除了小孩以外，全體村民都到場集合了。

他們每次召開集會似乎都是使用這個廣場。

不過雖然說是廣場，由於這裡是黑暗精靈村，所以廣場也位於半空中。就是一處從樹上延伸出許多橋樑固定住的盆狀地點。儘管感覺好像一下雨就不能用了，但沒辦法，因為村子裡沒有所謂的集會所──沒有一棵森林精靈樹能容納這麼多人。說不定人數較少時會在哪棵森林精靈樹裡開會而不是這裡，不過現在不是問這種問題的時候。

安茲以顧問的身分，參加這場集會。

說實話，安茲很不樂意接下這個擔子。

他真想用盡全力避免扮演這種必須負責任的角色。更何況又拿不到顧問費，誰高興做這種事啊？

如果可以只單純旁聽就再好不過了，但對方希望他能作為顧問與會。由於安茲本身也對集會的內容感到好奇，經過一番猶豫、猶豫再猶豫之後才擺出一副不得已的態度點了頭。

首先，他最想知道的是結果。知道結果與否造成的影響最大。

其次是贊成與反對的人有誰，以及會議進行的氣氛。他也想了解這種光看會議紀錄——聽別人描述無法掌握的部分。

即使集會做出了某種決定作為村莊的全體意見，其中想必也有人不服氣，或是覺得不能苟同。安茲尚未決定今後要如何處置這個村莊，目前只覺得把對納薩力克有害之人除掉，有益之人則作為個體拉攏進陣營也不錯。

如果是雅兒貝德或迪米烏哥斯，也許不用參加集會就能推知趨勢，但凡人安茲還是得實際參加才有辦法。

望著現場集合的黑暗精靈們，安茲無意間想起了「安茲．烏爾．恭」以前的情況。即使是角色表情不變的虛擬世界，開會時還是感覺得到氣氛。

不過這並未造成過什麼影響。在那個向來是少數服從多數的集會，察言觀色不是特別重要的能力。不過這個集會似乎就不同了。

（扮演這個角色說不定還滿有好處的……只要中途離場放棄表決權就不用負責任，況且握有某種程度的權利參加真正的會議，也不是想經驗就能經驗到的。）

老實講，安茲不是非常了解所謂的會議流程。當然他有參加過會議。鈴木悟好歹也是個社會人士，從來不開會的公司可不常見。只是即使參加，他手裡那一票也等於是廢票。因為會議只是虛有其名，說穿了不過是高層針對基層的命令，所以可想而知，他就只是到場罷了。

那麼，來到這個世界之後呢？

納薩力克地下大墳墓的會議對安茲來說如同地獄。

由於統治者安茲的意見錯得再離譜都會被當成對的，因此他不能說錯任何話。可是——不知道為什麼——守護者認定了安茲是至高無上的統治者，更是洞澈一切的天才，總是不斷地徵詢他的意見。這份沉重責任成了讓安茲精神疲勞的主因之一。

（如果能夠從這個沒人會忖度服從最高領袖的集會，學到什麼關於會議的知識就好了……在納薩力克大家都只會以我的意見為優先。）

安茲很難說明能從中學到什麼，或是自己想得到什麼，只希望能發掘出一些事物來增進自己的見識。

最後長老們終於現身了。

各種身分的黑暗精靈們排成ㄇ字形，把長老們夾在中間。安茲站在離長老區有點距離的位置。

（嗯——不得不說有點失策。這幾天都泡在臨時師父那邊，沒完全掌握村子裡黑暗精靈的人際關係……）

到場集合的村民也是，有些人安茲只有見面點頭過，連名字都不知道。

關於村莊的重要人物，安茲為了收集情報也有努力去認識他們。只是說到村莊以這些人物為中心建立起了何種人際關係，他就知道得不多了。

但他已經看開了，覺得這事無可厚非。就算下更多功夫經營人際關係，在這麼短的期間內也不可能親密到對自己無話不談的地步。

（大人——畢竟情況比較複雜。但願小孩子沒那麼多心機……）

從安茲這種淺薄的知識來看，村民目前站立的位置應該沒什麼特殊意義。感覺就只是三五好友或家人等關係親近的人隨便站在一起。

安茲一邊希望大家都能放個名牌，一邊先用幻術變出肅穆的神情靜待集會開始。

「那就開始吧。」其中一名長老——比較年輕的男性——開口說道。「我想大家都已經聽說了。但為了釐清疑點，讓我重新解釋一遍。今日，森林精靈王派了使者來到村莊。使者表示北方的一個人類國家已經攻打到森林精靈的王都附近。於——」

有幾個人的視線朝向安茲。

一定是跟來到藥師領班家中的那名男性想到了同一件事，因此安茲必須盡快否定這種想法，免得平白遭人誤會就麻煩了。
「——失禮了。」安茲舉手發言。集會似乎沒有這樣的規定，不過既然要打斷長老說話，道個歉並不為過。「我先聲明，那不是我居住的國家。進犯的國家只有人類種族——是單一種族國家，而且將森林精靈當成奴隸。」
聽到奴隸二字，有好幾個人發出厭惡的聲音。但也有聽到一些「有聽說過」或是「森林精靈……」之類沒什麼意義的自言自語。看來他們的集會完全允許大家自由發言。
「我居住的國家就如同之前說過的，是各種種族和樂相處的國度。大家都受到法律所保護，之間沒有爭執，也不會發生攻擊事件……啊！我的意思是種族之間不會互相危害。國內治安良好，但也不是完全沒有人犯罪，所以假如獨自走在危險的場所，也不是沒有個萬一……這方面我不敢講得太肯定就是。抱歉打斷長老說話。」
安茲對長老稍微點個頭致歉，長老也做出回應。
「於是由於國內受到外國侵犯，對方想請黑暗精靈也派兵支援。」
「那才不是什麼請求。」一名年輕人帶著明顯的反感叫道。「根本是命令我們從軍！」
眾人之間發出雖然小聲，但表示同意的許多聲音。
長老們也沒有立刻出言制止。大概是他們多少也有同感吧。

「於是我們認為應該集結眾人的意見決定該怎麼做，才會召開這場集會。等村莊有了共識，我們打算帶著結論去跟其他村莊再做商議，因此大家在這裡提出的意見並不會代表黑暗精靈的全體意見，這點我想大家都能理解。況且帶著我們村莊的意見去跟其他村莊商議此事，對方也不見得會採納我們的意見，視情況而定甚至可能討論不出一個結論。」

這名長老說完之後，另一名長老接著說了：

「——不，毋寧說這是最有可能發生的情況。就連我們村子裡大家都認識，也有可能討論不出個結論。甚至有可能因為這樣，使得黑暗精靈就像過去那樣各自另立門戶。」長老的臉只一瞬間轉向安茲。「意見相左絕不是件壞事。只是，我認為大家不能侷限於自己的想法，必須跟村民交換意見，聽取各種想法。然後藉此站在更開闊的視野上，決定自己該採取的行動。」

安茲基於擔任公會長的經驗，覺得這個觀點似乎不太可取。

他認為身為組織領袖，不應該鼓勵大家可以沒有共識自主行動。

如果因為不喜歡或是不能理解就違反公會的決定，那公會這個組織的意義何在？更何況就是要眾人團結一心才能形成強大的力量，如果分散行事就只是可以各個擊破的活靶了。

話雖如此，安茲不會給這些意見。

在這種狀況下，一個外人強迫大家接受自己的意見不是很好。試想如果立場顛倒，有個外人來對他下指導棋，他會有什麼感受？

況且他們會有這種觀念，也許是因為在大樹海這種危險場所生活，講求的是自我判斷能力。

安茲在這座村莊生活了大概一星期，已經感覺到黑暗精靈為自己負責的觀念比人類更重。

這樣想來，如果一個外鄉佬的意見就能改變幾十年甚至是幾百年來的生活培養出的觀念，似乎才真的是大有問題。

更重要的是——

（——黑暗精靈分散戰力，對納薩力克豈不是更有好處？）

「為此，我們請到了這位了解外界情況的人士參加集會。」

突然被長老叫到讓安茲內心有點措手不及，但還是輕輕點頭表示同意。

「我不知道能不能幫上大家的忙，但我會竭智盡力。」

眾人發出「喔喔」的讚嘆聲，其中一名黑暗精靈提問了：

「那麼長老你們怎麼看？村裡又沒有士兵，能派誰去打仗？」

「我們有意服從這項要求。沒錯，目前還沒聽說有哪個黑暗精靈村被攻打，但也有可能只是目前還沒受到攻擊。我想大家也是知道的，我們的村莊位置遠離森林精靈國的中心——

在他們的東南方邊陲，所以如果敵國一一攻打各處，我們會是最後一個目標，對吧？」
「等他們殲滅了森林精靈，我們黑暗精靈自無道理全身而退。既然如此，應該同心協力擊退侵略者才是。」
「……就是這點讓我想不透。我想問問你們幾個長老，聽到森林精靈遭到攻打，怎麼就能認定黑暗精靈也會遭殃？」
講得的確沒錯。根據安茲——納薩力克的調查，並沒有任何黑暗精靈被當成奴隸賣掉。
「反過來說，如果我們加入森林精靈的陣營參戰，那個人類國家也許會把黑暗精靈也視為敵人。最重要的是，我們有辦法戰勝人類國家嗎？」
現場氣氛頓時一陣躁動。
這樣問很合理。
對方都已經攻打到森林精靈王都附近了，現在要來個反敗為勝恐怕不大容易。照常理來想勝算很低。
「我贊成長老的意見。」一名黑暗精靈快快不樂地說了。「甜瓜，過去我們逃進這座森林時，森林精靈們選擇接納我們。難道你想過河拆橋嗎！」
喚作甜瓜的提問人急忙回答：
「不，我不是這個意思。也不是說只有戰與不戰兩條路吧？比方說我們可以找森林精靈們一起逃走不是嗎？這座森林還有很多空間。我不知道人類是什麼樣的生物，但總不可能比我們更善於在森林生活吧。也許我們只要逃走，他們就不會窮追不捨……要是有個萬一也可以遷居到更遠的森林去……再說人類為什麼要攻打森林精靈？你們怎麼知道不是森林精靈先攻打他們？」

「……是的話就是自作自受了。」

藥師領班喃喃自語。聲音很小，卻響亮到所有人都聽得見。

「……說得也是，森林精靈跟人類國家是為了什麼理由開戰？人類也住在這座森林裡嗎？」

長老用求助的眼神望向安茲。

「——不，抱歉，我也不知道兩國開戰的理由。我甚至是現在才知道人類國家都已經攻打到這裡來了。不過，人類的國家位於大樹海以外，我想絕不會是為了生存競爭。」

「是這樣啊。就連這座森林對我們來說都太廣大而難以摸清。而外面的世界一定比這座森林更廣大吧……那麼您認為我們該怎麼做？」

（咦？拿這種事問我這個外人？這下傷腦筋了……以目前來說，黑暗精靈不是我特別想要的種族……）

安茲對森林精靈樹的存在與藥師的知識等還算感興趣，但不到非得弄到手的地步。

（……不過嘛，反正我也並不希望他們送死。就不要說謊，只要把討論的方向轉到人命優先就好。）

無意間，安茲想起亞烏菈與馬雷的容顏。

不知道那兩人跟孩子們處得怎麼樣，不過如果玩在一起的孩子們死於非命，他們倆也許會傷心。

安茲稍微想了想，交出答案。

（嗯，以目前的狀況來說要誘導這些人的思維太難了。畢竟這次事前沒做功課。）

最好別急急忙忙想個破綻百出的計畫，給日後留下禍端。既然如此，還是誠實說出自己的想法最好。

「首先，既然對方於各位有恩，忘恩負義是最下流的行為。不然萬一下次出事，別人會覺得黑暗精靈是不能信任的種族，可能就沒人伸出援手了。」

長老們連連點頭表示贊同。

「但是同時，必須要有十足的勝算——我說的不是森林精靈的看法，是各位冷靜地收集情報後確定能贏才算數。否則我只能說所有人都上戰場只是有勇無謀。」

年輕族群連連點頭表示贊同。

「因此如果是我，會選擇中間選項。」

所有人臉上都浮現不解的表情。安茲承受著眾人的視線，同時想起在YGGDRASIL時代的公會間鬥爭，他們採用的作戰是雙方陣營都參加，並在兩者之間巧妙周旋，這樣無論哪一方贏都能從中獲利。

他們在同樣的狀況下還用過更嗆的作戰方式，但那是當時安茲等人的立場正好能採用那種作戰，黑暗精靈是辦不到的。

「首先，我會讓每一座村莊各派出幾名援軍。這些人基本上都會戰死，但還是要派。可想而知森林精靈一定會對人數不多的援軍有怨言，但只要找藉口說為了保護村莊只能派出這些人手等，森林精靈想必也不便多說什麼。畢竟我們好歹也派出援軍了。至於留下來的人則前往其他地方避難。」

安茲解釋完畢後，群眾當中到處都有聲音說「原來如此」。同時也有人說這樣似乎有點奸詐。不過整體來看，似乎是善意解釋的人居多。

「不愧是在都市生活的黑暗精靈。我們實在沒有這個頭腦。」

聽到長老這麼說，安茲讓幻術臉孔變成苦笑的表情。

（怎麼覺得沒什麼被稱讚的感覺……）

但他感覺得出來，長老絕不是在諷刺或挖苦他。

（話又說回來，竟然想不到連我這點腦袋都想得到的點子，也許是因為他們沒有那麼世故……可是蜥蜴人他們也這樣做過啊……我分心了！）

「與其說是受到都市影響，其實就只是我做人比較奸詐啦。」

「不，沒這回事。這叫捨少取多——在菜園與其他地方是很常見的作法。」

藥師領班開口說話後，安茲看到有幾個人露出驚訝的神情。大概是他很少在這種場合發言吧，或者是根本就不參加。

「謝謝臨時師父。還有，有件重要的事忘了說。只有這件事請大家務必記住。」等吸引了所有人的耳朵與目光後，安茲接著說：「這純粹是我的一個建議，只是一點看法罷了。決定權握在面對這個問題的各位手上，做決定之後的責任必須由各位自己承擔。」

只有這件事絕對必須先聲明，要不厭其煩地說清楚。

免得到時候又來推卸責任，說是安茲提的議。

被選中的幾名黑暗精靈必死無疑。不，就是要有人捐軀才能對森林精靈們說他們已經仁至義盡。這麼一來，黑暗精靈死者的家屬也許會對安茲懷恨在心。

因此，安茲必須讓他們自主做選擇。這樣到時候才能說「是你們自己做的決定」。

（雖然對一些喜歡把好意當成歹意的人講這些也沒用，反正我也不用跟那種貨色建立起友好關係。再說布妞萌桑也說過，想拉攏所有人本來就是不可能的事。只是，如果跟亞烏菈與馬雷一起玩的孩子們有人的爸媽被派去打仗，會不會留下少許禍根？可是我在這件事上給意見又會造成問題。話雖如此……之後還是確認一下好了……時間緊湊，可能不會太容易……）

如果這關係到納薩力克的重大利益，安茲就不是這樣處理了。他會出借要得回來的道具，努力讓黑暗精靈存活下來。但他們黑暗精靈沒那麼大的身價，失之不足惜，所以安茲沒打算做那麼多努力。

再說其實還有一個辦法。安茲很想建議他們向教國投降，但這話又不能由他來說。反正就算投降也不見得就能保命，臣服於敵國不一定能帶來好結果。

「您的意見相當有幫助。」長老的視線從安茲身上轉向黑暗精靈們。「大家有任何意見嗎？」

沒人提出異議。

看來安茲的提議被採用了——竟然就這樣被採用了。

後來集會開始討論作為援軍的人數與人選，以及其他人該逃去哪裡。

之前明明說過會跟其他村莊一起開會，現在就討論這個好像操之過急了。可是如果等到集會討論出結果再來決定又略嫌太慢。

安茲心情複雜地望著這個場面。

自己的意見獲得採用確實多少滿足了他的自尊需求，但是沒有簡報成功時的那種喜悅。

想必是因為這次沒有明確的最終目標吧。

結果安茲沒有誘導黑暗精靈為納薩力克帶來利益，還得為了自己的發言負責。現在唯一能做的就是速速退場，並且把責任推卸到其他人頭上。再說──時間已經所剩不多，他必須立刻離開。

「──真不好意思，我想我繼續留下來也幫不上忙，我該回到那兩個孩子的身邊了。」

最年長的長老代表眾人開口：

「十分感謝您這次的幫助。我想之後就由我們來統整眾人的意見，向其他村莊做提議。」

安茲一面覺得對方實在沒必要這麼謙遜，一面回答：

「這樣一來，可以請各位在提議時不要提到我的名字嗎？」

「這、這是為什麼？」

「一旦得知這個意見來自跟貴村──以及這座森林裡的黑暗精靈關係較淺的人，有些人一定會覺得難以接受。」

當然，這不是安茲的真心話。他只是想盡量減少被怨怪的可能性。

「不，不會有這種事的。雖說已離開森林，但終究是系出同源的黑暗精靈提供的建議，誰也不會漠視您的意見。不過──我明白了。這事我就保密吧。」

「太謝謝您了。那麼……雖然以當初的預定來說提早了幾天，但我想我們該離開貴村，返回都市了。」

「什麼！」

「抱歉事前沒有先說一聲，但孩子們若是有個萬一，我無法跟那兩個孩子的父母親交代。」

「……竟然讓菲歐爾閣下抱持這麼大的戒心……那些人類真有如此厲害嗎？」

安茲一時有點困惑，但隨即想到是因為像他們這樣的高手都逃也似的離開這座村莊，才會讓村民們聯想到教國強大的軍事力量。

「這我不是很清楚。我有自信能贏過大多數的對手，但並不知道人類國家有多少強者，會發生什麼狀況是未知數。我只是怕孩子們會有個萬一罷了。」

長老點頭表示能夠理解。

「……為了避免離情依依，我打算這就去打包行李，踏上旅程。」

「那也太……至少讓我們為各位餞行……都已經沒為各位設宴洗塵了，回國時也不設宴餞行就太丟臉了。」

「不不，沒有這個必要。現在情況緊急，不能為了我們妨礙到各位接下來的備戰工作。」

雙方多次進行「想設宴餞行」、「不用」的你來我往之後，由搬出「這次道別並不是永別，日後重逢時再麻煩各位吧」說服村民的安茲獲得勝利。安茲的眼角餘光瞄到藍莓不知為何在跳奇怪的舞步。也許是本來打算在宴會上表演吧。

「那就……」安茲說完正要走人，卻被長老叫住。

「啊，菲歐爾閣下。我有個跟這事毫不相關的問題，本來想找個沒有旁人的地方問您，乾脆就在這裡問了吧。」

「什麼問題？」

「菲歐爾閣下，您結過婚了嗎？」

長老的問題把安茲嚇得直翻白眼。

「如果還沒有，不知道您願不願意從我們村子裡擇偶？」

安茲稍微環顧四周，發現沒有一個黑暗精靈表現出反感。女性黑暗精靈的眼中反而有著期待之色。甚至還有人對他露出充滿好感的笑容，顯然不是為了村莊做犧牲。

安茲並不是很了解女性，甚至可以說一無所知。即使如此，他仍然可以確定這幾名女性臉上的表情都不是假笑。

「不、不了，恕我拒絕。那個……其實有不少女性對我抱持好感，弄得我很傷腦筋啊，哈哈……」

意想不到的攻擊讓安茲失去鎮定，講話方式一時有點沒演好。不過，長老似乎沒特別放在心上。

「我想也是。像您這樣實力高超的男士，想必受到很多婦女愛慕吧。」

看來他們也跟人類社會一樣，戰鬥能力越強就越受異性青睞。不，看女性村民的反應，在這種危機四伏的環境可能會更注重這方面的能力。不過，剛才的藉口似乎得到了女性村民的諒解。

最後只有這句話必須說清楚。

「這是我最後能跟各位說的，假如各位……決定捨棄這座村莊逃到我居住的都市，我會不遺餘力支援各位。到時候請各位不要客氣，儘管找我幫忙。也許幾個月之後，我還會想來到貴村。假如這段期間內各位最終決定棄村，可以將各位的去處記在地圖上，埋在我借住的那棵樹前面就行了。」

「……但願不用走到那一步，不過如果真有需要就拜託您了。」

長老低頭致謝，在場所有黑暗精靈也配合著低頭。

看到大家都抬起頭來了，安茲告訴他們：「那麼我告辭了。」環顧眾人低頭致意。最後再對藥師領班特別鄭重地深深一鞠躬。

於是安茲邁步前行。

沒被任何人叫住——當然，他也認為不會如此——安茲就這樣一路走到眾人視線不及之處。

亞烏菈與馬雷已經在那裡了。舅舅的演技也到此結束，兩人逐漸顯露出樓層守護者應有的態度。亞烏菈甚至似乎還抱持著戒心，迅速掃視了一遍安茲的全身上下。

「安茲大人……很高興您平安無事。不過，那些傢伙是不是對大人做了什麼？安茲大人最後準備過來這邊的時候，那邊產生了一種異常的氣息。就像獵人搭箭上弦的那種氛圍。」

安茲只想得到一個可能性。

「噢，那是他們跟我提了件稍嫌麻煩的事情。也許是那時候女性村民對我發出的氣息吧。不過沒事，我已經哄騙過去了。」

「是……這樣嗎？但安茲大人往這邊走過來時，還感覺得到一點那種氣息……不，甚至好像變得更強烈了……」

安茲皺起眉頭。看在安茲眼裡，女性村民像是已經諒解了。難道說其實沒有？只是，他也想不到還能怎麼做。況且他們已經要走了，這也就是最好的應對方式了。

「正常來講應該是我先問這個問題：現在有沒有人在注意我們？」

「大人請放心，沒有。」

亞烏菈如此斷言。

既然如此就一定沒問題。不，亞烏菈正是因為知道沒問題，才會一見到安茲就立刻提問。

「──那我想應該一切都沒事，事情妳都聽見了嗎？」

「是，安茲大人。屬下也已經跟馬雷解釋過整件事了。」

與其站在這裡說話，其實回到借住的屋子慢慢談更好。但兩人也許有注意到安茲遺漏的某些細節，依照情況就算有點丟臉，或許有必要回去剛才的地點再參加一次集會。假如已經回到屋子卻發生這樣的狀況，就會浪費太多時間。所以有必要冒著危險在這裡把事情問清楚。

「既然如此，你們聽到那件事情有沒有什麼想法？有任何看法儘管說出來。」

兩人面面相覷。

「沒有什麼特別令人在意的地方。我覺得安茲大人的提議無懈可擊。」

「是、是的。聽了姊姊的解釋，那、那個，我也是這麼覺得。」

（嗯？難道說他們沒想到跟自己一起玩過的小孩的爸媽也有可能上戰場──被派去當敢死隊？還是說有注意到，但不敢反對我的提議？）安茲偷偷觀察兩人的表情。（猜不透……但還是確認清楚比較好吧？）

假如是前者，那樣做可能會讓兩人傷心，或是讓難得建立起來的友情產生嫌隙。這時候應該問得再清楚一點。

「跟你們倆一起玩過的小孩的爸媽，也有可能被送去打仗。」

兩人露出不解的神情。兩人面面相覷，然後視線再次轉回來看著安茲。亞烏菈代表弟弟開口：

「——是這樣沒錯，怎麼了嗎？」那種表情就像是發自內心感到不解。「這樣會出什麼差錯嗎？」

「……不，沒什麼。」

安茲沒能開口問他們：你們怎麼能露出這種表情？

只是心裡知道，他們跟孩子們之間沒萌生什麼友情。

（還是說……如同我那些同伴以現實為優先，這兩人也是以納薩力克為優先嗎……如果是這樣，怎麼做才是對的？）

安茲正在猶豫時，亞烏菈把手放在耳朵後面，做出細聽遠處聲響的動作。想必是那邊講到什麼重要的話題了。安茲與馬雷保持安靜以免妨礙到亞烏菈。

「——安茲大人，那邊似乎提起了關於安茲大人的話題。」

「可以告訴我他們在說什麼嗎？」

「是，大致上的談話內容如下。」

亞烏菈稍微改變一點聲調——但模仿得不像——把內容轉告安茲。

「為什麼要保密不說是他的提議？他說他居住的國家離人類國家很近，假如人類國家知道他在這裡闡述了這種意見，你不覺得將來也許會給他造成麻煩嗎？長老，您認為會發生這種事嗎？我不知道。但是……設法不對他造成困擾不是應該的嗎？——話題講到這裡，其他村民都贊成長老的意見，表決結果是為安茲大人保密。」

「原來如此。謝謝妳，亞烏菈。」

「請、請問，這樣安茲大人出手誘導的事實，呃，就不會洩漏出去了對吧？」

安茲不記得自己有誘導過誰的想法，也很想問問馬雷以為他誘導了什麼。安茲只不過是做了個提議罷了。但是比起這個，還有個更重要的問題。

「考慮到精神控制系魔法的存在，如果想徹底防範情報洩漏，只能殺人滅口……」

「要動手嗎？」

亞烏菈問得很快。

「不，不用。我不覺得這樣做有好處。不，這樣說吧。就算讓教國知道了也沒有壞處。因為教國是我們的假想敵國，我並不打算跟他們加深友誼，而且支援敵人的敵人也合情合理……不，毋寧說這樣做才有好處。我的外貌與姓名都是假的，可以讓教國白費力氣去追查。」

講到這裡，安茲偷偷觀察雙胞胎的反應。

「……不過……真是遺憾。假如教國直接襲擊這座村莊，能得到的好處就更大了。」

雙胞胎一臉不解地面面相覷，然後馬雷對他提問了：

「請、請問，安茲大人為什麼不讓教國襲擊這座村莊呢？我、我是在想，只要用這身黑暗精靈的喬裝打扮，那、那個，去殺掉教國的士兵，然後直接把他們引誘過來不就可以了嗎？」

說得沒錯。

這樣應該能為納薩力克帶來更大的利益，這個道理安茲也不是不懂。只要應用MPK的技巧就能輕易辦到了。他卻沒這麼做，是因為——

（——因為我不想。）

安茲在這村莊過得意外地開心。他太不想自己放火燒掉這座村莊。

會有這種想法很正常，誰都不會想做自己不愛做的事。但這對納薩力克地下大墳墓的統治者來說，是絕對不被允許的。身為組織領導人自當以組織的利益為第一考量。安茲在這件事上，卻將自己的心情擺到了第一位。

這在某種意味上，或許構成了對納薩力克的背叛。

（嘴上說要幫他們倆交朋友，結果搞半天反而是我過得最開心。）

今後必須注意，不能再讓這種事情發生了。安茲採取任何行動，都得以納薩力克地下大墳墓的利益為第一考量。

這是唯一留下的公會長所揹負的使命，也是眾NPC之主的職責。

安茲在心中如此發誓，猶豫著不知該如何回答馬雷的疑問。他想現在還是承認自己不夠成熟，老實道歉為上。

「……你說得對，我也不是沒有想過。為了替納薩力克謀福利，我是該這麼做。但我沒有這麼做，是因為我不夠成熟……這不是納薩力克的統治者該有的態度，我不會再犯了。」

兩人的表情像是嚇了一大跳。

「咦，不、不會……沒、沒有那種事。」

「就是說啊。安茲大人的所作所為全都是對的！」

兩人出言安慰時，安茲等人正好抵達了借住的森林精靈樹。把放在這裡的東西拿一拿，就可以準備撤離了。

由於本來就沒帶多少行囊，東西很快就打包完畢，他們拿著行囊走到屋外。這時亞烏菈抬起了頭。安茲順著她的視線望去，剛好看到藥師領班往這邊跑來。

他很快就來到了安茲等人的面前。

藥師領班的呼吸有點喘。他的藥師本領了得，因此等級應該不低，但肉體的能力參數並不高。安茲不知道他選擇了什麼樣的職業，不過能力值的上升方式大概跟魔力系魔法吟唱者相近。

看起來不像是要送安茲什麼當地特產，一定是直接從集會地點趕過來的。也許是來惜別的？

「師父這是怎麼了？請恕我沒能直接與您話別——」

「——沒有，只是最後想送臨時徒弟一點禮物。有幾個女的想跟你們一起去都市，我看到她們急急忙忙趕回自己的家裡去了。你如果沒有那個意願，勸你最好盡快離開村子。」

「嗄？」

「嗄什麼嗄啊？她們應該也沒打算靠你養，但大概是因為去到那種陌生環境闖蕩就只有你能依靠，想拿尋求援助當藉口慢慢拉近與你的距離吧。順便告訴你，我們的觀念是只要養得起，一夫多妻或一妻多夫都不是問題，而且大家一定都認為由你從中斡旋讓分裂的部族再次合而為一也不是件壞事。一旦其他村莊也得知這件事……我是站、站在臨時徒弟你這邊的……你懂我的意思吧？」

糟透了。

一旦身體產生接觸，安茲的真面目就要曝光了。誰也不能斷定她們不會使出那種手段。森林精靈將不死者視為敵人。這點黑暗精靈也不例外。

在完全拉攏黑暗精靈族之前，安茲的真面目不能曝光。而且考慮到今後可能會把黑暗精靈族納入統治，他也絕對不能傷害她們這些第一批移民。

「咦？你該不會是想都沒想像到吧？一點都沒想過？喂喂，太誇張了吧？你也有這麼糊塗的時候？而不是說有想過這個可能性，只是沒想到會這麼快付諸行動？……真是敗給你了。你可得感謝我跑來提醒你喔。」

安茲能採取的手段只有一個。

「…………你們兩個，出發了！小跑步！那臨時師父，我走了！」

就是開溜。

三言兩語簡單告別後，三人一起穿過藥師領班的身邊向前跑。

他們很快就跑進了森林，但沒停下腳步。一直跑到安茲認為她們絕不可能追到這麼遠，才終於停步。

「……請大人放心，感覺不到有人追上來。那麼這下子，我們是否要回納薩力克了呢？」

被亞烏菈這麼問，面露安心神色的安茲咧嘴一笑。當然，表情文風不動。應該說連幻術都沒操作。

「我不打算這麼做。回到納薩力克召集人馬展開行動也不錯，但我不想錯過這個大好機會。我打算就我們三人——以少數精銳來實行布妞萌桑以前教過我的作戰。」

「請、請問是什麼樣的作戰！」

看馬雷兩眼閃閃發亮地追問，安茲覺得有點開心。假如他們擺出一副「隨便～」的態度，安茲的精神大概已經鎮靜化了。

安茲志得意滿地回答：

「雖然嚴密而論有點差別——這叫撿尾刀作戰。」

OVERLORD [16] The half elf God-kin

第五章 撿尾刀

Chapter 5 | Kill Steal

1

教國軍事機關的最高負責人大元帥，有著兩名方面軍司令官作為左右手——分別是元帥瓦雷利安・艾尹・歐比涅與葛艾爾・拉紮勒斯・巴格里。在這次教國與森林精靈的戰爭當中，由左右手之一的瓦雷利安負責指揮軍隊。

在與森林精靈王都相去咫尺的地點設有一個營帳作為綜合作戰指揮部，瓦雷利安與其餘六名作戰參謀就在裡面。相較於瓦雷利安已年過五十，參謀們全都還是二十幾歲的年輕人。

儘管年齡不見得能作為實力強弱的指標，但如果是需要知識或經驗等能力的身分地位，年齡就足以構成一項指標。就這個道理而論，這些參謀可以說實在太年輕了。

這些年輕人的眼睛底下都有黑眼圈，眉頭緊皺。顯然是一副被長期疲勞弄到身心交瘁的神態。

瓦雷利安快速瀏覽與他們的疲勞稍有關聯的資料。

資料是昨晚——現在是一大清早，所以是幾小時前的狀況——森林精靈進行夜襲造成的損害報告書。

「——人數真多。」

雖說是意料中的事，但他心中依舊只有這個感想。

話雖如此，教國由於信仰系魔法吟唱者的人數遠多於其他國家，傷兵只要一息尚存並能夠立刻救回的話，即使是重傷也能治好。多虧於此，死傷人數從細項來看，死亡人數相當少。占了大半的傷患現在應該也都治好了。

再講到留在陣地內的森林精靈死者，人數卻比教國還要少。

在夜襲受到迎擊的狀況下，他實在不認為敵軍能替同袍收屍再進行撤退，因此死亡人數應該就是報告的這些了。

這樣想來，兩軍死亡人口比率（Kill Ratio）實在糟糕得可以。

「是。可能是鄰近森林精靈王都的關係使得敵軍強者較多，造成了這麼多的死傷人數。」負責統整數字的參謀表示同意。「不過看來敵軍兵力似乎分母較小，我認為森林精靈軍受到的損害也不容忽視。」

一位英雄勝過上千兵士，因此死了一位英雄，造成的損失相對來說也就更大。單純的死者人數並不能代表對戰力造成的打擊。

這就是作戰參謀想表達的意思。只可惜算不上什麼安慰。

「士兵們又要瞪我們了。」

「他們會有那種反應很合理。畢竟有許多戰友因此捐軀啊。」

瓦雷利安邊嘆氣邊回答另一名參謀的牢騷。

誰都寧願被人喜歡而不是討厭，況且信賴關係的有無在指揮作戰之際會造成重大影響。更何況對於像瓦雷利安這樣修得指揮官系職業的人而言，必須得到下屬的衷心服從才能夠發揮支援的力量。

「至今我們總是能迎頭痛擊森林精靈的夜襲，所以並不是防衛陣地構築得不好。只是如果對方派精銳出戰，我軍也還是得派出力量相當的戰士才行。」

「說得一點也沒錯。雖然我軍也有為數眾多的精兵強將，但大多都是信仰系魔法吟唱者。一旦領域不同……就必須擁有遠勝敵人的強悍實力。」

如果是正面迎戰，會是信仰系魔法吟唱者占優勢，但講到夜間襲擊就是游擊兵獨占鰲頭了。結果就顯示在這次的傷亡人數上。

「我們該做的是進一步鞏固防禦陣地，以避免昨晚的狀況再度發生。各位可有什麼好點子？」

可能是從遇襲之際就開始想辦法了，參謀們立刻提出多項建議。

這些建議有些瓦雷利安也想過，有些他沒想到。假如能把這些建議全數採納，想必能讓陣地變得更加堅不可破。問題是想導入這所有建議需要花費大量勞力、資源與時間。實際上必須安排一個有效率的順序，進行取捨。

再說最大的問題是——

「——閣下。您提到防禦陣地，但是繼續在這裡花時間作戰，真的有意義嗎？」

會這樣問很合理。

「高層下達的指令書你……」瓦雷利安環顧其他成員。「你們應該也都看過了，我們必須在這裡繼續作戰一段時日。我有說錯嗎？」

誰都沒有反駁。但這並不代表他們心服口服。

他們無法發自內心表示同意也無可厚非。瓦雷利安明白他們的心情，而且在他們當中最年長的瓦雷利安，也絕不能用區區「年輕」二字解釋他們的心情。

說得明白點，他們的想法才是對的。

這次死於森林精靈襲擊的人都是白白送命。因為這絕非無可避免的死亡。

教國軍在鄰近森林精靈王都、堪稱最前線的地點設置大本營。儘管如此可以讓軍情的傳達極其快捷，對敵軍的動作立刻做出反應算得上一個強項，但假設森林精靈的強者化為死士凶猛進擊，也有可能導致大本營措手不及地被攻陷。而由於目前被逼入絕境的森林精靈很有可能採用這種戰術，眼下這種狀況必須盡早正式發動攻勢是無庸置疑之事。

這麼說是因為只要能讓敵方強者忙著防衛敵軍據點，就能大幅降低大本營被攻陷的危險。

然而最高執行機關卻指示他們在這裡拖住敵軍慢慢纏鬥。當然他們這麼說，也有料到森林精靈會進行夜襲。

的確，森林精靈們眼看戰局惡化是有可能開始避難或逃亡，為了預防這種狀況，高層指示他們將大本營置於反應迅速的前線好將森林精靈一網打盡，並不是不能理解。要求他們充當誘餌引出敵軍精銳部隊，或是至今幾乎不曾現身的森林精靈王，他們也可以點頭領命。前提是如果沒有「不會派出火滅聖典作為援軍」這項條件。

為什麼不能借助火滅聖典的力量？

不是因為火滅聖典的副領隊日前死於森林精靈王之手。

最高執行機關的說法是火滅聖典目前正在執行其他任務，但在場沒有一個人會相信這種場面話。

瓦雷利安知道真正的答案，至於作戰參謀們則是年輕但非常優秀，把最高執行機關的想法摸得一清二楚。

最高執行機關不准許火滅聖典參戰，背後有幾個原因。

其一是為了累積經驗。

過慣了都市生活的人類要在這種森林環境度日比想像中更困難。不同於至今的安全生活，他們必須對周遭的一切保持戒備。
所以才要打這一場仗。
森林精靈等於是替代了森林裡襲擊人類的魔獸。
如果以後還有機會累積同樣的經驗還另當別論，但恐怕不會有，況且常常有這種機會也讓人困擾。
只是，那也沒必要實際造成人員傷亡。
如果目的是累積經驗，在安全的地點進行演習就是了。比方說也可以讓火滅聖典代替森林精靈扮演敵人的角色。最高執行機關不可能想不到這一點。既然如此，高層為什麼要這樣命令他們——甚至不惜實際造成軍方傷亡？
這是因為——
（——重點在於意識改革。）
假如想作為士兵捍衛民眾性命，獵人或游擊兵之類的技術將會不可或缺。
透過與森林精靈這種善於森林戰役的存在交戰，眾多士兵將會學到如何在這座森林作戰。視情況而定還有可能點燃他們對游擊兵等職業的學習熱忱。而人命的傷亡可以形成很重要的契機。同袍死傷越慘重，勢必越能夠加強軍隊的危機意識。
因為這些原因，高層才會拒絕讓有能力將森林精靈一網打盡的六色聖典——特別是火滅聖典提供支援。

瓦雷利安想起上級的命令，把不悅的表情留在心裡。

他明白上級的考量，但絕不可能真心覺得服氣。

「閣下，屬下有個建議。」

參謀僵硬的聲音傳進耳裡。他是現場最年輕的一名參謀。這場戰事召集的盡是年輕參謀，不用說也知道是意識改革的一環。

瓦雷利安要他繼續說下去。

「當然我們都預估過這些傷亡，但死者人數已經接近極限。在這種狀況下要一口氣攻陷敵國的城郭城市將會極其困難。特別是既然我們沒能殺盡參加過夜襲的森林精靈，敵軍的抵抗勢必會變得更加激烈。我無法同意繼續讓更多士兵送命。能否請閣下設法向最高執行機關徵詢，請他們變更作戰計畫？」

其實他也知道辦不到。即使如此，大概是擺在眼前的陣亡者人數讓心靈承受不住了吧。

瓦雷利安壓抑住想嘆氣的衝動。他明白參謀們的心情，因為這是高級軍官的必經之路。

人命——以這個場合來說就是國內民眾——價值非凡。

這或許是教國的一個缺點。

這種觀念沒有哪裡不對。正好相反，這是很正確的觀念。拿草菅人命與重視人命的國家相比，誰都會想成為後者的國民。

也許至今受到英雄所保護的教國軍方是略嫌天真，但誰也不能說設法避免無益傷亡是錯的。然而這應該是不拿武器之人的想法，以殺敵建功、殺身報國為本分的軍人可以有這種觀念嗎？

沒有犧牲就沒有勝利的時刻遲早會到來。

沒有聖典仍然必須戰鬥的時刻也遲早會到來。

屆時假如過度珍惜人命而畏縮不前，不肯開啟戰端，將會是致命的問題。

這不是要他們輕視士兵的性命。意思是這個道理──瓦雷利安等軍方高層人員必須承受著切膚之痛去領會。

他們此時此刻，正在接觸必須經驗的痛楚。痛苦帶來的後果就寫在他們的臉上。

他們恐怕沒有一個人睡得好覺。麾下士兵的痛苦哀號恐怕一直縈繞耳畔。

瓦雷利安對他們產生了些微悲憐。

要不是方針轉換得太急劇，本來經驗的過程可以更和緩。這樣參謀們也不用把自己弄得這樣心神疲勞了。

但恐怕是情勢已經變得容不得他們慢慢來。每個士兵的精良程度不用說，對指揮官要求的資質水準也在急遽升高。士兵必須操練武藝，軍官則需要具備能夠冷血地命令他們送死的堅定決心。

（有朝一日如果與魔導國開戰，推測士兵將會死傷無數，一般民眾也會遭受波及。所以才要趁現在讓他們接觸死亡……最高執行機關的想法也真夠狠……）

「我能夠痛切體會你的心情。」包括自己在內，所有參謀也都有同感。「但我還是無法請高層停手。你必須放眼未來，而不是只注意現在。」

「………………」

最年輕的參謀默默低下頭去，再次抬頭時用求助般的眼神注視著瓦雷利安。

「……至少，至少在攻打那些森林精靈的王都時，請准許我們發動大規模攻擊。為了破壞敵軍的迎擊線——外圍的防護，請上級提供高火力的魔法支援。別說彈射器等攻城武器了，現在連火箭都不准射，會造成更多人員死亡。」

「……這個一樣不會獲准。理由你也猜得到吧？」

在場的所有人都是青年才俊。既然如此，只要想想教國的現況應該就能推測出答案了。多費唇舌講這種事也許會讓他們嫌囉嗦，但可能還是需要叮嚀一下。

「我國今後注定將與那個邪惡的魔導國勢不兩立。屆時假如這座都市完好無缺地在我們手中，就能採取讓民眾到這裡避難的戰略……我是說也許。正因為如此，我們一路行軍到這裡都沒有砍樹。所以我們不能大幅破壞這座都市，這樣你了解吧？」

「果然是這樣，所以最高執行機關早就把與魔導國開戰當作前提了……森林精靈的都市是用他們的魔法建造的，就算都市有部分區域被大火燒毀，竊以為只要用森林精靈俘虜的魔法就能修復。這樣也不行嗎？」

瓦雷利安對另一名參謀的發言表示同意。

「你說得對，我聽過這種意見。也有一些人建議可以叫森林精靈們在其他地點重新建造一座都市。然而考慮到時間所剩不多，這個方法不可行。」

的確有人提過讓森林精靈俘虜充當苦力。只要使用迷惑等魔法，要強迫他們提供幫助並不難。但是精神控制系魔法如果在短時間內多次使用，會讓對象有一段期間變得容易抵抗這種魔法。

另外，聽說這點已經經過實驗證實，那就是森林精靈們的那種樹即使用上魔法，要從頭培育起還是很花時間。儘管不知道何時會跟魔導國開戰，試算結果顯示要從頭打造能讓大量民眾避難的都市並不容易。

所以，考慮到物盡其用的需求，任何資源都不能浪費。

「我們唯一被允許的，就是承受人員傷亡，以硬碰硬的方式打垮森林精靈的都市——最後的防衛線。當然，上級並不希望看到死傷慘重。為了準備將來與魔導國開戰，士兵是多多益善。不能在這裡耗損兵力。」

上級的要求簡直是強人所難。

就連瓦雷利安都覺得這些要求自相矛盾。但是，他也能理解最高執行機關的苦衷。

「……閣下，最重要的是死裡逃生之人能夠獲得力量，對吧？」

「是啊……沒錯……你說得對。」

瓦雷利安同意眾人當中指揮官系職業等級僅次於他的參謀所言。

教國的舊觀念是一位英雄勝過上千士兵。但如今他們覺得這樣尚嫌不足，開始致力於強化單一士兵的實力。這正是這場嚴酷戰事的起因。

所有事情的出發點，都是與魔導國開戰的可能性。

而且這個預測很可能成真。

「我了解大家都很辛苦，但為了盡量讓更多人能重返教國的土地，請大家竭智盡力。」

瓦雷利安低頭請求後，所有人都出聲表示明白了。

然後——還有一件事。

留在這裡慢吞吞地戰鬥是有理由的。

有一號人物，在這戰場上只有瓦雷利安知道那人。他們現在就是在等那人到來。

森林精靈王身懷強大力量，是連準英雄都能瞬間殲滅的特級戰力。而教國握有一張能屠戮此人的底牌。

這個作法以戰略角度而論很正確。強者抗強者，英雄抗英雄。而超越英雄領域之人，就該——

然而最高執行機關派那人去對付森林精靈王，似乎有著超越軍事學考量的異常堅持。

高層的真正想法不明。

但瓦雷利安選擇等待。

等待這場遠征的最後一張底牌到來。

而就在這時，傳令兵進來打斷了會議。表情緊張的傳令兵直接走到瓦雷利安身邊，湊到他耳邊報告：「閣下，本國的增援抵達了。」瓦雷利安簡短回答：「是嗎。」立刻起身離席，對靜觀事態發展的參謀們說：

「諸位，不用再守衛大本營了。立刻將負責防衛的士兵投入前線，準備發動大型攻勢。」

漫長的戰事即將結束。戰局終於迎來最終階段。

●

「……為什麼採用那種戰術？教國都不在乎自己國內士兵的傷亡嗎？」

離開黑暗精靈村後過了一星期。這是安茲遠望教國攻打森林精靈王都的狀況，所抱持的第一個感想。

教國用木頭做出像是壁壘的東西，推著它進軍。安茲知道這是為了防備森林精靈百發百中的箭術，但總覺得大半是在浪費力氣。

他會這麼想是因為木牆對頭頂沒有防護，無法抵擋曲射等藉由特殊技能發動的攻擊。雖說特殊技能攻擊的種類不多，某種程度的犧牲或許在容許範圍內，但還是——

「——教國應該養了很多信仰系魔法吟唱者才對，用廣範圍魔法什麼的轟炸一通不就得了嗎？目前是森林精靈們占據了有利位置，教國怎麼不召喚天使從上方攻擊，以防他們居高臨下？不，更聰明的方法應該是直接把他們居住的樹木燒掉。既然周圍有這麼多樹，做些攻城武器從遠處拋出火彈什麼的不就成了？」

聽說粗壯的活樹並不容易起火，但小樹枝或樹葉等一定很好燒。再說焚燒樹木的煙塵也能讓森林精靈呼吸困難，並遮擋射擊線。但教國進軍時完全不採取這類手段，看在安茲的眼裡顯得頗為弔詭。

（再說他們為何不派強者加入戰局？有了像是夫路達或葛傑夫等高等級的人物，就能夠施展更大型的魔法或展開大規模攻勢等，也可以一馬當先改變戰況。沒道理在這種戰況下有所保留吧？）

「唔——我個人是無法理解這種作法，你們倆看到教國的舉動，有沒有注意到或是看穿了哪些部分？」

他問問一起看著這一幕的雙胞胎。停頓了一下後，馬雷回答：

「啊，呃，應該是什麼都沒在想吧……？」

「不不，那也太離譜了。既然是一支軍隊，現場應該有許多司令官或參謀等軍官。我不覺得他們會全都沒有軍事頭腦，他們那樣做必定有著某種特殊理由。」

但是安茲想不到答案——那個理由。雖然也有可能是無能指揮官出於政治因素掌握了所有權限，輕視參謀的意見獨斷專行，但是看他們邊砍樹邊進軍的腳踏實地作風，又覺得似乎不是那麼回事。

「嗯——還有不只是這裡，他們也從其他方向攻打王都，但那邊也是類似這樣……」

教國目前已組成了半圓形的森林精靈王都包圍網，在位於王都背後的湖泊對岸部署了幾個部隊。

「而且似乎也沒有讓森林精靈俘虜擋在最前面……會不會是把可以犧牲的士兵先派出來……請問教國有類似奴隸制度的法規嗎？」

「沒有，他們只會將森林精靈當成奴隸賣掉，但沒聽說過有人類的奴隸兵。他們的政治體制我已有了大概的了解，但的確不能說情報十分充足。不過嘛，即使如此……嗯，我想應該沒有吧。」

「……那、那會不會，其實是，召、召喚出來的士兵？」

「被箭射倒的士兵身體還在，所以應該也不是……」

安茲看到其他士兵慌忙將倒下的士兵拖到後方——抬進教國的陣地，因此應該不是不在乎士兵生死的進軍方式。

為什麼能用的手段都不用，白白浪費人命？

安茲絞盡腦汁，說出一個他覺得有可能的答案。

「我只是說有可能，但他們會不會是已經發現我們在這裡，才會使出那種作戰方式？」

「咦？」

「怎、怎麼會……」

「不，立刻就認定是我們可能操之過急了，但他們會不會是為了讓敵對國家或組織誤以為他們沒有軍事頭腦，或是想隱瞞強者的存在等，才會以那種方式作為欺敵作戰的一環？」

他們想散布虛假情報的對手不見得是魔導國。也許只是安茲等人不知道，其實教國另有敵國，這麼做是為了對那個敵國傳播假情報。

安茲他們同樣的手段都用過不知道幾次了。教國當然也想得到。

（教國算是歷史悠久的國家，或許敵人很多。可是，有這種可能性嗎？但是除此之外，又想不到其他保留強者的理由……如果是這樣……他們戒備的敵人不是魔導國就是位於王國北方的評議國了？以人類為主體的教國與異種族組成的評議國是很有可能交惡。唔——這樣一來或許也該考慮一下結盟……不，這方面的事情雅兒貝德或迪米烏哥斯應該早就想到了。話雖如此，如果把所有事情都丟給部下去做，我這上司就白當了。還是找機會不動聲色地問一下吧。）

有人推測與王國進行最後一場戰事時現身的謎樣存在利克·亞迦內亞，可能與疑似待在評議國的白金龍王有所關聯。

雖然單純只是兩者都跟白金有關，但如果真是如此，與教國結盟對抗評議國也不是步壞棋。或者是反過來與評議國聯手對抗教國，藉此調查對手的內情也行。

無論要走哪一步，或許都該趁評議國與教國形成反魔導國聯合戰線之前使點手段。當然，連安茲這點程度的腦袋都想得到了，那兩個智者很可能早就安排在計畫之中。

（……唔——想到那兩人也許正為了締結同盟等準備各種事宜，這次無論如何，都不能做出讓教國識破真面目的舉動。不然就是把目擊者殺了滅口。）

「安茲大人。既然如此，不如屬下潛入教國陣地去竊取情報回來吧？」

對於亞烏菈的提案，安茲搖了搖頭。

「不，千萬不可以這麼做。」安茲向兩人解釋他的想法。「這麼說吧……假設有個實力與我同等的存在和納薩力克為敵，你們認為這人能潛入納薩力克內部，偷走想要的情報嗎？」

「回大人，可以！」

「我也認為可以。假如真的有人跟安茲大人這麼厲害的人擁有同等力量，我認為辦得到。」

「啊，唔嗯……」

他們充滿自信地──馬雷更是一反常態地用明確的口氣──如此斷定，但這不是安茲要的答案。

「呃，是我問的方式不好。呃，這麼說吧。假設夏──」

（──不行！）

這個問題會得到的答案可想而知。

一旦說是跟夏提雅水準相當的存在，亞烏菈絕對會一口否決說「辦不到」。答案是安茲要的沒錯，但思考過程不符合要求。這樣是不行的。

那麼該舉誰當例子才好？安茲想了一想。

（潘朵拉．亞克特的話……他能變身為公會成員，亞烏菈他們也許會回答「可能辦得到」。那就迪米烏哥斯……嗯，那傢伙要偷走納薩力克的情報大概很容易吧。亞烏菈……或是馬雷都不適合。這樣一來……）

「我重複一遍剛才的問題，假設……我是說假設，有個與雅兒貝德水準相當的存在與納薩力克為敵好了。你們覺得那人有辦法竊取納薩力克內部的所有情報嗎？」

「咦？您說雅兒貝德嗎？」

「那、那個，您是不是……有什麼疑慮……？」

「啊！不是，我從來沒懷疑過雅兒貝德！」安茲急著回答，使得語氣變得有點激動。

「我不是說了，只是假設有個與她同等的存在嗎？對，只是打個比方。」

雙胞胎顯得不是很能接受，面面相覷之後由亞烏菈代表弟弟回答：

「竊以為縱然是雅兒貝德也辦不到。第一個原因，是雅兒貝德沒有鍛鍊潛入系的能力。屬下也沒聽說她裝備了具有那類效果的道具。」

「好吧……是沒錯……雅兒貝德是防禦（坦克）型職業嘛……她的確沒有那種能力。」這要怪安茲作為例子的人選不好。「……這方面先撇開不論，你們覺得即使運用她的智謀也辦不到嗎？」

「是、是的。我覺得辦不到。」

算了，管他的。安茲想不到什麼貼切的人選，所以雖然對不起雅兒貝德，就繼續說下去吧。

「唔嗯。說得對，我也覺得辦不到。納薩力克受到各式各樣的防護措施所保護，絕非靠匹夫之力就能突破。既然如此，你們不覺得換個地點也一樣嗎？」

「不覺得。納薩力克地下大墳墓是各位無上至尊所打造的尊貴聖地。是很特別的——一個處所，絕對不會跟其他地方一樣。」

聽到馬雷這樣斷言，安茲差點說「對，我錯了」，硬是吞了回去。

知道馬雷懷著這種情感——心意，身為納薩力克的製作者之一是非常高興沒錯，但安茲現在想講的不是這個。但他又不能說：請你體察一下上司的想法——識相點好嗎？

因此，他決定先忽略馬雷的發言。

「呃，我向來是這麼想的：一件事情納薩力克辦得到，那麼其他人也大有可能辦得到。」

憑安茲一個人無法偷走納薩力克的情報。既然如此，認為其他玩家成立的組織等也不會被安茲一個人偷走情報有哪裡不對？

不，沒有哪裡不對。

既然安茲他們都能妨礙對手的諜報行動了，對手當然也有辦法妨礙。不以這種假設作為行動方針就太蠢了。

正是因為如此，安茲從未派出諜報員潛入不時閃現玩家蹤影的教國。特別是教國歷史久遠，萬一國內真有玩家存在，日久年深的經驗會為對手帶來優勢。

事實上，他們就成功開發出了安茲所不知道——回答三個問題就會死亡——的魔法等等。

「當然，我們遲早得承受風險賭一把，但是不是現在就值得懷疑了。亞烏菈，還有馬雷。」

「是。」雙胞胎回話。

「納薩力克地下大墳墓——我們是強者集團。但是，你們不能以為我們是獨一無二的最強存在。絕不可以小看對手，萬萬不能忘記收集情報。」

聽到雙胞胎回答「是」，安茲重重點頭。

「很好！那就——再稍微觀察一下情況吧。目前這種狀況無法讓我達成目的。」

他們待在這裡是為了撿尾刀。不，正確來說跟撿尾刀有點不同。

所謂的撿尾刀，就是其他玩家正在打怪時，另一個玩家突然從旁出招，搶走經驗值等好處的行為。假如把現在的狀況稱為撿尾刀，就會變成是安茲等人出手攻擊森林精靈或教國，給予對方傷害。

但是，這不是安茲的目的。

安茲要的是森林精靈王城裡可能有的魔法道具。

像王室之類家世顯赫的門第，有很高的機率會保有夠珍貴的魔法道具。而珍貴的魔法道具往往都具有強大力量。以這個情況而論，力量也可改稱為戰力。

教國已經攻打到這裡來了，不可能會輸。換言之森林精靈國的魔法道具將會直接落入教國的手中。安茲不能坐視假想敵國增強戰力，因此這次的目的就是搶在教國之前，奪走森林精靈國的魔法道具。

這樣做還有一個好處，就是不會與教國直接為敵。當然如果事跡敗露，教國會強烈譴責魔導國。但是東西還沒變成教國的財產，多得是藉口可以找。

因此，與其說是撿尾刀，說成趁火打劫更貼切。

附帶一提，這種手段安茲在YGGDRASIL時代早就耍過幾次了。看到攻方公會占領戰爭對手的據點，發現早就變成空城而暴跳如雷時，安茲他們還取笑了對方一頓。所以他這次也立刻就想到了這個方法。

只是，有個問題。

不知道森林精靈國戒備最森嚴的王城擁有什麼樣的魔法道具，不該認定絕對會有然後貿然展開行動。搞不好根本一件也沒有。這樣一來不但白白涉險，還會無益地惡化與教國之間的關係。照理來說應該先收集情報，再付諸行動。

就算森林精靈王室真的擁有魔法道具好了，在這場堪稱最後之戰、狗急跳牆的狀況下，他們也很有可能把道具拿出來對抗教國，而不是繼續藏在寶物庫等地方。除此之外，也說不定會把道具移到更安全的地點。

問題是實在沒那個時間讓他調查。

「……再觀察一下狀況，然後就闖進王城吧。要是魔法道具被帶走就麻煩了。」

「那樣的話屬下可以去追回來。」

「嗯，妳說得對。的確憑亞烏菈的追蹤能力……不，對手也說不定具有森林行者等能力。最好的方法還是趁道具被帶走之前搶到手……唔——考慮到還得找出道具的位置，或許該早一點行動。」

「那、那就……？」

「也是，那現在就動身吧。」

安茲看了看教國的進攻方式。

在那之後已經過了一星期，視黑暗精靈村與附近其他村莊商議的結果而定，那裡的村民有可能已經在某處參戰了。

安茲有點想知道他們來了沒有？如果來了又待在哪裡？但那時的他作為納薩力克的統治者犯了錯，才剛讓他後悔莫及。現在應當以納薩力克的利益為唯一考量。

安茲將視線從王城轉向馬雷。

「那麼馬雷，我可能會看情況，讓你擔負前衛——防禦型職業的任務，這件事你辦得到吧？」

他做個最終確認。

「回、回大人，我、我可以的。就像那座村莊一樣，這裡，我是說，森林精靈的王都也被算做是自然環境，所以完全沒問題。我會加油的！」

馬雷與亞烏菈的穿著也都跟平時不同。鎧甲部分差異最大。這次亞烏菈變更為弓兵式樣，馬雷則是以防衛為主體的裝備品。

兩人的裝備都不是由安茲提供，是泡泡茶壺給他們的，因此比起平時的裝扮，水準低了一個層次。不過畢竟還是配合兩人選用的裝備品，整體來說能力下降得不多。

但是，既然要潛入敵營，安茲也應該跟兩人一樣換穿不同於平時的武裝，讓雙胞胎穿上厚底鞋之類的鞋子，而且三人都戴上面具或什麼才是聰明的作法。但是這些措施，安茲一個也沒做。

一個很大的理由是，外表最廣為人知的安茲並未換掉平時的裝備。這是因為現在兩人已經變更武裝，使得能力微幅弱化，安茲判斷如果連自己都變更武裝——弱化——實在太過危險。

左思右想了半天，安茲最終得出「把目擊者全部殺掉就ＯＫ」這種懶得繼續考慮的結論，直接放棄喬裝打扮。

另外一個小理由，起因自兩人穿著的鎧甲。

它們儘管是備用武裝卻很堪用，是因為雖然有幾個部位不能裝備武具，但加裝了增強鎧甲能力的電腦數據水晶。馬雷是臉部欄位受到限制，因此只要穿著這件鎧甲，就不能戴面具。

不過話說回來——

（——連這個也是性別顛倒的打扮啊……）

而且還不只如此。

安茲實在很想講「為什麼是這種鎧甲啦——」想到受不了。

特別是馬雷。

馬雷的鎧甲可以稱之為禮服鎧甲，是一件肚臍部分沒有任何防護，暴露過頭，難以理解為何要設計成這種造型的玩意。

YGGDRASIL的鎧甲，可以說防禦力取決於使用的金屬品質、金屬分量以及電腦數據水晶這三項要素的合計值，因此，馬雷的胴體部分也不是毫無防護，最起碼有受到電腦數據水晶的保護。換個說法就是受魔法靈氣所覆蓋。

恐怕在這裡打仗的一般人再怎麼全力揮劍也砍傷不了他吧。不過這種沒有防護的部位，在ＹＧＧＤＲＡＳＩＬ時代被設定為容易發生致命一擊(Critical Hit)。

講得明白點，根本不是防禦型職業該穿的裝備。

防禦型職業的正確裝備，應該是像雅兒貝德那種嚴肅剛強的鎧甲。

就像安茲記得泡泡茶壺雖然身負不能裝備鎧甲的種族缺點，但也會雙手持盾，並且擁有提升黏體硬度的特技等。

自己同樣屬於防禦型職業的泡泡茶壺究竟在想什麼，才會給馬雷這種裝備？

答案恐怕是「什麼都沒想」。

不，她一定有經過深思熟慮吧。只不過考慮的並非戰鬥性能，而是追求自己的喜好罷了。

唉，真是一對姊弟。安茲硬是吞下這種無奈的心情，很想替過去的同伴說點好話。事實上，馬雷原本只是ＮＰＣ，不會自己變更武裝。

也就是說馬雷此時穿著的露肚臍鎧甲純粹是換裝用道具，說穿了只是占據衣櫃空間。但泡泡茶壺準備的是最起碼能戰鬥的裝備，不是一般人會有的想法。所以就這點來說，應該讚揚一下泡泡茶壺的用心。讚揚她明明只是穿好看的，卻讓裝備具有一點性能。

隱約之間，笑容燦爛——雖然沒有臉——的姊姊與有苦難言的弟弟，兩人的身影彷彿閃過安茲的腦海。

2

教國加強攻勢，森林精靈王都外圍的防衛終於被攻破了。

確定教國兵已經入侵到都市內，安茲等人也稍許心急地開始行動。

以「完全不可知化」入侵了森林精靈王城，安茲做的第一件事就是找一個落單——沒有目擊者——的森林精靈抓來問話。

安茲找了幾次機會，最後抓到一個像是女傭的森林精靈。

他立即迷惑對方，用「傳送門」逃回亞烏菈與馬雷等候的地方。然後就像日前那樣向她問話，但遺憾的是她知道的情報大多沒什麼價值。

安茲判斷無法問出更多情報後，毫不猶豫地對女性森林精靈發動「死亡(Death)」。一座即將淪陷的城堡裡不見了一個傭人，想必不會造成什麼大問題。

至於屍體則在剝掉衣服等能夠判別身分的物品後，使用「傳送門」棄置於遠處——發現過連甲熊的地點。這樣野生動物應該會幫忙清理，就算被人發現也就是一具毫髮無傷的神祕女屍。怎麼想都不可能追查到安茲頭上來。

安茲也想過把屍體傳送到城堡上空，偽造出墜樓死亡——自殺場面，或許以狀況而論比較自然。但又想到先偽造成失蹤也許以後會有用處，才會這麼做。

儘管處理屍體消耗了一些MP，但從安茲的恢復速度來看沒什麼大不了。沒必要留在這裡繼續觀察情況了，況且也沒那閒工夫。

在整座森林精靈王都展開的游擊戰術目前讓教國吃足了苦頭，不過從兵力差距等來想的話，淪陷只是時間的問題。到現在都沒有能夠顛覆這種戰局的強者登場，表示兩軍的強者很有可能都不在這個戰場上。

那個據聞實力高強的森林精靈王沒現身擔任守軍，也許是早就逃離此地了。

這樣一來魔法道具也有可能已經被帶走，自己是白跑一趟了。安茲一邊在心中嘟噥，一邊呼喚亞烏菈與馬雷。

「——好，走吧。」

已經知道目的地的大概位置了。只可惜沒問到可能是這個國家第一強者的國王的能力，以及他擁有什麼樣的道具。如果能抓個看起來更有地位的森林精靈來問話就好了，但沒那個時間仔細挑選目標。

現在只剩下一個問題。

（該如何——不對，更正確來說是誰該隱身？）

置身於這個敵區，安茲從一開始就不打算三個人分頭行動。

而且至今都是暗中進行祕密行動，現在如果拋頭露面，之前耗費的心力就全都沒意義了。

因此，如果能夠三個人一起隱身最好。

的確，他們三人都擁有隱身手段。然而，每一種手段都有缺點。

只有亞烏菈知道發動了「完全不可知化」的安茲在哪裡。而且也只是隱約感覺得出位置。森林祭司有機會習得識破「完全不可知化」的魔法，然而除了部分魔法之外，幾乎專精於攻擊魔法的馬雷不會那種魔法。

亞烏菈如果裝備起吉利吉利披風，安茲與馬雷都找不到她。

馬雷平時披著的葉隙光披風，能夠大幅提升野外──特別是在森林裡的隱密能力，但在房屋內效果就會減半。以活樹做成的王城很遺憾地似乎屬於房屋，降低了葉隙光披風的能力。所以就連安茲都能隱約看出他的位置。但是，亞烏菈與安茲能掌握馬雷的位置，就表示敵人也很容易發現馬雷的蹤跡，這樣做沒什麼意義。

換言之，安茲隱身的話，亞烏菈可以發現他，但馬雷不行。

如果亞烏菈隱身，安茲與馬雷都找不到她。

馬雷的葉隙光披風隱密性能太低，就算用上吉利吉利披風也一樣。很可能會被第三者發現。

就結論來說，既然無法讓三人同時隱形，就應該讓其中一人躲藏起來，充當祕密武器。那麼說到誰最適合這個角色，感覺似乎是亞烏菈最適任，但是當有個萬一時，假如安茲與馬雷都無法掌握亞烏菈的位置，或許會形成障礙。一個弄不好甚至可能在移動時不知道亞烏菈在哪裡，結果撞在一塊。

（這真的糗大了……）

明明有整整一星期的時間，坦白講，在來到這裡之前沒先商量好就是不應該。

像這種隱密作戰，安茲其實在ＹＧＧＤＲＡＳＩＬ時代經歷過無數次。像是首次發現納薩力克並直接闖關之際，他們所有隊友還偷偷穿越茲維克滿地爬的濕地區域。但是同伴們在進行隱密作戰時總是會各自準備一些對策，而且幾乎所有人都是行家，所以事前不用商量，只要現場做個簡單確認就多得是辦法闖關。

撿尾刀這個勾起ＹＧＧＤＲＡＳＩＬ回憶的用詞讓安茲有點開心過頭，抱持著當時的心態面對這件事，完全忘了要跟雙胞胎事前商量。

既然如此，這兩人為什麼沒有提醒安茲？——安茲很怕自己的想法遭到證實，所以不敢問——恐怕是因為兩人心想「安茲大人一定有他的想法」對他寄予完全的信任吧。因為實際上，兩人現在就在用深信不疑的眼神看著安茲。

安茲不敢承認自己沒做任何打算，那樣太丟臉了。安茲讓他的——不存在的——腦子高速運轉到幾乎燒掉。他也可以反過來問兩人的想法，但又不想在這裡虛耗時間。安茲必須先說出自己的點子才行。

「——那麼我使用『完全不可知化』。亞烏菈走前面。」

安茲下了決定。

雙胞胎就不隱身了。他決定靠亞烏菈的感知能力從根本做起，盡量避免碰上任何人。然後萬一發生意外就讓兩人上前，安茲負責支援他們。他判斷比起被人看見，安茲他們在看不見彼此的狀態下遇襲走散更危險。

兩人都沒有提出異議。

（我說真的，這樣真的行得通嗎！覺得有哪裡不對都可以說出來沒關係喔？）

老實說，安茲比較希望他們提出異議。

比起安茲一個人出主意，三個人一起動腦才能想出更好的點子。

再說他們倆的同意，是因為他們高度信任安茲的提案。講得難聽點就是全部丟給安茲。萬一安茲看漏了哪裡，或是作戰制定失敗——而且這種狀況經常發生——那怎麼辦？雖說就算結果不理想兩人大概也不會說什麼，但那絕不是一件好事。

（……這是ＮＰＣ的缺點。可是……現在就算強迫他們倆提出建議，也沒時間慢慢討論……這個問題就先擺一邊，只能以後做事更加小心了。）

耐心囑咐過各種應對方式後，發動魔法的安茲跟著亞烏菈與馬雷在王城內走動。

如同安茲獨自潛入時的狀況，森林精靈人數很少，沒有遇到任何人。當然，亞烏菈捕捉周遭的聲響，算好無人經過的時機才行動也是一大原因。

（王國的王城也是到了最後階段幾乎沒人，但至少在入口做了屏障什麼的，算是有在努力……）

而這裡明明正被教國攻打，卻完全沒有那種防禦工事，甚至有種風平浪靜的氣氛。

（沒有半點保衛國家的氣概……我看這裡的統治者已經棄守都市開溜了吧？聽說這附近就只有這一個以森林精靈為主體的國家，但這座樹海相當廣大。很有可能這個國家的領地擴及更南方的範圍，而在那邊另有都市。）

如果是那樣，也只能自認做白工了。

不管怎樣，答案很快就會揭曉。想了也沒用的事情不值得繼續想下去。

寶物庫——禁止進入的區域似乎位於樓上。

位置比國王的寢室高兩層樓，是這座王城當中最高的樓層。安茲也有想過從外面闖入，不過那種地方也不可能有窗戶。

於是三人一路往樓上爬。

他們沒被任何人發現就爬完了階梯，抵達目的地的樓層時，亞烏菈疑惑地低呼了一聲。

「這是什麼地方啊？」

高約十五公尺的天花板，像是嵌上了整面燈具般亮著燈光。舉目四望並未看到窗戶或什麼的，可見一定是某種魔法光源。

不過，還不到刺眼的地步。

安茲隨意動動自己的身體，確定自己沒遭受到懲罰效果。

看來並不是神官等職業會使用的、能對不死者造成負面效果的光芒。考慮到這裡是森林精靈國，這很有可能是森林祭司的信仰系魔法。

這件事本身沒什麼好奇怪的，納薩力克地下大墳墓第六層也是這樣。況且魔力系魔法與精神系魔法，也都包含了照明系的魔法。只是這些法術完全沒有附屬效果，很難看出是哪個系統的什麼魔法。

亞烏菈之所以發出驚叫，原因出在他們對面的地板。

——那裡滿地鋪著土。

沒用牆壁或隔板遮蔽的整個樓層——每邊少說有一百公尺——的地板，幾乎全部鋪滿了土。

土壤並未完全覆蓋地板，只有遠處一扇大門周圍的地板鋪得很滿。

亞烏菈踢踹幾次地面，稍微把土挖開來看看，一挖就看到了底下的地板。看來並沒有覆蓋得太厚。

「是用來代替地毯嗎……？」

經她這麼一說，的確給人那種感覺。黑暗精靈村也沒有在地板上鋪地毯的文化，頂多只有類似蒲團的坐墊。

「咦——這未免也太……好吧，雖然說每個文化都有自己的特色，但這是哪裡來的蠻族啊？還是說該不會是一種警戒裝置吧？讓走過的人留下腳印？」

「可、可是如果是那樣，應該會安排巡視人員或警衛吧？」

安茲也同意馬雷的看法。四周看起來並沒有其他人在。

（真是不小心……竟然沒半個人……不，也許是連這裡的人都被派去抵抗教國的來襲了？那個傭人只說這裡禁止進入，沒提到過有衛兵站崗……）

「……我在想，也許是考慮到固守王城的需求，準備在城堡裡種菜……」

聽了馬雷的看法，「噢。」亞烏菈恍然大悟地叫道，安茲也發出了一樣的聲音。

雖說這裡照不到陽光，但只要有森林祭司等職業的力量，要在這裡耕田並不是問題。說不定這個燈光就跟太陽光一樣，可以正常栽培植物。

亞烏菈挖開的沙土只是外圍部分，也許更靠中央的位置深到可以種菜。

（如果像夏提雅那種會遭受日光懲罰的種族在場，或許能看出更多端倪……只是魔法道具的話，用「高階道具鑑定（All Appraisal Magic Item）」看看就行了……）

如果在寶物庫沒挖到什麼寶，反正來都來了，就試試看能不能把那個帶回去吧。

安茲做好決定後，跟著兩人背後往前走。兩人都藉由技能的力量，不會在地面留下腳印。安茲也用了「完全不可知化」再追加「飛行（Fly）」，所以也不會留下腳印。

一行人來到房間中央——

「——哦，奇妙的氣息吸引我過來看看，想不到是一對黑暗精靈。而且還是雙胞胎小孩啊。」

突然間，他們聽到了這個聲音。

回頭一看，離一行人有十幾公尺遠的位置，出現了一名森林精靈。

是個左右眼眸異色，相貌冷峻的俊美青年。不用問也知道肯定不是傭人。

只因這名男子的每個態度都散發出慣於命令他人的——自高自大的性情。

「——什麼？」

安茲不禁發出沒人聽得見的低呼。那邊剛才明明還沒有這麼一個男人，這他敢斷言。安茲或馬雷還有可能看漏，但他不認為連亞烏菈都會注意不到。

並不是用了隱形手段。是的話應該早就被安茲識破了。

莫非是使用潛伏相關特殊技能瞞過安茲眼睛的同時又讓自己隱形，才會沒被亞烏菈看出來？又或者是──

（──傳送過來的？真是失策，早知道就先設下「延遲傳送（Delay Teleportation）」了。）

亞烏菈迅速移動位置，擋住安茲與那個森林精靈的射擊線。安茲看到馬雷用雙手緊緊握住了法杖。

明明看見兩人已經準備應戰，那個森林精靈卻連個架式都不擺。看在安茲眼裡像是破綻百出，但也有可能是對手想引誘他們出手。假如安茲有戰士天分，或許懂得分辨，無奈他沒有那個判斷能力。

安茲與兩人稍稍拉開距離，試著對男子揮揮手。

男子的視線文風不動。

這就表示他沒識破安茲的「完全不可知化」。

安茲觀察雙胞胎的反應。

潛入此處之前，安茲對他們下的指示是「遇到未知的存在時，直到對方發動明確的攻擊之前都先專心收集情報」。

亞烏菈不經意地伸出手，握住了自己的項鍊。想必是打算一邊跟弟弟交換意見，一邊收集情報吧。

安茲明白她的心情，但必須說這樣做有點不小心。

換作是安茲，看到入侵者做出任何可疑舉動一定立刻出手攻擊。伸手觸碰身上裝備的道具，就跟拔出手槍沒兩樣。

安茲猜想來路不明的森林精靈一定會對兩人發動攻擊，準備隨時施展魔法做應變，但隨即變得一頭霧水。

森林精靈男性沒有任何反應。

他並不是沒看到亞烏菈的舉動，但看起來顯得不特別介意。

是對自己的能耐有著十足自信，還是因為他不知道亞烏菈在做什麼？又或者是對方也想摸清安茲等人的底細，所以猶豫著不想出手？

「──嗯？這是怎麼回事？你們的眼睛……我不記得有睡過黑暗精靈啊……不，也許有？這可真是妙了。既然如此，就來確認一下吧。」

男子散發出的某種類似威懾感的氣息膨脹了。男子的身體彷彿變得更為巨大。

「嘖！」亞烏菈咂了咂嘴。

「『光輝翠綠體（Body of Effulgent Beryl）』。」

「這下有看頭了，竟然能撐得過來？你們說不定是頭兩個呢。」

「喂，你幹嘛對我們發出殺氣啊？找死嗎？」

「『不屈（Indomitability）』。」

「——哈，哈哈哈哈哈哈！」

男子像是聽到了最逗趣的玩笑話般放聲大笑。亞烏菈的眉毛上揚到了嚇人的角度。她的拳頭握得非常用力，但漸漸在安茲眼前放鬆力道。

「『高階抵抗力強化（Greater Resistance）』。」

「漂亮！哎呀，哎呀，原來如此，原來如此！我竟然沒想到這個可能性。原來是孫子輩啊，真是茅塞頓開！即使子女不夠優秀，血統還是有可能在孫子輩甦醒！竟然連這種可能性都沒想到，不得不說我也真是糊塗啊。」

「你在說什麼莫名其妙的廢話？」

「『高階全能力強化（Greater Full Potential）』。」

「哎呀，這也就是說我的計畫並沒有出錯了。你們說是吧，我的孫子孫女啊。」

（孫子孫女？他在說什麼？這傢伙把他們錯當成誰了？）

「咦？……難道你是茶壺大人的……？」

這句話讓安茲當下有點驚慌。因為他想到也有可能是泡泡茶壺被獨自傳送到這個世界，然後留下了這個男人。然而——

（——如果是這樣，怎麼會全身上下不留半點黏體形態？難道就像索琉香一樣是可變型嗎！）

「茶壺？妳在說什麼？」

（不是……？那就是……難道說，是明美桑嗎！）

夜舞子有個妹妹的遊戲網名叫做明美。她的創角是森林精靈，但好像沒有很沉迷於YGGDRASIL，安茲跟她不太熟。

「嗯——你是純血森林精靈，對吧？」

「……糟糕。『魔法吟唱者之祝福（Bless of Magic Caster）』。」

「說這什麼奇怪的話——難道說，你們不知道我是誰……不可能吧？」

「知道啦知道啦。」

「呃，嗯。知道。」

「你們倆都演得好爛！」

兩人語氣平板外加態度隨便，聽得安茲都忍不住大叫了。實際上也沒騙過森林精靈，男子驚訝得嘴巴都合不攏。

「竟、竟然不知道我是誰……太離譜了……真是。曾聽說黑暗精靈部族都住在國境邊緣，但沒想到你們竟未開化到這種地步……」

男子睜大眼睛瞪視兩人。

「你們是我的孫子孫女，我就饒過你們一次，但是無知可是大罪。我要把你們留在身邊，好好教育你們。」

「什麼教不教育的……所以搞半天，你到底是誰啊？我姑且確認一下，你就是森林精靈的國王對吧？」

亞烏菈之所以會這樣推測，想必是因為森林精靈當中只有國王以實力高強聞名。

「『生命精髓（Life Essence）』。哦！」

安茲驚訝地叫了出來。對方有著龐大的生命力，數值遠勝昴宿星團，以ＹＧＧＤＲＡＳＩＬ來說恐怕最少也有七十級。也就是說，這個對手不可小覷。

「唉……真是令我無言。你們的父母親至今都教了你們些什麼？天底下有哪件事情比這個國家的君王兼全森林精靈種族的……目前的巔峰，也就是我迪肯‧霍根的名字還要重要？」

（真該死。）

安茲忿忿地心想。

雖然早就料到了，但是眼見猜測化為事實還是讓他忍不住想咒罵一聲。

至今的隱密行動全都白費了。心裡湧起的唯一感受就是「吃大虧了」。

因為能夠幫魔導國大幅削弱教國這個假想敵國的兵力，寶貴的最大戰力——大概吧——

如今竟然得由他們親手除掉。

在這個狀況下很難選擇不殺掉國王。對方如果是弱小的存在，可以採用剝奪其戰力再竄改記憶的手段。然而安茲已經用「生命精髓」得知這個國王的戰鬥能力——正確來說是ＨＰ量——以這世界來說高得驚人。

當然如果以正常方式交手，安茲他們必勝無疑。因為他們可是有著三個百級存在。那麼如果問到有沒有辦法只剝奪戰力，答案是很難。原因是他們不能疏於戒備。

從剛才的忽然現身就能得知，這個森林精靈——迪肯極有可能身懷未知的能力。在這種情報不足的狀況下以剝奪戰力為優先太危險了。

唯一值得慶幸的是，對方沒有提起明美桑的名字，可見兩者之間九成以上沒有關聯。要是有關聯，應該會取個相關的名字才對。

如果是夜舞子家裡哪個人的子女，不到逼不得已還真不想痛下殺手。

「你是國王？那你待在這種地方沒關係嗎？人類都攻打進來了耶，不會趕快去打倒他們保護自己的國民啊。」

「『魔力精髓（Mana Essence）』……原來如此。」

迪肯的魔力以這世界的人民來說也一樣龐大。數值大概與夏提雅差不多，或是比她低一點。

從生命力與魔力這兩個數值加上森林精靈族的文化等來推測，迪肯的職業八成跟馬雷一樣是森林祭司。而且應該是後衛系的森林祭司。

「憑什麼我得這麼做？你們似乎搞錯了身為君王的意義。君王是民眾必須侍奉的至高存在，不是用來照顧老百姓的。上級對下級所做的一切都叫做施捨。聽好了，施捨是乞求來的，不能予取予求。就算我不給，他們也必須懂得知足。」

這傢伙在鬼扯什麼？

安茲聽到都傻住了。假如是說認真的，就表示這傢伙腦袋有病。應該說擁戴這種貨色為王的森林精靈也太可憐了。

「所以你是不打算幫助他們了？不過，好吧，我覺得有一部分說得對。」

「對、對啊。也不能說都不對……」

（——什麼！）

安茲大吃一驚，盯著雙胞胎的臉瞧。看起來不像是假意贊同，想用拍馬屁作戰讓對方鬆口。

那段話當中，到底有哪一部分能讓人理解，或是好像也有幾分道理？

（不，等等，難道說錯的是我？莫非那才是身為君王的正確觀念……？吉克尼夫好像也有一點這種傾向……掘土獸人王呢？不知道耶，那傢伙態度太卑微了。）

「哦，不愧是我的孫子孫女。儘管沒學問，最起碼還有點頭腦能理解事物的本質。」

「——啊，真糟糕，浪費了一堆時間……現在應該用這個吧，『魔法結界(Magic Ward)・火(Fire)』。」

「但是，你犯了一個致命性的嚴重錯誤。只有各位無上至尊才是天底下所有人該侍奉的存在，而不是你這種森林精靈小角色。不過嘛，如果只是讓一些路人森林精靈伺候你，我是不在乎啦。」

（不不……絕對不是妳說的這樣……可是再怎麼提醒他們也不會改……況且我也不是不能體會亞烏菈與馬雷的心情……要是在納薩力克以外的地方也能交到朋友……就這方面來說，我對跟那個怒目少女建立起友誼的希絲還滿寄予期待的……只可惜這次進行得不順利。不，其實想想回去時聽到的說法，希絲也不是很……還是只能期待塞巴斯——啊！我又分心了！）

「什麼？各位無上至尊？黑暗精靈有這樣的傳說嗎？」迪肯稍作思考，然後略微搖了搖頭。「算了，無妨。晚點再向你們問個清楚便是。」

「你有那個時間嗎？剛才我已經說過，現在人類國家正在攻打你們耶。」

眼看浪費了一個動作，安茲急忙發動魔法。

「『虛偽情報(False Data)・生命(Life)』。」

這時，樓下傳來轟轟的震動聲。也許是教國終於開始使用攻城武器之類的了？

雙胞胎與迪肯各自望向地板，閉口不語。其間安茲繼續發動魔法。

「『虛偽情報·魔力（Mana）』。」

「——嘖，不過這些人類也真是煩人。雖然我也可以親自前去把他們消滅掉……但我懶得這麼做。跟我走吧。」

「……走去哪裡？」

「『穿透力上升（Penetrate UP）』。」

「我沒想那麼多，不過無妨，憑我的力量要去哪裡都行。」

「做事毫無計畫也太爛了吧……那麼我們如果跟你走，之後會怎樣？」

「土啊……嗯——如果判斷錯誤就浪費了，不過好吧……」猶豫了一瞬間後，安茲拿出卷軸使用魔法。「『大地之主（Earth Master）』。」

「這個嘛——」迪肯上下打量亞烏菈的身體。「妳還太小了，多少需要一點時間才能長大成人……不過也罷，這是無可奈何的。都已經等這麼久了，幾十年以誤差來說雖然長了點，但也只能再等一小段時日了。妳問我跟我走之後會怎樣，是吧？答案很簡單，我要妳跟我生孩子。」

「——咦？你在說什麼？」

「——啊？……『高階幸運（Greater Luck）』。」

「你也是。」迪肯把視線朝向馬雷。「一個女人懷孕之後要過一段時日才能再生下一個。就這層意義來說，你比她更值得期待。你必須跟我一起多讓幾個女人懷孕。雖然也有可能讓血統變淡，但既然會在孫子輩復甦，就該想到在曾孫輩也有可能復甦，實驗必須做得夠紮實。噢，這樣一來雖然很麻煩，但可能得為了你帶幾個老百姓一起走才行了。不過……你明明是男的，為什麼要扮女裝？是黑暗精靈的文化嗎？坦白講，你們不是純血森林精靈讓我不是很滿意，但總比對所有人類種族出手要好得多了。」

亞烏菈與馬雷半張著嘴，看著迪肯。

「────」

「算了，你們現在聽不懂也沒關係。走了。」

迪肯不知道在想什麼，竟然走向呆站原處的兩人，朝雙胞胎──亞烏菈伸出手去。

──安茲打掉了那隻手。這個動作被判定為攻擊，「完全不可知化」當場遭到解除。

不等迪肯驚訝地看向安茲，他一拳捶進了迪肯的臉上。

迪肯被打飛出去，倒在地上。

「──你這變態死戀童佬。竟敢把你那套噁心的慾望用在別人託我照顧的女兒身上，給我去死吧。」

安茲怒罵對方的同時，腦中某個冷靜的部分也對自己的失態感到氣惱。

虧他特地用了「完全不可知化」，卻因為憤怒過度而忍不住出手打人。還有比這更無益的浪費嗎？

安茲的情緒只要超過一定限度就會自動受到壓抑。假如這項能力發揮作用，剛才應該能夠更冷靜地行事——不是直接揍人，而是用立即死亡魔法等痛擊對手。也許是厭惡感比怒氣更強烈，還不到需要壓抑的程度吧。

「什、什……」

迪肯狼狽地爬起來，兩邊鼻孔都在狂流鼻血。但並未受到多大的損傷。「生命精髓」讓安茲知道這一拳只削減掉了微乎其微的體力。

在毫無防備的狀態下臉孔挨了安茲使盡全力的一拳，但只受到這點小傷。

雖然也有可能是使用「虛偽情報・生命」等魔法或道具替HP做偽裝，但應該不太可能過度灌水。

安茲伸出掌心對著雙胞胎，做出「別動」的姿勢。

從HP與MP等合計值來推測迪肯的實力，他的等級應該在七十以上，但不到八十。

不過儘管可能性很低，只有一件事必須提高警覺。

那就是雖然YGGDRASIL沒有HP或MP不會上升的職業，但這世界就難說了。

也就是等級其實已達百級，但HP與MP的合計值只有七十級水準。

其實應該可以一口咬定不可能有這種事。但是，沒有什麼事情是絕對的。

（——三個人聯手一口氣把他殺了也是個辦法，但現在還不能這麼做。最起碼得先弄懂剛才那種傳送背後的祕密……）

安茲正在思考今後的戰略時，迪肯大聲說了：

「——不、不死者！不死者怎麼會出現在這裡，而且還是突然出現……」他的視線從安茲移向雙胞胎。「難道你們倆當中有一個是死靈法師嗎！」

不等兩人回答，安茲先開口說道：

「你說對了，這兩位大人正是法力無邊的死靈法師。而我則是二位與他們的雙親，四人合力創造而成的守護者。我絕不允許弱小之輩碰觸兩位大人。如果你有那能耐消滅掉我，兩位大人就讓你帶走無妨——」安茲使出渾身解數故意發出嘲笑以惹惱對方。「——不過嘛，諒你也沒這個本事，是吧？」

「哦……」迪肯鬆開按住鼻子的手。看來鼻血已經止住了。「我還真有點驚訝，竟然有辦法讓我流血……不知道有幾十年……不，是幾百年沒有過了？原來如此，看來你的確有點本事可以說大話，但這可不是對君王應有的說話態度。不過，我的運氣也實在不錯。你們應該為此高興，我現在就來讓你們體會雙方之間的實力差距，教你們聽話。」

話是看著亞烏菈與馬雷說的，但看起來已經完全聽信了安茲的說詞。

這讓安茲覺得納悶。

怎麼會這樣毫不懷疑地，就表現出一副相信敵人（安茲）說詞的態度？

難道是這傢伙不會使用任何一種隱形手段？如果會的話，看到安茲突然現身，應該不會只想到是召喚系法術，而是懷疑安茲從一開始就使用了「隱形」魔法等暗中潛伏。

那麼也許他跟馬雷一樣，都是專精某些領域的森林祭司？

（還是說其實早就發現了我的存在，只是在演戲……如果只是做幌子，目的是什麼？）

安茲很想設身處境揣測男子的心態，但他不能花時間慢慢想，那樣會引起對方的疑心。

「既然如此，就讓我們光明正大地來場單挑吧。這樣才能清楚判斷我的主人與你孰強孰弱，你說是不是？」

迪肯睜圓了眼睛，然後像是聽到有趣的玩笑話般放聲大笑。

安茲向馬雷傳出無吟唱化的「訊息」。

（——馬雷，我跟他說的這些全是鬼扯。如果我陷入劣勢，你就和我聯手殺了那個男人，不可失手。你也暗中幫我跟亞烏菈說一聲。）

當然了，誰要把兩人交給那種下三濫啊？再說只有無藥可救的蠢材，才會在性命交關的對戰要求光明正大地單挑。有些勝負的確可以輸掉沒錯，但是你死我活的廝殺絕不允許敗北。

然而——

安茲心想，自己真是太不小心了。

要是能爭取更多時間，多施加一點增益魔法就好了。只是，他說什麼都不願意讓亞烏菈被那種變態摸到。況且對方說不定擁有強制傳送等安茲所不知道的招數。

「我剛才——看到你們役使不死者的模樣，就知道你們的確是我的孫子孫女不會錯。」

地面動了起來。

就好像沖向沙灘的海浪退回大海那樣——鋪滿地板的沙土滑向迪肯。

安茲對此視若無睹，刻意——假裝從衣服底下——拿出卷軸，發動魔法。

這麼做實在很浪費，但非得如此。安茲不知道對手有多少知識，不能讓對手抱持戒心。

發動的是屬於第八位階的魔法，「次元封鎖（Dimensional Lock）」。

惡魔或天使等異界居民可以使用這種特殊技能，而這種魔法與它擁有相同的效果。這招能夠防止對手使用以傳送為主的瞬間傳送系魔法移動到戰鬥範圍外。

就在這段時間內，匯聚到迪肯面前的土堆變成了一個巨大的形體。

安茲有看過這種外形的元素。

安茲聽見馬雷發出驚呼，但他也一樣吃驚。

（——竟然是根源土元素（Primal Earth Elemental）！）

面對不可能用普通方式召喚的元素，驚愕萬分的安茲頓時加強了戒心。

不同於馬雷，安茲拚命壓抑住震驚的心情，不准自己叫出聲音。《輕鬆上手ＰＫ術》裡提到的一項心得，就是不能讓對手知道其實你知道。

像馬雷這樣的小孩外形或許可以讓對方以為他是被元素的威容嚇到，但換成安茲就有可能被認為是知道這種元素的存在。

所以安茲誇張地聳聳肩。

「——哼，這是做什麼？變出土元素這種大而無用的土塊？懶得親自上場，叫我對付這個？你會不會太小看我了？」

「哦……所以你知道這是什麼了？」

迪肯不懷好意地笑著。

（很好！）

「——當然了，不就是土元素嗎？以前曾經有人叫出這個來對付我，被我消滅了。不過那個倒沒有這個來得巨大，不得不說你能讓這麼大一隻聽命，確實法力高強。畢竟大小也是實力強弱的指標之一。但也不是體型巨大就能凌駕一切。」

「沒錯，你說得對。好比龍王那種空有龐大形體的東西也會輸給森林精靈——不過，我必須誇獎你。你的知識是對的，它的確是土元素。哈哈哈，你的見識……不，應該是記憶力？這點倒是讓我佩服。」迪肯進一步加深了嘲笑的嘴臉。「——難得有這機會，就用你的身體承受個一次如何？試試沒什麼了不起的元素的一擊。」

根源土元素以緩慢的動作舉起它的拳頭。

（……如果是根源土元素，動作會更快。他是故意的，真是值得感激。）

這種宛如貓兒玩弄獵物的動作，正中安茲的下懷。

（——好到沒得挑剔。）

安茲一面藏起笑容——當然，安茲的表情不會有變化——一面想起根源土元素的能力。

根源土元素的等級超過八十，在同等水準的根源元素當中屬於防禦型。不，基本上土元素本身都是扮演這種角色。

它的攻擊被判定為擁有大地幾乎所有——低於其等級——的金屬屬性。換言之，假如對手是露普絲雷其娜那種對銀具有脆弱性的生物，就會被剋到弱點。

此外只要敵我雙方都碰到土地，就會對它造成全能力的微幅加成。只是，現在室內所有沙土都已聚集到迪肯身邊，露出木頭地板，所以應該無法使用這項能力。它另外還具備潛入土中的能力，但在這裡無法使用那類能力。就結論來說，這裡對根源土元素而言算不上太有利的戰場。

攻擊手段當中必須戒備的，是以雙臂進行的捶擊。儘管單純，破壞力可不容小覷。雖然速度與精度普普，但像安茲這樣的後衛職業很難躲開。而且還是毆打屬性，會對安茲構成有效攻擊。

它也能夠把手臂像鞭子一樣伸長進行廣範圍橫掃，但造成的損傷量會大幅降低。

與攻擊方面相同，防禦方面也被判定為具有多種金屬屬性，並擁有所有種類的武器抗性Ⅴ，而且還另外加上物理損傷減輕效果。基於以上這幾點，它堪稱最適任的防禦型角色，想要純以物理攻擊打倒它可說相當困難。

但是當然，它也有弱點。

它沒有危險的祕招——也就是特殊能力。換個說法，它不具有能夠大幅扭轉戰局的攻擊手段。

另一點是金屬類常有的弱點它都怕。

（……如果是黑洛黑洛桑，一定輕輕鬆鬆就解決了。）

換言之就是怕酸系攻擊，而且——還有另一個弱點屬性。

安茲做好隨時從道具箱拿出法杖（Staff）的準備。現在還不能拿出來。對方只把安茲當成普通的不死者，不能當著他的面使出會引起戒心的能力。

問題是該不該承受這一記攻擊。

承受全力一擊讓安茲知道這不是普通的土元素，以劇本情節來說比較精彩。但這種演法的缺點是對手有可能因為沒能一擊殺死安茲而產生戒心。

（……也是。可以肯定的是對手必定是專精於召喚系。這樣一來，土元素一擊的破壞力必定也有所增強。平白承受損傷對之後的戰鬥只有壞處，所以現在應該——）

「『骷髏障壁（Wall of Skeleton）』。」

土元素高舉手臂使出搥打攻擊，同時安茲的面前也出現了以骷髏構成的巨大障壁。障壁立即被打壞，消失不見。

（果然……魔力減少了？）

「——怎、怎麼會！」安茲大聲說給男子聽。「它為什麼能一擊就摧毀我的障壁！」

「哈哈哈，竟然被區區土元素一擊打壞，你的障壁也還真脆弱啊。」

安茲對眉飛色舞的迪肯施展魔法。

「『單方面決鬥（Lopsided Dual）』。」

這是第三位階的魔法，效果是即使對手以傳送逃走，以此種魔法與對手相連的使用者也會被傳送至同一個地點。更厲害的是就算對手受到「延遲傳送」所保護，使用者照樣能忽視延遲效果，於同一時間出現在傳送地點。

但是這個效果有好有壞。假如對手傳送到同伴等待的地點，由於與對手相連的術士也會被傳送到相同地點，屆時就只能被圍毆了。所以儘管這種魔法乍看之下很好用，卻在第三位階這麼低的階級就能學會。在釋出修正檔之前好像可以對同伴施展一起進行傳送，但套用修正檔之後，這種魔法就只能用在敵人身上了。

當然，假如迪肯逃跑的地點有個跟他水準相當的人物，安茲必須立刻三十六計走為上策，不過這個「單方面決鬥」正如其名，有個好處是當使用者發動傳送能力時對手不能跟來，想逃走並不是件難事。

「——你做了什麼？」

「……我用了立即死亡魔法。原來如此，你對立即死亡做了對策，是嗎？」

「……好吧，可以說你還算有點腦袋。自認為打不贏貝西摩斯，就轉為攻擊我。但是，難道你以為我比元素弱嗎？」

（以ＹＧＧＤＲＡＳＩＬ的常識來說，役使者（你）不可能比役使對象弱，但我看你的等級應該比它低吧？明明把我看成小角色，卻不回答我的問題，是因為對立即死亡沒有抗性嗎？還有，什麼貝西摩斯？）

迪肯下巴一揚，根源土元素隨即高舉拳頭。動作比剛才快多了。同時安茲聽見迪肯發動了魔法。

「『沙羅雙樹之慈悲（Mercy of Shorea Robusta）』。」

（嘖！雖然早就料到他會用第十位階，但還真是挑了個棘手的魔法。這下要殺他時得用魔法二重化下手才行了。）

「沙羅雙樹之慈悲」是第十位階的魔法，魔力消耗量在第十位階屬於最高類型，與「現斷（Reality Slash）」不相上下。

這項魔法具有三種效果。

首先在一定時間內，術士的體力會慢慢得到回復。只是回復量微乎其微，以這個等級區段來說不太幫得上忙。

其次是對立即死亡具有完全抗性。如果只需要立即死亡抗性，還有更低階的魔法，那個就夠用了。但很多森林祭司還是會習得這項魔法，自然有他們的理由。

原因就出在第三項效果，亦即體力歸零而死時能夠復活。這種復活方式不會造成等級下降。雖說條件是體力必須歸零——溺死等非損傷死因不算數，但仍是相當有用的魔法。如果是神官等職業，另有在死亡後立刻施展就能避免等級下降的復生魔法等，森林祭司的話則還有「鳳凰之火（Phoenix Flame）」等招數，但還是常常有人使用這種魔法以防意外死亡（粗心失誤）。話雖如此，由於復活時的體力相當少，假如遭受到的是多段命中攻擊等還是很有可能直接再死一次——但也不是沒聽說過因此脫險的成功例子。

附帶一提，這項魔法也算是一種復生魔法，能夠用來預防安茲的致勝王牌The goal of all life is death。只是以這種情況來說，即使有效時間還沒結束，這項魔法還是會直接消失。這是因為魔法本來就會在復生發動的瞬間消失。

（八成是因為我亂說發動了立即死亡魔法，導致他有了戒心……真是不小心，應該拿自己不會用的魔法來騙人才對。以後就這麼辦。）

「『魔法三重化（Triplet Magic）‧骷髏障壁』。」

骷髏障壁一如想像地被一擊打壞，下一擊又打壞了一堵障壁。趁著障壁還剩一面——迪肯的視野被擋住，安茲稍微移動一點位置，拿出卷軸釋放魔法。

「『刺耳噪音（Piercing Cacophonous）』。」

這是增益（Buff）型的魔法，也許沒有必要但用了比較安心。

大概是根源土元素又發動攻擊了吧。

「骷髏障壁」被打碎——

「『魔法三重化‧骷髏障壁』。」

重新變出的三堵障壁當中，安茲在一堵被破壞的同時聽到迪肯施展了魔法。

「『元素面相（Aspect of Elemental）』。」

這是森林祭司的第八位階魔法，可讓術士得到元素擁有的抗性等。這項魔法可使得以中毒或生病為主的各種異常狀態失效。除此之外致命一擊也會同樣失效，同系統的其他效果也都會失去作用。

第九位階也有一項類似的魔法稱為「元素形態（Elemental Form）」。

安茲擅長的領域被一一封殺，實在令他頭痛。

話雖如此——

（——不知道能削減對手的多少魔力。）

「魔法三重無吟唱化（Triplet Silent Magic）・高階魔法封印（Greater Magic Seal）」。

安茲又移動了一點站立的位置。這樣就等於從原處以迪肯為軸心，往階梯移動了九十度。

根源土元素施展攻擊，骷髏障壁被打碎。很遺憾的是沒辦法再做出骷髏障壁。

「魔法三重最強位階上升無吟唱化（Triplet Maximize Boosted Silent Magic）・魔法箭（Magic Arrow）」。

魔力被狠狠扣掉一堆。

即便是低階法術，用上四種魔法強化還是消耗得很凶。

既然召喚出來的是根源土元素，只要「高階排除（Greater Rejection）」生效就能一招定勝負，根本不用做這麼多魔法準備。只是，假如迪肯的職業組合專精於召喚，即使等級相差如此之大也很有可能排除不掉。

再說「高階排除」只能消除被召喚物，假設是以創造類能力生產出的物體就無法消除。

（會是元素副手之類的嗎？假如是消耗經驗值創造出來的，說不定可以半永久地供術士役使。只是看他必須消耗魔力來維持元素的存在，我想應該不是……但我可不想冒險。）

既然如此，該做的準備就得做。

「總算——」迪肯看到雙胞胎與安茲站立的位置，歪了歪頭。「——你跑去那裡做什麼？自稱是守護者，卻想伺機逃跑？」

「嘖！」

「哈哈哈！那我來幫你一把吧。」

對著開始往階梯奔跑的安茲，根源土元素一拳揮向他毫無防備的背部。龐然巨軀造成的震退效果，把安茲遠遠震飛出去。

「哦，竟然沒被一擊打爛，看來不是只會說大話啊。不過，也只是無謂的抵抗罷了。」

被震飛的安茲藉由「飛行」穩穩地降落在階梯前面。

「不過你選擇逃跑，就表示你決定丟下兩個主人，是嗎？」

「怎麼可能？」

這時安茲再次變出「骷髏障壁」。

「又是這招？不攻擊我的元素要怎麼打贏我？你這招用得太笨了。」

聽到迪肯語氣傻眼地這樣說，安茲隔著障壁嘲笑他：

「哈哈哈！我很清楚人類正在攻打這個國家。我問你，森林精靈王。你不覺得時間是站在我這一邊的嗎？」

「……原來如此，是這麼回事啊。想不到你還挺會動腦筋的嘛。但你的期待要落空了，那是不可能的。」

「什麼？不可能？」

「沒錯。難道你竟然還抱著一絲期望，以為能操縱這隻最高階元素的我會敗給區區人類？」

（以前那個召喚了天使的傢伙吹牛吹到我都傻眼了，但根源土元素的確稱之為最高階也不為過……攻打過來的教國知道迪肯這麼厲害嗎？如果知道，就表示他們擁有能打倒迪肯的手段，但這傢伙沒想到這一點。沒弄懂狀況的是教國，還是這傢伙？可是，假如教國知道迪肯的實力，那時候怎麼會說那是最高階的天使？）

看到安茲陷入沉思，迪肯不知道是怎麼解讀的，用由衷感到傻眼的語氣說了：

「用用腦子就知道了吧？真是個膚淺的傢伙。不，或許怪不得你。你就是個不死者，腦殼裡沒有腦子只有空氣嘛。」

（不懂。假設教國已經做好與森林精靈交戰的準備，就表示教國陣營最起碼有個跟這傢伙水準相當的人物。這樣一來，就不能說時間是站在我這邊了。至少得避免連戰兩場……）

問題是能巧妙消耗掉對手的多少力量？

安茲一邊思考這個問題，一邊發動「骷髏障壁」。

如同他用「訊息」告訴馬雷的，真的想贏得勝利時，一對一單挑是最蠢的行為。但是這次必須單挑到瀕臨敗北才行。而且這次的戰鬥還有另一件麻煩事。

那就是戰鬥方式受到某種程度的限制。

安茲已經知道迪肯無法識破「完全不可知化」。所以只要善加利用這點，就可以在行事上壓倒性占優勢。

可是，安茲辦不到。

為什麼？

假如使用「完全不可知化」展開單方面攻擊，會有什麼結果？

除此之外，比方說如果使用「時間靜止（Time Stop）」等高階魔法讓對方察覺安茲實力強大，又會有什麼結果？

迪肯必定會判斷自己打不贏，選擇撤退。所幸雙胞胎不會變成攻擊的目標——是不能保證不會，但可能性很低。那個男人的目的是亞烏菈——其次是馬雷。安茲不認為他會讓兩人受到致命性傷害。

但是，在安茲還沒識破迪肯突然現身的戲法底細之前，讓他撤退就糟糕了。

能夠突然出現，就表示搞不好也能突然消失。不——應該預想到最糟的狀況，當成對方擁有那種能力。

萬一讓他逃走，將來這個變態狂也許會再來抓亞烏菈或馬雷。

只有這點絕對必須避免。

除非摸透迪肯的底，否則安茲等於是讓兩人站在懸崖邊緣。

所以才要照「訊息」說的做。

——現在就要了他的命，不能放他逃走。

因此，安茲不能立刻請兩人幫忙。

人數戰力差距是關乎勝負的一大主因。假如安茲在不清楚敵我強弱的狀況下，碰上人數比己方更多的一群敵人，也會以撤退為第一考量。而且應該認為迪肯也會這麼做。

直到製造出機會能確實要他的命，最好別讓對手發現苗頭不對想開溜。所以安茲到目前為止不但沒讓雙胞胎幫忙，連不死者都沒召喚。

而他之所以撒下大謊說迪肯可以帶走兩人，也是為了這個原因。

這樣做是在束縛對手的行動，好讓對手不會脫離戰場，誘導他的思維讓他辦不到。

（沉、沉……叫什麼來著？對了，是沉船成本效應。得看我能不能巧妙地讓他付出更多成本……但願不要被他識破就好……就祈禱他缺乏戰鬥經驗吧……最起碼也得重挫其銳氣才行。）

●

『好、好可怕喔……』

聽見透過項鍊傳來馬雷顫抖的聲音，亞烏菈立刻表示同意。

『嗯，真的很可怕。』

『原來安茲大人是那麼可怕的人啊。』

為什麼他們的主人——一位至高無上的統治者要用那種方式戰鬥？亞烏菈與馬雷都非常清楚。

為了摸清對手的底——這必定也是原因之一，但不是主要理由。

目的只有一個。

為了確實奪去對手的性命不讓他逃走，主人正在讓對手深陷泥淖。

在不知道對戰對手有多少體力的狀況下，一個人在戰鬥時，會在何時判斷應該逃走——設定停損點？

關於這點可能見仁見智，不過除了完全無法對敵人造成損傷之類的例外情形，大多數人應該會設定在自己的體力降低到某個底線以下的時候。

那麼，假如自己還有足夠的體力，但魔力所剩不多呢？

尤其是戰鬥到目前為止，自己已經消耗了大量魔力？

而且有預感只要再撐一下，就可以打贏？

停損難就難在心裡明白卻辦不到。所以人們一般來講會基於吃過苦頭的經驗或是獲得的情報，來建立自己的規則。

換言之，如果戰鬥經驗不足，又缺乏對戰對手的情報，就很有可能無法及時停損。

主人就是看穿了這一點。

貴為君王，高傲自大，又沒有與同等強者勢均力敵的經驗，才會被逼進無法適時停損的狀況。

『那些窩囊的台詞全部都是做幌子。我這樣說太失禮了，但安茲大人的鬼謀神算簡直已經是怪物級了……』

亞烏菈渾身打了個哆嗦。

『難怪迪米烏哥斯會說，安茲大人的層次比他更高……』

馬雷也渾身打了個哆嗦。

『還故意使用卷軸給對手看，真的好厲害喔。』
『而且還完全不讓對手看到自己的實力呢。』
看到主人周全細密的戰術，兩人只覺得可怕。同時也獲益良多。
兩人同時心想，自己竟然能擁有這樣的主人，真是何等幸福。

●

才剛破壞掉，障壁又立了起來。
面對這種現象，迪肯用笑容隱藏白白讓對方拖延時間的氣惱。
這不知道是第幾次了。他懶得去數，但最少也有二十次以上。
儘管脆弱易碎的障壁一擊就能打壞，對手卻同時立起多堵，讓貝西摩斯的攻擊打不到他。
（小嘍囉倒挺會耍小聰明的……不對，他是根本只會使用這點程度的魔法，才會拚了命地用。）
就算說他是小嘍囉有點過頭，那個不死者再怎麼樣也絕不可能比自己——貝西摩斯更強。至今的所有情報都證明迪肯的判斷是對的。

假如那個不死者比貝西摩斯更強，應該會積極出手攻擊才對。但那個不死者就只是一邊抱頭鼠竄一邊用魔法擋攻擊，整個行動方式就像是在期待第三者的登場。雖說每次破壞障壁的確都對貝西摩斯造成了損傷，但程度極度輕微。對手再笨也不可能妄想用這種小傷把它慢慢磨死。

（之所以盡量試著給貝西摩斯造成一點皮肉傷，想必是為了讓人類更容易打倒它吧，真是令人感動落淚的奮鬥啊……但是，貝西摩斯的體力比你想像得高多了。我看會是你先耗盡魔力吧？）

障壁再次毀壞，露出下一堵障壁。

迪肯嘆了口氣。

一想到還得繼續應付那東西，不得不說他越來越提不起勁了。

（搞不好這就是他的目的，想讓我耐性盡失直接走人——但是，要怎麼做才能輕鬆消滅掉他？）

誰都知道別去理會那些障壁才是聰明的作法。然而很遺憾地，迪肯役使的貝西摩斯並不具有什麼特殊能力。如果想置之不理，就得繞過那堵長長的障壁才行。只是那樣做，也只會讓對手再做出障壁來擋它。

那就變成貓捉老鼠了。

迪肯能夠支配比自己更強的元素，並讓它聽命行事。一般來說沒有人可以召喚出比自己更強的物種任由自己使喚，但迪肯修得的職業使得他能夠獨立於這種自然法則之外。然而作為代價，有個缺點是戰鬥過程會慢慢消耗他的魔力。

役使貝西摩斯並不需要特別專心，所以迪肯本身還是可以使用魔法。只是，那樣會縮短貝西摩斯可以戰鬥的時間。

（不得已了，我看還是用些攻擊魔法吧？同時遭受貝西摩斯與我的攻擊，應該沒有那閒工夫再讓他製造障壁。）

沒錯，迪肯能夠使用到第十位階的魔法。

使用這世界的所有魔法吟唱者再怎麼努力都到不了的領域——唯有天選之人才被允許踏入的至上領域的魔法。

但由於他讓能力專精於召喚，那些魔法他只是勉強用得來，絕對稱不上擅長。即使如此，用第十位階的魔法不怕解決不了那個小小不死者。可是——把寶貴的魔力用來做這種事好嗎？難道不應該保留作為貝西摩斯戰鬥中的動力來源嗎？這讓他猶豫不決。

（我得設法讓那個不死者明白區區人類無法打倒我或貝西摩斯，這樣他就不會毫無意義地繼續拖時間了，問題是……）

迪肯已經告訴過他了，但他看起來並不相信。

不，其實迪肯也知道這是理所當然。

他不相信迪肯這個敵人說的話是當然的。只是實際上，迪肯並沒有說謊。至今沒有任何存在能夠贏過貝西摩斯。事實上，就連古老級（Ancient）龍族都不是它的對手。那頭龍用第二位階的魔法強化了自身能力，但面對貝西摩斯的拳頭只有變成肉醬的份。

就連迪肯自己如果與貝西摩斯為敵，也必死無疑。

恐怕只有他的父親能贏過貝西摩斯。不過，父親早已辭世。換言之，現在天底下沒人能夠打倒它。

（他或許以為我魔力沒了就有勝算，但這點他也搞錯了……）

對手或許以為魔法吟唱者只要耗盡魔力便不足為懼。他本身也是魔法吟唱者系不死者，一定是鑑於自己的狀況才會做此判斷。

迪肯必須承認這個想法有一部分是對的。

身懷精靈使專門能力的迪肯，一旦沒了魔力——失去役使貝西摩斯的能力——戰鬥能力將會急遽降低。只是，這並不等於他會變成弱者。身為最高階森林祭司的他，擁有超越大多數生物的傲人肉體。

他隨意揮個拳頭就能把脆弱人體打成兩段。踢一腳就能在鐵鎧甲上留下腳印，把內部的軟嫩肌肉踢爛。

數千、數萬程度的人類軍隊，他有自信可以光靠肉體能力統統殺光。

但問到這樣是不是就沒問題了，他又無法滿懷自信地點頭。

至今他每場戰鬥都是交給貝西摩斯去打，因此心裡略有不安。敵軍有數千士兵，就表示他得揮數千次拳頭才能全部殺光，要實際試過才知道自己的耐久力撐不撐得了那麼久。更重要的是——

（休想要我親自上戰場做那種野蠻行為——讓那些人類的血潑到我身上。）

迪肯以身為精靈使的自己為傲，對他來說自己舞刀弄槍屠殺對手簡直是野蠻至極。無論如何他都想避免那種戰鬥方式。

既然如此，該怎麼做才好？

（魔力的消耗量不容忽視。雖然還多得是餘力戰鬥……但也不到能夠長時間戰鬥、役使貝西摩斯的程度。我還得一邊殺掉那些人類一邊管好孫子孫女——用魔法封住行動，讓他們無法抵抗。想到還得做這些事，魔力不能太浪費。）

有鑑於此，不能再把更多魔力用來對付那個不死者。

（還是別理他，直接把孫子孫女帶走？但恐怕他們只會立刻重新召喚……）

那樣只會讓這場無益的戰鬥再來一遍。

況且那種形式太不理想了。

他得戰勝守護者，讓兩人知道誰才是強者，逼其內心受挫屈服，告訴他們誰才是主子。否則這兩人只會永遠反抗自己下去。

說到底還是得在這裡把那個不死者消滅乾淨。

（搞了半天還是回到原點。那麼，我該如何消滅他？）

以往所有敵人面對貝西摩斯的一擊都像是一折就斷的枯枝。他從未想像過有一天會打這種追著東躲西藏的對手到處跑的戰鬥。

（哼——真是學經驗了。以後看到狼狽逃竄的蟲子也殺一些累積經驗吧。現在——得先把那個解決掉。）

迪肯瞪著聳立於貝西摩斯面前的障壁。不，是瞪著在那後方的不死者。

（還是沒其他辦法。現在就算用掉大量魔力也無妨，要把那個迅速殺掉才行。雖然要我這個精靈使去用攻擊魔法，非常地……對，非常地不優雅……但無可奈何。反正又不是打肉搏戰，就忍忍吧。）

迪肯如此下定決心，選好魔法之後開始出招。

「陽光爆裂（Shining Burst）」。

第七位階的攻擊魔法發動，引爆了太陽般的光輝與灼熱高溫。白光半球體顯現的同時，令人討厭的骨頭牆壁瞬間被炸得不留痕跡。但是後方的障壁依然毫髮無傷。

（原來如此。看來即使用上範圍攻擊魔法也無法連下一堵障壁一併破壞。）

要是能一次破壞掉所有障壁會更好，不過能得知對手障壁的一項性能也算沒吃虧。藉由這次經驗，下次選用別種魔法就是了。

同樣是範圍攻擊魔法，其實也有擴散、爆炸，或者是放射型等些許差別。

接著貝西摩斯的巨大右拳又破壞了一堵障壁。高舉的左拳緊接著往下一捶，把最後一堵障壁也打壞了。這時才終於看見不死者驚慌失措的模樣。

（反正又是一堆障壁吧？）

既然如此，他只要按照剛才的結果改用其他攻擊魔法就好。

然而，他猜錯了。

不死者開始步行遠離貝西摩斯，並且從長袍底下拿出了道具。想必是卷軸吧。

森林精靈的卷軸以特殊樹皮製成，最高只能注入森林祭司能夠使用的第三位階魔法。那個不死者的魔法並非森林祭司系，因此他猜測對方使用的系統就會是那種外觀。

（低階魔法？瞧不起我嗎？以為用這點程度的法術就擋得了？……還是說那傢伙使用的卷軸能注入更高階的魔法？……可是，他是什麼時候拿到手的？是某種特殊的召喚嗎？）

卷軸消失，魔法發動。

「什……！」

濃密的霧氣以不死者為中心湧起，籠罩整片視野。只消短短幾公尺……恐怕只要相隔個五公尺，在這片彷彿潑灑奶水的濃霧中就會什麼也看不見。

又來了個令人厭煩的魔法。

迪肯很想發動攻擊魔法，但在肉眼看不見對手的狀態下效果太弱。即便用上範圍魔法也一樣。因為剛才那個不死者是邊走邊拿出卷軸，恐怕在使用這種魔法的同時又移動位置了。就算對不死者最後的所在位置發射魔法，目標也不見得還在範圍內。

貝西摩斯開始移動尋找不死者。只是，動作很慢。

貝西摩斯的掃描能力依靠視力。但它的眼睛無法看穿霧氣，所以追丟了對手。

因此迪肯發動第四位階魔法「振動掃描（Tremorsense）」。

這項魔法能夠掃描出極其細微的振動，藉此感知出對手的所在位置等。本來用在地面更有效，但用在地板等處也管用。然而——

（——什麼？不在任何地方？）

儘管被白霧遮住而無法用肉眼看見，「振動掃描」仍然讓他知道孫子孫女——沒有移動位置但大概做了換腳之類的動作吧——還在原處。這樣一來應該不會是用傳送逃走了，更不可能是解除了召喚。那麼，到底是怎麼回事？迪肯終於想到原因了。

（他沒碰到地板！原來是飄浮在半空中嗎！）

剛才他都是跑來跑去躲攻擊，因此讓迪肯搞錯了。現在對手正用某種方法飄在半空中。「振動掃描」魔法只能掃描從地板等處傳來的細微振動，對手如果跑到空中就掃描不到了。

這傢伙真是激怒迪肯的箇中好手。

「用這種無聊的手段拖延時間！煩人的小嘍囉！」

實在太讓人不愉快了。搞不好主動把那些人類叫過來，連同這傢伙一併清除乾淨還比較簡單省事。

（明明沒本事！要是在外面戰鬥，我早就殺死他了！）

他一時想不到有什麼辦法能把孫子孫女與不死者逼出城堡外。破壞王城牆壁把他們拋出去或許是個辦法，但沒那麼容易成功。

迪肯對四處徬徨的貝西摩斯下令，讓它來到自己的身邊待命。

不知道躲在霧中的那傢伙會採取何種行動，但也許會直接攻擊他們。反正不可能一擊被打死，所以是無所謂，但要是再次被那種下等貨色打到流血會把迪肯氣死。

迪肯觀察對手的動靜時，時間仍在一點一滴地流逝。其實並未經過多少時間，但魔力漸漸流失的感覺，彷彿讓時間過得更慢。

（——不能再繼續耗下去了！）

直接把這些霧氣吹散吧。迪肯試著回想起許久不曾使用的各種魔法。由於至今都是貝西摩斯屠殺掉所有敵人，有很多魔法習得了卻不曾使用。不過，至少他還知道有種魔法能夠製造出足以吹散霧氣的暴風。

他選擇的是第九位階魔法——「暴風雨（Tempest）」。

狂暴肆虐的暴風憑空出現，霧氣在一瞬間內被吹開。然而同時以「暴風雨」呼喚出的狂風暴雨也奪去了視野。狂暴強風來勢洶洶，就連迪肯都只能盡全力撐住不讓自己被吹飛。在這風雨當中想動一下都是難上加難。

只有貝西摩斯或許該說果然厲害，速度是被拖慢了，但能夠承受暴風讓龐然巨軀步步前行。

（那傢伙在這場大暴風雨當中，也不可能動得了。）

滂沱大雨阻礙了視野，貝西摩斯大概也不知道那個不死者的位置。但迪肯就不是了。「振動掃描」會捕捉到所有敲擊地板的雨滴，就算有人在雨中四處走動，也無法分辨振動來源。但是反過來講，他可以掌握雨滴敲擊方式較弱的位置。在腦中展開的樓層平面圖，浮現出雨滴被東西擋住的兩個位置。一個是他的孫子孫女的所在位置，另一個必然便是不死者的所在之處。

（——在移動？）

在這場視野模糊的大雨當中，加上就連貝西摩斯的龐然巨軀也只是勉強走得動的激烈暴風，那個不死者為什麼動得了？就算用飛的，應該也會被強風吹落地面才對。

迪肯只遲疑了一瞬間，隨即解除「暴風雨」。

以魔法喚出的強風暴雨頓時消失得無影無蹤。但是濕漉漉的地板與迪肯的衣服，在在顯示剛才並非一場幻覺。

迪肯撩起濕答答黏在臉上的頭髮——看到一堵障壁豎立於不死者的所在位置。想必是在魔法解除的同時做出來的。

「你這傢伙有完沒完啊！」迪肯大聲怒罵對方。「都不打算光明正大一決勝負嗎！偷偷摸摸躲在障壁後面！卑鄙無恥！」

「——戰鬥時本來就該思考戰術不是嗎？這種想也知道的問題就不用問了。話說回來，我也有幾個問題想問你，可以嗎？」

不死者的聲音從障壁後方傳來。

考慮到魔力正在漸漸流失，迪肯其實不應該理會對方，但他被挑起了好奇心。那個不死者的發言想必代表了那對雙胞胎……更進一步來說是代表了他們雙親的想法。既然如此還是該聽一下。

「…………什麼問題？」

「你不用去對付那些人類嗎？我們在這裡開打到現在已經過了滿長的一段時間。說不定森林精靈們現在正在樓下遭到虐殺喔。」

有些出乎意料的問題讓迪肯愣了一愣，但他決定誠實回答。

一時之間他也有考慮過是否該解除貝西摩斯的戰鬥狀態，但是要讓它再次回到現在的狀態多少需要點時間。這麼一來，照那個卑鄙不死者的作風，管他是不是話講到一半，看到有機可乘肯定會出手攻擊。儘管被打中個一擊遠遠不足以構成致命傷，但他也不想乖乖挨揍。即使必須繼續消耗魔力，他還是決定讓貝西摩斯維持戰鬥狀態繼續待命。

「——想到我的血統有可能像你們一樣在後世復甦，去救他們或許也有好處，但其他地區也有森林精靈存在。再說，那種能靠自己的力量逃走的人將來比較值得期待。說得明白點就是會在這裡被區區人類殺掉的弱者不值得我去救。」

「那麼下一個問題。我聽說此處有森林精靈的祕寶，這是真的嗎？」

「森林精靈的祕寶？你是說我嗎？還是貝西摩斯（這個）？」

「……你說的『這個』是那邊那隻根源土元素嗎？」

「根源土元素？」

「這樣稱呼有哪裡奇怪？你召喚的不就是根源土元素嗎？還是說你們用別的種族……應該說元素名嗎？用別的名稱叫它？」

低賤小輩到死都愚頑不靈是當然的，但這傢伙到現在還把貝西摩斯當成一般土元素或者不過是它的亞種，讓迪肯火冒三丈。就當作是給孫子孫女好好上一課，這種錯得離譜的誤解必須更正清楚。

「它叫貝西摩斯。大地的守護元素貝西摩斯。」

「貝西摩斯？原來不是我聽錯啊……大地的守護元素？不是陸地大魔獸？團體戰頭目？我所知道的貝西摩斯長得跟它完全不一樣……一開始是誰取的這個名字？你嗎？」

「不是——」

「——那是誰取的？」

不死者急切地問。為什麼這麼在意這種問題？陸地大魔獸又是什麼？不過稱它為團體戰頭目（必須組隊挑戰的強敵）好像也沒錯……這傢伙——或者是孫子孫女？他們是否知道一些連迪肯都不知道的事情？如果是這樣，最好不要再回答他們更多問題了。

「……想要我告訴你，就把那堵障壁解除了怎麼樣？講話時不跟對方面對面豈不是很失禮嗎？」

「那就算了。我問這些問題不過是因為求知欲受到刺激罷了。」

迪肯的視線轉向雙胞胎。

是受到召喚的不死者自己想得到這些知識，還是孫子孫女從哪裡獲得了相關情報？被雨淋濕的兩人一臉不高興，看不出來心裡在想什麼。

「那麼下一個問——」

「夠了，我跟你沒話好說了。」

迪肯心情焦急地加強注視雙胞胎的視線。實在不能再消耗魔力下去了。問題的內容也跟他想像的相差甚遠，沒必要繼續跟他扯下去。

「閒聊就到此為止。」

突然間，障壁消失了。

迪肯正想對雙胞胎使用「綠鍊（Green Chain）」，一下子有點措手不及。他猶豫著不知道該對哪一邊下手。

「——最多大概就這樣了。至少魔力消耗得夠多了。」

「……什麼？」

不死者沉靜的語氣讓迪肯困惑不已。

為什麼那傢伙看起來，彷彿從容不迫？

分明是個只會拖延時間的廢物不死者——

命令貝西摩斯把他捶扁——

就在這一瞬間，迪肯的眼睛望向不死者背後的階梯。因為迪肯想到也許是那些人類來了，才會讓不死者表現出一副目的已經達成的態度。

不知道對迪肯的反應作何感想，不死者再次開口：

「我說，魔力消耗得夠多了。你還能維持根——貝西摩斯的存在多久？大概還能撐個幾分鐘吧。」

「喔，是這個意思啊。你以為能打贏魔力耗盡的我，是吧？沒錯，我剛才是沒能躲掉你的拳頭。但那是因為你冷不防被召喚出來，要是早知道攻擊要來，我早就躲開了。」

「——我知道。」

語氣還是一樣平靜。迪肯不由自主地吞了吞口水。

他怎麼能擺出那種態度？

奇怪。

自己怎麼會被這麼一隻不死者震懾住？

自己可是繼承了昔日征服過這世界的森林精靈的血統，是目前這世上最強大的森林精靈。

迪肯咬緊牙關，壓下自己內心浮現的可恥情緒。

「我懂了！」他大聲怒吼。「就因為那一拳打到我流血，你就傲慢自大地以為打肉搏戰能贏過我是吧？但是那一擊根本沒對我造成多大損傷！」

「這我也知道。」

眼看不死者語氣淡定地回答自己的怒吼，一種令人不明所以的不適感襲向迪肯。

難道說——

霎時間，彷彿一時糊塗的離譜想像閃過腦海。

如果他都知道，那為什麼……？

為什麼要用那種方式戰鬥？

這是騙術。

只不過是故作從容，想騙過迪肯罷了。

不可能有其他理由。

「貝西摩斯！」迪肯發出連自己都分不清是怒吼還是慘叫的聲音。「——打爛他！」

「那就開始吧。」下個瞬間，迪肯就明白了他語氣平靜的原因。「『魔法三重最強化（Triplet Maximize Magic）・噪音爆裂（Cacophonous Burst）』——解放。」

首先是一陣音波的爆發，隨後天使的羽翼跟著現形。

衝擊波的風暴襲向擋在不死者與迪肯之間的貝西摩斯，與剛才的豪雨不相上下的光雨蹂躪它的龐然巨軀。大地守護元素的生命力眼看著不斷減少。儘管它不像血肉之軀會流血或四肢殘缺，它的主人迪肯仍然看得出來，貝西摩斯已經奄奄一息。

六神無主。

除了六神無主之外沒有別的形容詞。

貝西摩斯是最強的元素精靈，是無人能與之抗衡的存在。以往它在戰鬥中就算受點損害，對龐大的體力來說都微不足道。

如今卻——

像這樣——

它的體力從來沒有減少到這種瀕臨死亡的地步。

「怎、怎麼……可能……」

「果然厲害，針對弱點攻擊了六次卻還打不死。如果我更專精於攻擊魔法，也許結果就不同了？」

不死者的聲調還是一樣平淡，感覺不出任何情緒反應。跟剛才的態度簡直判若兩人。

（現、現在究竟，是什麼狀況？）

心中不斷擴大的困惑稍微平息下來，一種恐懼感乘隙而入。

剛才的想法變得更具有分量。

難道說——這個不死者比自己更強？

「啊！貝西摩斯！快來！」

保護我——順從迪肯的心思，貝西摩斯過去擋住不死者的視線，掄起右拳毆打他。

（贏了！——嗯？什麼！）

接著貝西摩斯揮出左拳。這只能有一個解釋，就是它沒能一擊打死那個不死者。

都已經攻擊了兩次，他卻看到被貝西摩斯擋住的不死者威風凜凜地站在那裡。

沒被打爛。

至今所有敵人都只能變成肉醬，但那個不死者依然平靜自若。

「『魔法三重最強化・噪音爆裂』。」

當著他的面前，貝西摩斯——無敵的大元素精靈淪為大量土塊。

霎時間，一種巨大的失落感襲向迪肯。

原本存在於內心的某種事物消失不見了。徒留一個空虛的破洞。

「下手過重了……不過考慮到你們也許有些技能，我自認為沒做錯選擇，你說呢？」

「——噫！」

不可能。

絕對無敵的大元素精靈，自己的分身貝西摩斯不可能會落敗、消滅。

可是，眼前沒了貝西摩斯是事實。

那麼他該怎麼辦？

該採取何種行動才對？

眼前的不死者究竟是什麼人——

「不用這麼害怕——『現斷』。」

劇痛排山倒海地來襲。

他從來沒有這麼痛過。

「啊，啊啊啊……」一看，自己的胸口正在流血，被雨淋濕的衣服現在正漸漸染成鮮紅色。「痛啊，痛死我了！」

好痛。

好痛。

好痛。

只有這個感覺在腦中嗡嗡迴盪。

「我能明白你的心情。我如果不是這種體質，剛才的那一擊想必也會讓我痛到失去理智。言歸正傳，我有個提議。你投降吧。只要你投降，我不會讓你吃更多苦頭，也會保障你的人身安全。」

「啊，啊，啊啊，好痛……真、真的嗎？」

無法承受的劇痛讓迪肯眼角泛淚，對孫子孫女這樣問。

兩人先是顯得有點慌亂，然後孫女回答：「真的。」

「你也聽見了，我已獲得兩位主人的准許。那就請你解除武裝吧。放心，確認沒有危險物品之後就會歸還與你。我句句屬實，絕無謊言。我向兩位主人發誓，請相信我。」

不死者語氣真誠地說了。感覺似乎可以相信他。

好痛。

「沙羅雙樹之慈悲」應該有讓傷口一點一點慢慢癒合，但無法治好深深傷口帶來的劇痛。

一時之間，他很想投降以逃離這種劇痛。然而——他還是有自尊心的。

也就是作為君王統治這個國家千秋萬世的他，即使對方是自己的孫子孫女，豈能對年紀比自己小的黑暗精靈乞求饒命？

好痛。

魔力已經沒了。不，其實還有，但就算用上剩餘的魔力對付這個不死者，也已經沒有勝算。

還是說，應該從近身戰尋找機會？

不行，他對自己有點缺乏信心。要是被不死者用那麼強大的魔法再攻擊幾次，他可能會比對手先死。

好痛。

迪肯的視線朝向不死者的後方——那座階梯。

沒有人在。

既然這樣——

他要跑過去。只能這樣了。

好痛。

好可怕。

好痛。

好可怕。

即使如此，迪肯依舊拔腿就跑。

流出的鮮血證明了自己的性命正在一點一滴折損。

對死亡的強烈恐懼在心中油然而生。魔法道具只能賦予他對恐懼的抗性，無法連自己內心自然湧現的恐懼也一併消除。

也正因為如此——得到恐懼這種推力，肉體完美達到了精神的要求。雙腳使出前所未有的最快速度踢踹地板。

視野急速往後飛去，與不死者之間的距離即將歸零。

「站住！否則我殺了你！」

他無視於警告，一衝過不死者身旁的瞬間，魔法伴隨著響亮的「嘖」一聲撲向他。

「『時間靜止』。」

沒有疼痛。不，也許有，但是胸口那道深深傷口──跑步造成的劇烈痛楚太過強烈，使得他沒那多餘心思感覺到其他疼痛。

既然如此──迪肯繼續奔跑。階梯就在眼前了。

胸口痛到令他驚駭的地步，但步伐依然穩定。

「亞烏菈！」

不死者似乎念唱了某種魔法。不過這次的魔法同樣未對迪肯發揮作用。

既然如此，繼續跑就對了。

他跑到階梯處──腳下發生爆炸，而且是三次。

衝擊力道造成身體瞬間浮空，但迪肯將自己的體能活用到極限重整態勢，維持原本速度繼續狂奔。雙腳沒感覺到多少疼痛。毋寧說胸口大開的傷口疼痛與恐懼已經讓他搞不清楚東南西北。

不死者似乎在他背後說了些什麼，但他沒有半點多餘心思去理會。

迪肯連跑帶跳地衝下階梯。

沒聽到後方有人追來的聲響。就在緊張情緒稍稍放鬆的瞬間，雙腳產生了激烈的痛楚。

迪肯險些慘叫出聲，拚命壓抑下來。大聲嚷嚷太危險了。

視線往下移動，就看到自己的雙腳已變得血肉模糊。想必是剛才腳下發生爆炸時受到的傷。

一看到傷勢，痛得就更厲害了。

迪肯移動視線，確認自己一路跑來的方向。流出的鮮血形成了綿延的痕跡。就算對手沒有追蹤能力，要追上他也很容易。

好痛。

他不想再跑了。

但是不逃走的話，必定會有更強烈的劇痛等著他。

最重要的是——他不想死。

這唯一的念頭讓迪肯忍痛繼續前進。

（為什麼我得受到這種對待？我的孫子孫女怎麼都不幫我！）

他們為什麼不為了精靈種族的繁榮協助迪肯？

真是莫名其妙。

（混帳王八蛋！）

迪肯在心中——怕發出聲音會讓人找到他——千咒萬罵，眼角噙著淚水向前跑。

對於迪肯這傢伙，安茲已經用自己最溫柔的口氣招降了。不知道是滿足了無法發動那種神祕傳送的條件，抑或是已經藉由將對手逼進絕路的方式成功誘導他的思維，迪肯表現出想接受招降的態度。

安茲這才在心裡暗自嗤笑。

剛才的提議當然是謊言。安茲壓根兒不打算保障他的人身安全，打算一等他卸下裝備就結束他的性命。

本來想過只要讓他內心受到嚴重打擊或許就不會再對雙胞胎下手，但還是「死」最省事。

只是，下個瞬間，安茲彷彿看到迪肯的眼中燃起了火苗。

（嗯？）

迪肯突然開始奔跑，而且是跑向安茲。

（嘖！想打近身戰嗎！那——也行！）

安茲仔細藏好內心的笑意，準備裝出正好相反、帶有驚愕與畏怯的語氣。

身為魔力系魔法吟唱者的安茲的確不喜歡打近身戰，也可以說戳中了他的弱點。但迪肯有意繼續抵抗對安茲來說是好事，這樣可以用少許HP作為代價，確實結果迪肯的性命。然而就在下一刻，安茲是真的驚愕萬分——而且差點顯現在擺不出表情的臉上。

迪肯的跑步路線不但與安茲微微錯開，而且毫無要減速的跡象。

安茲這才發現自己想錯了。

（——糟了！他這是要開溜了！）

這下子雖然很不甘心，但必須把自己對迪肯的評價提高一個階段——或者至少刮目相看一下。

對安茲來說迪肯最棘手的行動，就是卯足全力專心逃跑。換成安茲處於這種狀況，也會——只是會更早——做出跟迪肯同樣的選擇。

安茲也很清楚這一點，所以已經用魔法做了幾項對策，預防迪肯用現身時的那種方式逃走。但是沒準備太多對策阻止迪肯單純靠體能逃走。這是因為沒太多時間可以準備，而且在巧妙隱藏自身的實力之餘還要設下重重機關實在不太容易。

「站住！否則我殺了你！」

安茲警告歸警告，其實也不認為他會停下來。更何況就算他真的站住，安茲也不打算放過他，因此安茲立刻思考下一步該怎麼做。

就算做出障壁擋人也只會被翻牆，而且會擋住安茲的視線，有可能無法應付對手接下來的逃跑手段。

假如精神控制系的魔法生效，可以說一擊就解決了。問題是他不覺得精神控制對推測等級超過七十的迪肯會有效。這是因為預防精神控制系魔法的手段或道具在YGGDRASIL其實很容易入手。儘管要預防所有精神控制系效果就有點難度，但身上備有其中一種的對策並不奇怪。

事實上，帝國皇帝吉克尼夫就持有預防精神控制系效果的魔法道具。想賭賭看迪肯沒有那類對策恐怕是有點想得太美了。安茲個人是很想惡狠狠來一發立即死亡系法術，但是對手給自己施加了「沙羅雙樹之慈悲」，用了也沒意義。

因此他選擇的是「時間靜止」。這招同樣有對策可以預防，但基本上得靠魔法道具，很難用其他方式來阻擋。

「『時間靜止』！」

還是沒停下來。

迪肯照樣跑他的步。

安茲不會為此咂舌，腦袋裡早就想過這個可能性了。既然如此，找別人幫忙就是了。

安茲即刻下達命令：

「亞烏菈！」
「是！」
亞烏菈舉起弓箭——
「影縫之箭。」
——一箭射中迪肯在地板上的影子。但迪肯還是一秒都沒停下來，繼續一路跑到了階梯口。為了預防他逃走，安茲早已躲在「骷髏障壁」後面偷偷做了最低限度的準備。
迪肯的腳下發動了「爆擊地雷（Explode Mine）」。
「沒用的，你的腳下——」
迪肯理都不理，留下一陣衝下階梯的腳步聲。聲響越來越小。
「——是看穿了幌子？或者純粹只是沒打算聽我說完？剛才他對於障壁系魔法不懂得使用貫穿系魔法，害我有點太小看他了。」
本來想做個幌子拖住他的腳步，結果被他突破了。
迪肯畢竟是森林祭司，儘管系統不同但也是魔法吟唱者，很有可能識破安茲的魔法陷阱。基本上同樣的魔法不能同時複數展開，就跟不能反覆使用召喚魔法召喚出一大堆魔物是同樣的道理。
「屬下萬分抱歉，讓他逃掉了！」

聽到亞烏菈的謝罪，安茲的視線從迪肯消失的階梯轉向她。

「不……不，妳說得對……剛才那招確實是選錯了，亞烏菈。我們已經在戰鬥中看到那男人擁有時間對策與立即死亡抗性。既然如此，就應該認定他對移動阻礙也具有某些對策。」看到亞烏菈準備再次謝罪，安茲舉起一隻手阻止她。「但是我沒針對這點提出警告，所以我也與妳同罪。坦白講，其實我也沒料到那傢伙會對移動阻礙做好對策。與其後悔這些……還是想想現在該怎麼做吧。」

「屬下立刻追上去殺了他。」

「等等！」

安茲制止準備跑走的亞烏菈。

假如迪肯真是超過七十級的森林祭司，憑安茲的移動速度有可能追不上他。只有亞烏菈與馬雷能追上他。但是以這種情況而論，消耗了不少魔力的安茲就會變得孤立無援。

（用「傳送門」從納薩力克率兵增援——沒那個時間。現在得先決定是要放他一馬，還是殺掉了事。）

儘管魔力減少了很多，迪肯肉體方面的能力值仍然不低。安茲跟他打不靠魔法的近身戰沒有勝算。當然，前提是沒有使用「完美戰士(Perfect Warrior)」等招數。

（沒帶魔獸的亞烏菈去追他，萬一那傢伙使出某種祕招，她有可能會應付不來。還是召喚不死者……不，假如那傢伙再度召喚出根源土元素呢？不不……不可能有那種事。）

要是能一次又一次召喚出比自己更強的元素，以遊戲平衡來說未免有點奇怪。就算說召喚期間會不斷消耗魔力，但就連專精死靈系的安茲都沒這麼大的能耐。只是，安茲所認為的「不可能」終究只是基於ＹＧＧＤＲＡＳＩＬ設定的觀念，也有可能不適用於這個世界。

雖說至今遊戲的知識都能適用於這世界，但迪肯役使的是以遊戲知識來說無法召喚的元素。從這點做考量的話——

「——馬雷！」

「我、我在。」

「雖然有點危險，但我要你獨力殺了迪肯。你的裝備跟平時不同，千萬不可疏於戒備。如果覺得沒有勝算就保存魔力，爭取時間。」安茲很想給予更多指示，但不能再花更多時間了。「去吧。」

「是！」

馬雷難得回答得朝氣十足，就跑向階梯去追迪肯了。速度果然夠快，腳步聲迅速遠去。

看著他獨自跑走的模樣，安茲想過是否該召喚出不死者跟他同行，但考慮到發生特殊狀況時可以拿來當肉盾，還是決定保留不用。「單方面決鬥」還沒失效，安茲也許會需要再次與那個國王交手。這樣到時候才能速戰速決。

「——亞烏菈！妳保護我的安全。我們要火速搜刮寶物殿，拿走所有東西，隨後立刻與馬雷會合。」

「是！」

3

前線的總司令部在戰時永遠不得安寧，即使如今戰局逐漸分曉，還是有吵不完的事情。不，就算打贏了戰爭，在處理占領統治事宜的協助者——文官們到來之前恐怕還要繼續喧噪下去。

目前參謀們正費盡心思彙整各處傳令兵送來的軍情，一一進行證實後拼湊成完整的兵要圖。此外還得計算傷兵人數，並安排運送俘虜。遺體處理等瑣事由於目前正在作戰，就先擱置不管了。

總而言之，元帥瓦雷利安．艾尹．歐比涅收到的都是真實可信的軍情。

正因為如此，當苦等多時的消息送到時，他發自內心鬆了口氣而且毫不隱藏。

「閣下，我軍已確實突破森林精靈們的防衛網。這使得敵軍的反擊減少七成……感覺似乎減少得太多了一些，但應該是失去強者造成戰力大幅減少。只是，都市各處很可能還有殘存兵力潛伏。該如何處理？」

「不要平白造成人員傷亡。躲在據點裡的游擊隊不足為懼，但那些在都市內來去自如擾亂我軍的傢伙就不能小看了。我要你們擴大占領區域，施加壓力，把那些森林精靈趕到外面——逼他們進入我軍展開的包圍網。還有，避免在室內進行戰鬥。進入都市的隊伍別忘了讓以一擋百的強者跟著。」

「是，屬下這就去安排。」

「對包圍網展開突擊的森林精靈不用懷疑一定是死士。反覆提醒將士注意，千萬不可大意。」

「遵命。」

「——我接到消息說路已經開了，王城有出兵反擊嗎？」

「沒有，依然按兵不動。」

如果是之前的情況，瓦雷利安的表情應該會更陰沉。

王城不可能空無一人，很可能有森林精靈的精兵強將負責守城。而且被四處驅逐的士兵們也必定會逃進王城。最可怕的是森林精靈王的存在。

森林精靈王所支配的土元素，不久前才剛剛讓火滅聖典失去了副領隊。雖說還不到英雄的領域，但畢竟是一個實力接近英雄之人死於敵手。
更恐怖的是根據教國百餘年前的紀錄，就連成員實力個個達到英雄級的漆黑聖典，面對森林精靈王的戰鬥能力都遭受過毀滅性的打擊。儘管當時採取的作戰方式不明，作戰本身似乎是成功了，可見那人應該並非萬夫莫敵。但如果要除掉此人，瓦雷利安指揮的教國軍實在力量不足，可以說他們與森林精靈國的戰爭尚未跨越最大的難關。
但是——他們現在有了決勝王牌。
「讓我再確認一遍。可以闖入王城對吧？」
「是，可以。」
聽到參謀堅定地說，瓦雷利安從椅子上站起來。
「那麼……應該可以視為既定目標也已經達成了……諸位，辛苦你們了。我軍目前只要遠遠包圍王城持續進行監視即可，你們就去指示將士努力執行其他任務吧。我去向那邊那位大人報告。」
瓦雷利安獨自走出營帳後，前往另一個營帳。那個營帳的主人不太喜歡與他人接觸，而且是個惹不起的人物。
他從營帳外頭向裡面問道：
「失禮了，現在方便打擾嗎？」

「請進。」

裡面的人隨即回答。

瓦雷利安在進去之前做了個深呼吸。

這人絕不是什麼危險人物。這位人士到來之際，他去做過簡單致意，覺得對方是個明理的人。然而和漆黑聖典成員這種立於英雄領域之人——超越凡人範疇的存在會面，縱然是他也得抱持某種程度的決心。即使明白對方不會傷害自己，面對強大的肉食動物還是得做好該有的心理準備。

另外還有一點。

營帳裡的這位人士不只是立於英雄領域的強者，在教國更是個超越一般原則的人物。

不同種族的人族之間也有辦法繁衍後代，但這在教國屬於禁忌。

在以純血人類的繁榮為唯一考量的教國，純血人類以外的物種就算屬於人類種族，也一樣是敵人。

只是，這似乎是這一百多年來才有的新觀念。事實上在更早以前，教國似乎多少也會把人類種族的全體利益列入考量，採取同心協力與其他種族進行長期抗戰的方針。

他們之所以改變方針——這個營帳的主人也被認為是主要原因之一。

此人被視為教國最強大的存在，壽命非常之長。還聽說她是人稱守護神、未經證實但被認為是真實存在的一位人物的徒弟。瓦雷利安知道的就這些了。
不過在這些不可靠的情報當中，他也知道一些確切的情報。
其中一項是面對這位人物，即使是地位達到元帥的他也絕對失禮不得。不過，他也無意高高在上地跟強大的肉食獸王說話就是了。
他掀起入口的布簾，看到一些簡約的椅子、床鋪、櫃子以及放著頭盔的桌子。外觀看起來與其他營帳無異，裡面的家具陳設卻都是上等貨。這些東西都是從教國用「傳送」搬過來的，就連他這個元帥的營帳裡也沒有這些物品。
在營帳的中央位置，穿著耀眼鎧甲的她正在蹦蹦跳。
「大人這是怎麼了？」
也許是瓦雷利安無法理解的某種行動？例如一種特殊的儀式？
「嗯？沒什麼特別理由啊。就只是靜不下來，想動動身體而已。」
「是這樣啊。」
後來她又蹦跳了幾秒，才終於停下來。
「講話不用這麼客氣沒關係。從身分立場來說，你還算是我的上司呢。」
嘴上這樣說，她的口氣與態度卻依然高傲。
「不，這可不行。您可是教國最強戰力兼守護者的徒弟啊。」

「真是頑固……好吧，那就隨你高興好了。那麼既然你來了，是不是表示時候到了？」

「是，再來就剩王城了。只是，我想殘存兵力應該都聚集在王城內……」

「我會一併解決掉的。話雖如此，我的目標只有一人，所以也不會清除得很乾淨就是了。」

「我明白了，這事就交給我這邊處理。」

人稱絕死絕命的女子緩緩改變了表情。

看到她臉上浮現的笑意，瓦雷利安視線低垂。

他知道這殺意不是衝著自己而來。這他很清楚，但還是不免感到恐懼。

「啊，不好意思……我說啊，你可以聽我傾訴一下嗎？」

「是，只要您不嫌棄。」

「嗯。坦白講，我個人對那傢伙其實沒什麼恨意，因為他又沒有直接對我做過什麼事。或許也可以譴責他沒盡過父親的責任，但搞不好他也會覺得是我們在強詞奪理，畢竟他說不定根本就不知道有我這個人嘛……對我父親有恨的是我母親才對，不是嗎？所以也可以說，我的這份心情是被母親灌輸的。」

他該怎麼回答？該同意，還是否定？話又說回來，難道她其實是森林精靈王的女兒？如果是這樣，她的母親又是什麼人？疑問接連不斷閃過腦海。

她也沒特別理會困惑得無法答話的瓦雷利安，就繼續講下去。

他弄懂了。

這就跟自言自語沒兩樣，並不是想聽到答案。

「所以我的這份憎恨應該發洩在我母親身上才對吧？找那個讓我留下心結的本人算帳。話是這麼說，但她早就死了，沒辦法找她出氣。因此我或許只是想拿我父親當代替品發洩這份憎恨。假如真的想報仇雪恨……或許應該發洩在母親愛過的人事物上，對不對？」

談話的氣氛變了。

瓦雷利安偷偷觀察她的神情。

笑容沒有變化，什麼都沒有改變。

可是——這真的是笑容嗎？

他不由得緊張地屏息。

因為他害怕自己只要答錯一個字，就會觸發教國滅亡的危機。

大概是這種緊張情緒傳達給她了，她臉上浮現出苦笑。

「……啊，我又來了。不好意思，嚇到你了嗎？我的意思不是要打垮教國洩恨啦。畢竟……說來說去，我還是很喜歡教國的。」

「這、這樣啊。那真是太好了。」

瓦雷利安沒辦法回得更聰明。心裡唯一的感受就是如釋重負。

「只是……怎麼說呢？我在想，當我消除了母親轉移到我心中的憤恨時，我是不是就自由了？總覺得像這樣說出來還滿難為情的耶。一定是進入了所謂多愁善感的時期吧。」

「是這樣啊。」

「如果跟我很熟，現在應該會吐槽說『妳幾歲了啊？』才對喔。」

「抱歉，是我不夠細心。」

她似乎一點也沒把瓦雷利安的低頭致歉放在心上，接著說：

「不知道我母親那時候在想什麼？」

「咦？」

「……弱者只會被踐踏，所以妳必須變強。這樣想沒有哪裡不對。雖然我會覺得沒必要嚴格要求一個小孩子做那麼多訓練，但也不敢肯定世界上只有我一個人在孩提時期受過不要命的訓練，說不定有人為了變強所受過的訓練比我還要嚴格。這樣一想就覺得我的想法只是在耍任性，對吧？」

「這……我想很難如此一口咬定，該怎麼說呢……」

該肯定，還是否定？哪一種才不會惹她不高興？瓦雷利安滿腦子只有這個念頭，導致他回答得莫名其妙。

可能是看出瓦雷利安的心境了，她——這次是真的——笑了。

「等所有事情都解決了，來查查過去的紀錄或許也不錯。說不定可以找到一些我以前注意不到，或是必須從第三者角度來看才會知道的部分。反正……總會留下些什麼的。我想知道母親那時是用什麼樣的心情跟我相處……好，那就走吧。」

●

「唏，呼……唏，呼……唏，呼——」

憑迪肯的體能，這點小距離即使用盡全力奔跑也不可能氣喘吁吁。但他現在呼吸紊亂不堪，原因出在恐懼。心情不由自主地變得紛亂如麻，甚至對肉體造成了影響。

他邊跑邊豎起耳朵細聽，想聽出後方有沒有人追上來。

沒人。

沒有任何人追上來。

自己成功脫逃了嗎？

不——迪肯在心中搖頭否定。

不能大意。

不該再以最強森林精靈的自尊為優先了，得逃離這裡才行。

敗北不代表走到窮途末路。森林精靈應該也不是這座森林的限定種族。他可以前往更遠的地方，到那裡再建立一個王國就是了。他有那份力量——應該有。

（我不會重蹈覆轍。）

如今已經證實他的血統可能在孫子輩，或曾孫輩——不只限於子女輩，而是在更遠的後代甦醒。既然如此，下次再做得聰明點就是了。

（沒錯，這不是失敗也不是敗北。我只是學到了一次經驗。我不會浪費學到的經驗，我沒那麼蠢。只有一錯再錯的人才是真正的蠢材！）

沒錯。

首先可以讓自己的孩子與黑暗精靈生出下一代。還是說應該他自己來跟黑暗精靈生孩子？

（總之沒時間了。我應該走最短距離逃離這裡，還是……至少拿了糧食再上路？）

他邊跑邊想。

迪肯那時的傳送是移動到與自身相連的元素身邊，如今貝西摩斯已經倒下，他無法移動到那裡，因此他除了用自己的雙腳離開這裡之外別無他法。說是這樣說，其實他也能用魔法飛行，所以更正確來說並不是只能徒步移動。

對，迪肯擁有魔法的力量。

直截了當地講，就算不帶走任何東西，靠他現在穿戴的魔法道具就多得是辦法可想。然後一抵達文明世界，想要什麼用搶的就好。實力強大如迪肯的話應該辦得到。

的確，他剛才是輸了——再不甘心也只能認輸——但那對孫子孫女的實力只是例外。他們是因為繼承了迪肯的血統才會那麼強大，逃出去之後不太可能又碰上強大如他們的人物。但是迪肯如果那樣動武，會引人側目。萬一迪肯的消息流傳出去，孫子孫女操縱的那個不死者也許會再來追殺他。

（不過話說回來，那兩人的目的究竟是什麼？他們出現在那一樓是想去寶物庫嗎？如果只是來劫掠寶物的，他們說不定已經對我的性命失去興趣了……）

這種想法也許太過天真。他很難採信孫子孫女所說——讓不死者代為開口——的那些話。

（搞不好他們的真正目的……就是要我的命。）

必須做好最壞的打算。畢竟這可是關係到自己的性命。

（這麼一來，直到離開這一帶之前，行事還是必須盡可能低調……也得盡量避免使用魔法。那麼糧食就不可或缺了。）

森林祭司魔法當中有一種法術可以做出果實。寶物庫裡應該有一根法杖可以在四小時之內發動這種魔法六次。只是，迪肯本身並未學會這項魔法。而且如果問到他是否擅長在森林裡活動，答案也是否定的。他有自信能夠擊退來襲的魔獸，但毫無自信能夠在森林裡籌措糧食——正確地調理宰殺的野獸。

（房間裡有果實與酒等最基本的糧食。我得去把它們帶上，盡快用魔法以外的方法逃出這座森林。然後殺掉路上所有遇到的傢伙以免消息傳進孫子孫女耳裡，並奪走他們身上的有用物品。用這種方法逃往遠方就行了。對了，或許帶走一點財物會更好。記得聽說過金銀珠寶什麼的很有用處？）

迪肯喘著大氣，好不容易才來到自己房間的門口。

房間裡應該有幾個女人，但是帶她們離開既顯眼又礙手礙腳，就丟在這裡吧。

還是說，至少應該帶一兩個走？

儘管貴為君王的自己還得這麼費事讓他很不愉快，不過只要扛著走應該就不會太拖慢速度。

（——如果是會煮飯的女人，帶走也行。況且離開這座森林之後就不知道要過多久才能再遇見森林精靈了。這樣一想，還是帶個用來生孩子的女人比較好。）

迪肯擦掉痛得流不停的冷汗，調整紊亂的呼吸。他不想在那些女人面前表現得沒有君王風範。

他一邊頻頻注意來時的方向，怕不死者隨時會從他背後現身，一邊打開自己房間的門。

「你回來啦。」

有個女人口氣輕佻地對他說道。

迪肯頓時火氣都來了。

那些至今總是對迪肯卑躬屈膝的女人當中，竟然有人對他擺出這種態度。這讓他覺得女人是在取笑他敗給了孫子孫女。但是一看見房間裡的狀況，這股怒火瞬即消失無蹤。

房間是紅色的。

自己的房間被染成了紅色。

是血。

血腥味已經濃烈到遠遠超出了能用濃厚形容的程度。之所以在房間外面沒聞到，大概是因為從自己傷口飄出的血腥味讓鼻子麻痺了。

房間裡躺滿了橫死的女屍，擺在房間中央的椅子——大概是特地搬過來的——坐著一個女人。

他沒見過這個女人。女人穿著精美厚實的全身鎧，一手拿著頭盔，另一隻手握著奇怪的長杖，前端插著三片染血的弧形刀刃。不知是設想了何種用途，才會把武器設計成這種造型。

女人似乎不是森林精靈，但是相貌五官隱約帶點森林精靈的特徵。所以她還是森林精靈了？而最重要的是，她的眼睛——

「哎呀～很高興認識你，爸爸。」

女人不懷好意地嗤笑。

結論出來了。

「我懂了，我懂了……妳就是那些孩子的母親吧……」

女人的表情頓時僵住，隨即又開始猙獰地嗤笑。

「對呀～我就是那……那些孩子的母親～看你的傷勢……你輸給那些孩子了啊～他們有那麼厲害啊？你是怎麼被他們幹掉的？告訴我嘛，爸爸。」

迪肯正想開口，又閉上了嘴巴。他沒那多餘精神陪這傢伙拖延時間。

他立刻轉身就走，想盡可能離這房間遠一點——

「——最好是會讓你跑掉。」

「嗚！」

腳上產生一陣痛楚，迪肯摔倒在地。

一看，插在那女人奇怪長杖上面的刀刃勾住了他的腳。迪肯被她用武器絆倒了。女人接著把他拖回房間裡。

腳上被割出新的傷口，同樣也在流血。然而比起那個不死者在胸口砍出的傷口，或是逃跑時雙腳受的傷，這只能算是小傷。

可是——他無法理解。

兩人之間本來有著不算短的距離，這女人卻即刻追上自己，攻擊了他的腳。簡直好像這女人——自己的孩子——移動速度遠遠快過他似的。

迪肯的背部被用力壓住。

看樣子是被女人踩住了。

「唔嗚！」

迪肯站不起來。

是女人的力氣比他大，還是使用了什麼特殊力量？

「胸口的傷是被刀劍砍的嗎？腳上的傷是怎麼來的？聽說你會使喚土元素，那玩意到哪去了？」

對方連珠炮似的問個不停，整個人顯得從容自在。

迪肯的確是身受重傷，而且失去了元素（貝西摩斯）。但這不代表他是個弱者。他的物理性戰鬥能力還在，揮個拳頭就能輕易揍死隨便一個生物。而迪肯剛才可是盡了全力試著逃跑。就算說劇痛讓動作變得遲鈍，這女人也沒道理能追上來。

看樣子，是不得不承認了。

論野蠻的力量，這女人在迪肯之上。

只是，還有一個疑問。

迪肯不記得自己有生過能力如此高強的孩子。他轉動脖子，仰望壓得自己無法動彈的女人。

怎麼看就是沒見過這女人。而且他剛才就在想，女人的長相以森林精靈來說有點奇怪。

「……妳、妳想做什麼！為什麼要這樣對我！」

這純粹是發自內心的疑問。女人發出「哈哈哈」的嗤笑聲。

「強者可以對弱者為所欲為，不是嗎？」

「唔……呣……」

說得沒錯。

迪肯一生都是這樣活過來的。

「這種理論雖然跟野生動物沒兩樣……但倒是很適合文明落後的森林野蠻人呢。」

「是、是這裡的那些女人說的嗎？」

「…………呼……」

女人彷彿要釋放體內累積的熱度般，大嘆了一口氣。

就在這個瞬間，踩在背上的腳施加的力道開始不斷加重。

「嗚，呃啊……」

肺部被壓迫得無法呼吸。

「快點回答我剛才的問題好嗎？——該不會是忘記我問了什麼吧？你痴呆了？」

「嘔噁啊……」

女人那隻腳已經用力到就連迪肯也承受不住了。體內吱吱嘎嘎作響，張嘴想呼吸卻只能吐氣，無法吸氣。

伴隨著「嘖」一聲，力量稍稍減弱了一點。但還不到能逃走的程度。更何況迪肯急著尋求新鮮空氣都來不及了。

「你是被哪種攻擊打成這樣的？」

（我怎麼會這麼倒楣……自從遇到孫子孫女……一切都……糟透了。可是，這女人為什麼對我的傷口這麼感興趣？自己的孩子做了什麼都不知道嗎？也許是作為死靈法師役使不只一種的不死者……不，也許……不是這樣？）

能夠與自己匹敵——不，實力在自己之上的子孫竟會選在這種時候出現多達三人？不，說不定另有更大的理由。

（我懂了！本來以為他們是我的孫子輩——還有孩子，但如果是血緣親屬，還有另一種

可能！說不定是我父親的……！難道說！這幾個傢伙是我的異母兄弟姊妹嗎！）

恐怕這才是最可信的說法。

他的父親是森林精靈的大英雄兼最強輕戰士。

之所以被人取了八欲王這種不像是敬稱——活像蔑稱的綽號，也是因為他比任何人都更強悍。那些弱者取這種綽號貶低他的榮耀，只不過是想抹消他的豐功偉業罷了。

迪肯沒繼承到這種偉大的血脈——輕戰士的天分，但這女人可能繼承到了。

「聽到沒？快點開口好嗎？再不說我就殺了你喔？」

「啊啊……啊……喀哈！」

我說，我說就是了，請妳不要這麼用力。迪肯很想這樣大叫，但發不出聲音。只聽見體內傳出啪嘰一聲，胸口竄過一陣尖銳的痛楚。彷彿臟腑被挖穿的劇痛令他渾身僵直，指甲不由自主地在地板上摳抓。

「……本來以為在那之後，我對母親的一點同情就完全消失了……但是想到她被你這種小角色侵犯之後懷了我，就覺得有一點……對，有點可憐起她來了。」

女人喃喃自語之後，那隻腳踩得更用力了。啪嘰、劈嘰的聲響連續傳進耳裡，有幾次聲響就有幾次劇痛竄過體內。

血腥味從喉嚨深處向上湧起，迪肯想把它吐掉，但只有一些血水從嘴角溢出。

好痛苦。

好痛苦，痛得厲害。

憑什麼自己得遭到這種對待？

他又沒有做什麼壞事。

迪肯使出吃奶的力氣死命掙扎，只希望能呼吸到一點空氣。但還是掙脫不開。面對壓倒性的強大力量，這些動作都毫無意義。

要死了。

他會死掉。

不久之前他才剛產生過相同的心情，但這次更強烈。

好可怕。

好可怕。

好痛苦。

好痛苦——

憑什麼，自己得——

「……真的氣死我了。這種小角色竟然害得我……害得我母親……」

一片黑暗——

憑什麼——
眼淚奪眶而出。
為什麼要對他這麼過分？
「真的，真的！」
無法呼吸。
我不想死——
誰來——
救救——
——
——突然間，意識恢復了。但疼痛並沒有消失，而且還是一樣無法呼吸。
怎麼了？
發生什麼事了？
「……身體膨脹了？真是，打不死的蟲子！」
——啪嘰啪嘰啪嘰啪嘰啪嘰。
只聽見骨頭一次大量折斷的聲響。
好痛——

發生了——

什麼事——

迪肯再次看到世界變得一片黑暗。

●

「這不就是照你的理論嗎？你是自作自受。唉，不過也真可惜。本來想多折磨你一下再殺了你的……」

血緣上的父親變得一動也不動。絕死的視線轉向倒臥四周的森林精靈屍體。

現在想想，其實下手或許不用這麼狠。不得不承認她有點把對母親的憎惡發洩在這些人身上。只是比起這個理由，她真正厭惡的是看到她喜愛的國家，跟這個令人不愉快——光是活在同一個世界都令她作嘔的男人做出同樣的行為。她感傷地心想，與其這樣不如殺了她們，這才是她讓這幾名女性倒臥血海的理由。

如果一個心態樂觀地認為活著總有好事的人看到，一定無法接受絕死的想法。但是站在絕死的角度來看，那種人的想法才真正讓她無法理解。

無意間，絕死的視線轉向房門口。

從開著沒關的門縫間，出現了一名黑暗精靈——是個小女孩。
可以肯定的是，她必定就是將森林精靈王逼入絕境的「那些孩子」之一。
從那雙眼眸當中——儘管顏色有所不同——看到王族的特徵，絕死不禁「唉」地輕嘆一口氣。
既然會把素未謀面的絕死誤認為孩子的母親，可見這個少女就是森林精靈王的孫女——絕死的姪甥了。
絕死很驚訝地發現自己竟然有點「不想殺她」，同時把胸腔被壓扁致死的森林精靈王的屍體惡狠狠踢向少女。
看到屍體以一般人……不，就連偏常者都很難躲開的速度飛來，少女輕快地閃開。
屍體就這樣狠狠撞上門外的牆壁，伴隨著巨響綻放出血紅花朵。
（她躲得掉就表示……體能相當優越。但那傢伙的傷口像是被刀刃砍的……）
少女——姪甥手裡拿著的黑杖屬於毆打武器。一看就知道那男人的傷是別人造成的。事實上那男人也說過是「那些孩子」，所以可以肯定至少還有另一個小孩。但是也有一些魔法道具可以變出魔法刀刃，或是改變形態等。
也有可能就是她打傷了森林精靈王。
（還是說另一個小孩砍傷他的胸口，這孩子打傷的是腳？用法杖……魔法？）

可是這個黑暗精靈少女，為什麼要傷害森林精靈王？

不，森林精靈王應該有很多理由招人怨恨。最有可能的或許就跟絕死一樣，是被灌輸了父母親的憎惡。她會這樣想是因為要產生把人打到身受那種重傷的強烈動機——自發性地抱持恨意來說，少女的年紀似乎太小了。

雖然也有一種可能是小孩子不知道自己有多大力量，只是鬧著玩卻不慎把人打到身負重傷，但狀況否定了這種可能性。因為就算已經成了屍體，剛才森林精靈王整個人飛過去時她接都不接，只是毫不在乎地躲開。

「呃，那個，請、請問一下。大姊姊是屬於哪一方的？」

少女戰戰兢兢的態度——可愛到就像是男人的妄想具體成形。這個總之就像是跟絕死活在不同世界的女孩向她問道。

但是，一眼就能看出女孩的外在與內在截然不同。因為女孩既不理會躺在自己背後的森林精靈王的屍體，目睹這個房間的——絕死弄出來的——慘劇，也沒有半點害怕的神色。

（都躲掉了我的攻擊還擺出這種態度？要命，戰戰兢兢的態度八成是裝的，反而更需要保持警覺……好了，現在該怎麼做呢？）

她該如何回答對方的問題？如果可以，她想盡量避免戰鬥，用假情報欺騙對手，同時也想慢慢花時間挖出對手的情報。

但是，那是不可能的。

從森林精靈王的發言來看，對手肯定不只一人。假設正是這個少女打傷了森林精靈王，那就表示身上沒沾到半點血——就算治好了傷也應該會留下血跡——的這個少女與森林精靈王的實力有著天淵之別。

就算不是這個少女痛宰了森林精靈王，但既然那人選擇這個少女作為追兵，表示這個少女與她的同夥無庸置疑地都不是泛泛之輩。儘管對手的能力完全是未知數，一旦他們會合，即使是絕死也很可能陷入困境。

因此現在少女的同夥還沒現身，就是各個擊破的好機會。比起獲得情報，先下手為強盡快擊敗這個少女更重要。

（「敵人的敵人是朋友」只不過是一種樂觀想法。當成新的敵人設法對付才是對的。）

絕死稍微想了想，面露笑容以盡量化解對手的戒心，這才終於回答少女的問題。

「——妳好。我是……魔導國的人。妳呢？妳一個人嗎？」

少女的臉部肌肉抖動了一下。自信缺缺的表情還是沒變，只是表現出些許思考的舉動。

（看不透她的想法，這招用錯了。應該要回答得更能夠縮小對方反應的範圍才對……照這樣下去，我沒辦法判斷她是不知道魔導國是什麼、是魔導國的相關人士，還是——與魔導國為敵。她沒有立刻動手表示她不一定是敵人，但也有可能跟我一樣以獲得情報為優先……

唉，可惜剛才沒拿評議國來騙，那樣說不定能得到更明顯的反應。）

她之所以拿魔導國來扯謊，是因為有情報指出魔導王身邊有個黑暗精靈少女親信。

這項情報並非他們派出間諜潛入魔導國組織內部弄來的。

是在卡茲平原的王國之戰當中，「占星千里」在魔導王的身邊看見了一個黑暗精靈少女。

「占星千里」用幻術重現看見的光景時，清晰描繪出了魔導王與他的大軍。當然唯一服侍魔導王左右的黑暗精靈也投影在幻象中，只是整體容貌有點模糊，看不太清楚臉孔五官等。

這是無可厚非。「占星千里」當時必須觀察整個戰場，不能費太多精神去記住單一對象，況且後來發生的事情給人的印象太過強烈，似乎讓她一口氣忘掉了其他很多情報。

就從那個朦朧的形象來看，眼前的少女在氣質上與魔導王的隨從似乎有所差異。儘管兩者都手持黑杖，穿在身上的鎧甲卻完全不同。不過這也是因為那時的幻影太粗糙，只能從武裝來描述整體印象。

假設這名少女是魔導國的手下，她會用什麼樣的裝扮來到這裡？就像絕死自己一樣，鐵定會是全副武裝前來。這裡可是戰場，沒有人會穿著便服出現在狀況無法預測的場所。就像凱瑞或「占星千里」也都不在乎穿起來好不好看，只以性能決定裝備的防具。

只是如果要這樣講，卡茲平原當時也是戰場。沒有一個真正的強者，會持有多種正式上陣用的武裝。這是因為想成為頂級好手少不了要有出色的武具，戰鬥技術也會配合武具經過千錘百鍊。例如曾經有人是棍棒高手，但被漆黑聖典挖角時分配到強力的斧頭，只得花上好幾年練出一套斧技本領。

基於這種理論，魔導國的黑暗精靈少女與眼前的少女應該不是同一人，可是兩者之間又有太多共通之處讓她無法下定論。

所以她才會試著套話以觀察對方反應，結果完全撲了個空。

我這把鐮刀的武術可比話術強多了。她一邊在心中嘀咕，一邊微微使力握緊大鐮刀的握柄。

再說她面對的可是其他種族的臉孔。

如果雙方都是人類，表情還能解讀個大概，但也不是絕對看得出來。說來說去只要種族不同，別說看穿表情，根本每張臉看起來都差不多。

「啊，咦？是、是的。就我一個人……」

「是這樣啊。那大家一定很擔心妳了。」

（哼！長得這麼可愛……撒謊卻像喝水一樣簡單……完全是個表裡不一的傢伙，這樣一來能從對話獲得的情報就極有可能是假話了。既然已經知道對方有同夥，繼續對話也沒意義。首先得用武力制伏她，然後找個安全的地點，看是要用魔法還是拷問之類的手段，問出真相比較好……）

少女顯得很缺乏自信地舉起沒握法杖的那隻手，碰了碰戴在脖子上的項鍊。

看起來只是個不經意的動作，也有點像是因為心情不安，所以無意識地想抓住什麼東西。可以說很像是一個怯生生的少女會有的舉動，但絕死知道這人的外在與內在完全是兩回事，不認為這個動作會毫無意義。

「嘖！」

比短促咂舌聲消失在半空中的速度更快，絕死一口氣縮短與少女之間的距離。她一面戴起頭盔，一面讓手裡的武器——卡戎的引導——幾乎貼著地面往少女的腳橫掃過去。

能砍斷就砍斷。

這是絕死毫不手下留情、使盡全力——連同袍當中實力最為高強的男子都難以閃躲的攻擊。

面對它——

少女拿著法杖往腳邊一刺，彈開了這招。

削鐵如泥的武器被彈開，但絕死並不驚訝。她覺得這是很有可能發生的。但是受到絕死使盡全力的攻擊，少女持杖的手竟然文風不動才真正出乎她的意料。不過——

（——果然是戰士系。）

這下可以說黑暗精靈少女修得的職業幾乎是確定了。

（……不，等等。輕裝的戰士？難道……但從來就沒證實過那人的孩子只有森林精靈王一個人……可是，外表看起來又……）

黑暗精靈與森林精靈壽命相同，外表的成長速度應該也一樣。

「怎、怎麼忽——」

（也有一種可能，是來自另一個血族……會嗎？會不會是我過度解讀？）

黑暗精靈少女似乎低喃了些什麼，但絕死一邊動腦思考的同時一邊繼續出手。她已經打定主意與對方為敵，要講話等到需要爭取時間或打贏了的時候再說。

絕死追趕向後方跳開的少女，衝到走廊上。

她用大鐮刀揮出巨大弧線，帶著足夠的離心力砍向少女的手腳。

這樣大動作地揮動大鐮刀，當然會打到牆壁或地板。但是這無所謂。對於教國——不，人類的救世主斯爾夏那神用過的武器來說，牆壁或地板無異於薄紙。儘管多少會有點卡到，但大鐮刀的速度幾乎不見減慢。

可是，被彈開了。

被彈開。

被彈開。

迅如電光地接連斬向對手的三連擊，全被少女手裡的黑杖彈了回來。少女的杖法並不高明，但瞬間爆發力高得嚇人。用起杖來的電光般速度，很明顯地與絕死不分高下。

（挺有兩下子的，是與我水準相當的戰士嗎？糟了，如果被逼得只能一味防禦，我就要吃虧了。）

在短短的攻防當中，絕死已經明白到一件事。

根據森林精靈王的說法，對手還有同夥在。假如那個同夥與這個少女水準相當，絕死能做的就只有卯足全力開溜。但是只因為森林精靈王逃得掉而以為自己也能輕鬆脫逃就太欠缺考慮了。應該要認為對方一度讓獵物逃走，下次就會準備一些對策。除非對手是個白痴。

換言之——

（——必須速戰速決，硬幹到底。我是不太想殺她……但事到如今也沒辦法了。視情況而定也可以把屍體帶回去，看看能不能復活。）

絕死硬是制止自己的視線飄向少女的腹部。

明明穿著金屬製成的禮服般鎧甲，少女卻露出沒有半點腹肌隆起、看起來柔嫩光滑的腹部。也就是說她竟然大搖大擺地暴露出塞滿重要器官的部位。話雖如此，如果以為攻擊那裡能讓對手受重傷，就太天真了。

鎧甲的防禦力大抵來說，都是灌注的魔力＋金屬材料＋特殊能力等加總值，因此，那個平坦的小腹應該也具備了與鎧甲魔化成正比的防禦效果。話雖如此，那裡畢竟沒有鎧甲素材提供的防護。換言之就是防禦力較弱的部位無誤。

那麼，她為什麼要穿戴這種裝備？

想必是故意露出破綻，藉此誘導對手的攻擊。八成有某種陷阱在那裡等著對手上鉤。

絕死雖然心裡清楚，卻不禁期待如果攻擊那裡，說不定可以來個一擊必殺。所以她才不准自己去看那個肚子。

「『大地女神之力（Power of Gaia）』。」

忽然間，少女發動了魔法，讓絕死瞪大雙眼。

（嗄？魔法？竟然不是戰士職業！不，不，也不是沒有戰士職業會使用幾種魔法……可是……咦？）

絕死也還算會用信仰系魔法，但少女使用的魔法她聽都沒聽過。那種魔法沒對絕死造成影響，推測應該屬於自我強化類。

假如少女主要熟習的是戰士職業，魔法職業只是小有涉獵，就不需要過度戒備。問題是如果少女以魔法職業為主就糟了。

魔法能夠選擇的手段豐富多變，就這點來說應變能力在戰士職業之上。在最糟的情況下，也不能保證對方不會使出某種驚人的魔法導致戰局急轉直下。

之所以含糊地說成某種驚人的魔法，單純只是因為絕死缺乏對魔法職業的知識。因此才需要進一步提高戒備。就像絕死自己也會一點那樣，對手只要懂一點點回復魔法就會多少改變續戰能力。

做好最糟的心理準備，假設少女不是戰士職業，那會是什麼系統的魔法吟唱者？

儘管完全沒有明確證據，從剛才的攻防來想，少女應該不是魔力系。因為一般的魔力系魔法吟唱者會更缺乏近戰能力。近戰能力略高於魔力系的職業——森林祭司或者是神官等信仰系，或許是比較可信的推測。

雖然也無法排除超乎一般原則的魔力系魔法吟唱者、其他系統或精神系等可能性，但很遺憾地絕死對那些領域知道得更少，所以想了也沒用。她只把這些可能性留在腦中一隅，用來提醒自己小心注意。

再說——考慮到對手是黑暗精靈，最大的可能還是森林祭司。

如果是那個森林精靈王的相關人物，這個可能性就更大了。

只是，假如是森林祭司等職業，絕死不巧沒什麼能力能用來剋她，因此，作為替代方案——她發動異端審判者練至最高等級時可習得的兩種特殊能力之一。這麼做是考慮到少女也有可能屬於某種神官職業，會使用絕死沒見聞過的高階魔法。

「異端裁決。」

這項能力會使得與絕死信仰不同神明的神官，在她身邊發動魔法時消耗的魔力微幅增加。儘管不會立即產生明顯效果，在打長期戰或使用強大魔法時想必會逐漸造成沉重負擔。

絕死沒怎麼把長期戰納入考量，她做這個決定是為了預防對手採取連發高位階魔法的戰術。在尚未摸透對手能力的階段發動這種賭運氣的能力也許會變成浪費一招，但這類能力不在開場使用就沒什麼意義了。

「『元素形態‧大地（Earth）』。」

少女再次使用她沒聽過的魔法，肌膚變成茶色。

不可能只是讓膚色改變的魔法。絕死想到也許是少女露出了真面目——其實不是黑暗精靈而是其他種族——但想這些也沒用。

在搏命戰鬥中遇到沒有答案的疑問，只能提高戒備而不能為其所困。

就像魔法也是。

既然不知道有著何種效果，就只能花最小的心思去注意它。絕死接著發動剛才沒用上的另一項能力。

「異端斷罪。」

這是異端審判者練至最高等級時，可習得的兩種特殊能力中的另外一個。它的效果也大同小異，不同的是它能提高魔法發動的失敗機率。當然，魔法發動失敗時魔力還是照扣不誤。

這下兩項能力都用掉了，直到特殊技能的有效時間結束前都不能使用異端審判者的能力，但這是無可奈何。反正修習異端審判者獲得的肉體韌性以及魔法方面的實力並不會因此消失，算是在容許範圍內吧。

絕死本已打定主意速戰速決，然而戰況發展與她的期望相反，可以說有點繞圈子。以目前來說，這種戰局並不合絕死的意。絕死所認為的勝利公式只能粗略分成兩種。一種是持續強迫對手為了她的取勝途徑疲於奔命，徹底加以擊潰。另一種是一邊注意對手的招數一邊堵住其取勝途徑，慢慢磨死對手。

然而絕死已經選擇一氣呵成打倒對手，卻因為遭少女擋下攻擊而被拖進雙方一張張掀牌的戰法。就這點來說，氣人的是少女才是現況的掌握者。一旦情況演變至此，絕死只能在某種程度上陪對手玩下去，在過程當中慢慢破壞戰況走向。

「那、那個，那就……對不起。」

不知道是只用兩種魔法就夠了，還是少女就只會這兩種。總之少女一邊道歉一邊高舉黑杖，用令人渾身寒毛直豎的速度隨手打過來。

她頓時一陣毛骨悚然。

不是因為攻擊速度快得異常。

少女道歉道得毫無誠意，聲調與表情都看不出罪惡感。就好像只是被人命令道歉——像是某種人偶——

（——別再想了！）

重要的不是這種事，是現在高舉揮來的攻擊。

如果以戰士的本事判斷，這個攻擊不合格。沒有半點假動作，就只是個單調的攻擊。

雖然速度快得嚇人，但要躲開還是擋下都很輕鬆。

絕死選擇擋下。理由是她已經見識過對手的閃避與接招能力，這次想試試對手的臂力。

絕死用手裡的大鐮刀一如估計地輕鬆擋下——

（——好重！）

明明遊刃有餘地接下了攻擊，雙肘雙膝卻被輕微壓彎。她被對手強壓住，法杖幾乎要貼到額頭。

絕死用力咬緊牙關，丹田使力擠出「嗯！」一聲，用盡全力把它推回去。即使法杖被用力推開，但少女並沒有失去平衡。只有武器向上彈起。

好機會。

絕死留意著不讓視線望向防守薄弱的胴體，這次用上了武技。

「疾風超走破」、「剛腕剛擊」、「超貫穿」、「能力超向上」、「可能性超感知」。

之前都沒使用武技攻擊對手，正是為了這一刻。

她提升自己的移動速度與敏捷性，增加造成的所有損傷量，提高突刺帶來的損傷，強化肉體，銳化第六感。

僅僅瞄準一個部位。

亦即看起來毫無防備的腹部。

或許是陷阱，但她一樣有自信可以突破。況且一招造成夠大傷害讓戰鬥平衡一口氣倒向自己的可能性實在太誘人，她抗拒不了。因為絕死有理由必須盡快結束戰局。

絕死快如閃電地踏入對手懷中侵犯雙方間距，隨後以武器破風聲都追趕不及的直線突刺招呼少女柔嫩的腹部。

藉由一口氣上升的能力，絕死突然加速的動作讓少女反應不過來，來不及防禦。

突破超乎想像——硬得不像皮膚——的阻力，大鐮刀噗滋一聲插進肚子裡。

（很好！）

她無法阻止自己喜笑顏開。

絕死修習了一種稱為劊子手的職業。職業能力使得她在給予對手致命一擊時的損傷量更大，視情況而定甚至可能一擊奪命。只是，她本來還有一項能力在用揮砍武器造成一定以上傷勢時可以加深傷口，但這次不是用左右的翼狀新月刀刃砍人，而是以握柄延伸出的突刺用刀刃捅對手肚子，使得這項能力無法生效。不過，這一擊應該還是讓少女受到了不輕的傷害。

然而她臉上浮現的喜色，隨即變成了嚴峻的神情。

透過武器傳到絕死手上的觸感只能以異常來形容。

沒有那種切斷內臟的連續破裂感。

不等她弄懂原因，視野邊緣——上方壓來一片黑影。

「——『即刻反射』！」

但是，太慢了。她遲了一步。

儘管只有極短的一瞬間，分心注意手上的觸感實在是大錯特錯。

砰！只聽見一聲巨響。

使勁揮來的法杖狠狠痛打了她的頭。

她立即使用痛覺鈍化，以疾風超走破大幅往後跳開。同時也強行拔出刺進腹部的大鐮刀，對少女造成更多損傷。

大概是這一記重擊撕裂了皮膚，泉湧的鮮血流到了臉上。分明已經用武技壓抑了痛覺，但任何一絲表情變化都帶來刺人的劇痛，使她整個人頭暈眼花。

絕死穿戴著人稱風神的神明鎧甲，受到的損傷卻讓她站都站不穩。都不記得上次受這麼重的傷是什麼時候的事了。

「——『重傷治療（Heavy Recover）』。」

絕死與對手保持著連她自己也無法一步跨越的距離，施展她能使用的最高階治療魔法。儘管遠遠不到痊癒的程度，至少可以暫時應急。使用魔法的同時，也不忘謹慎小心地瞪向少女以提防追擊。

然後絕死睜大了雙眼。

少女的腹部豈止沒有肚破腸流，連一滴血都沒流。但可以確定的是少女並非毫髮無傷，因為她端正的面容痛得扭曲，土黃色肌膚也留下了一大道裂口。

「痛痛痛。」

少女不知從哪裡拿出了卷軸，發動魔法。

「『大治癒（Heal）』。」

少女使用的治療魔法位階比絕死更高。

（——第六位階！她哪裡來的那種卷軸！糟了！那個魔法可能把剛才的損傷幾乎都治好了。我不知道這女孩有多少體力，但我的剩餘損傷量應該比她大！還有那個肚子的觸感，加上那種異常的硬度，果然是陷阱！）

極有可能是對腹部施加了讓致命一擊失效的魔化措施。即使如此，腹部被貫穿的少女看起來還是有感覺到痛。儘管漂亮達成了引誘對手攻擊的目的，似乎依舊得挨肚子被刺穿帶來的劇痛。

這是哪門子爛人做的鎧甲？絕死嘖了一聲這樣想。既然明知會被攻擊，怎麼不順便附加個對痛苦的抗性？這樣簡直跟詛咒防具沒兩樣。

絕死焦躁得想把頭髮亂抓一通，但克制住了。除了不想給自己增加更多疼痛，最主要的是沒那多餘心思。

逼對手使用了高達第六位階的魔法沒什麼好高興的。沒人能保證卷軸就那一個，說不定還有好幾個。假如事實如此，絕死用普通手段跟她交手絕無勝算。不過絕死有個祕密武器，無論少女擁有多少「大治癒(Heal)」卷軸都殺得了她。

可是，還不能急著使用。在那之前得先試過幾招才行。

首先，對手不可能只為了一點擦傷用上「大治癒」。既然已經造成大量損傷，再來就應該猛烈進攻，不給對手空檔使用「大治癒」。

決定了進攻方式後，絕死舉起大鐮刀。然後使用武技，維持著經過提升的能力，一口氣縮短敵我間距。

再來要瞄準手腕下手。

（什麼！）

少女似乎連躲都不想躲。

剛才她看起來像是追不上絕死本身的運動能力，但這次不一樣。連一點要防禦的動靜都沒有。剎那間，絕死的腦中浮現方才的光景。但是都已經走到這一步了，沒有收手的道理。

絕死在即將進入殺傷範圍時讓身體如陀螺般旋轉，帶著最大離心力用大鐮刀砍向少女的前臂部位。

刀刃劃過她的身體，鮮血飛濺，少女的手腕連同臂鎧一起掉在走廊上——這些都沒有發生。即使遭受了至今不知有多少次把肉體連同鎧甲一併輕鬆切開的一擊，少女的手腕仍然好端端的。

——好硬。

跟腹部完全不同。

手腕套著臂鎧，所以或許很合理，但也太硬了。不知道是武具本身可與六大神武具匹敵，或者是用上了某種防禦系的武技？

最令人驚恐的是，她只用一隻手臂就完全擋下了絕死使出渾身解數的一擊。甚至沒能讓她踉蹌半步。

只是，沒時間讓絕死動腦思考了。

因為少女發現自己的右手成了目標，就改為只用左手高舉黑杖，已經打下來了。
絕死想起剛才那種劇痛，使用「即刻反射」與「迴避」拚命扭轉身體。
沒有多餘時間或餘力收回大鐮刀阻擋攻擊。
但她沒辦法完全躲掉。
縱然用上了即刻反射重整態勢，等對手出招才在同一時間使出武技就已經難以躲避了。
這一擊砸進絕死的肩膀。不同於剛才的情況，這次她留有些許餘力，於是在挨打的同時使用武技。
「防禦超強化」。
這是提升防禦力的武技。「外皮強化」的損傷減輕率更高，無奈身為半森林精靈的絕死沒有外皮。
即使用上了武技，這一擊仍對絕死的身體造成了痛徹心腑的劇痛。用了「防禦超強化」也只能收到安慰效果，比剛才少痛一點罷了。
她咬牙吞下呻吟聲，因為沒必要提供對手任何情報。只是──
（不妙……）
這下可以確定了。這才是少女的目的。
仔細想想，從剛才到現在都是如此。

少女總是配合絕死的攻擊出手。她的戰鬥方式正可說是「割己肉以斷其骨」。

或許有可能是因為照正常方式交手的話她追不上絕死，但這恐怕不是理由。少女是故意選擇這種戰術的。

（對防禦有自信……也許就跟賽德蘭一樣，是所謂的防禦型職業嗎…………所以才會讓腹部疏於防備？受到的損傷就用「大治癒」治好？）

假如少女是稍微欠缺攻擊力但防禦力特強——而且也能使用魔法的防禦型職業，又是足以與絕死匹敵的強者，感覺她對少女的能力做的推測就沒有矛盾之處了。只是要下這種判斷，剛才那種毆打攻擊似乎又強勁過頭。

也有可能是那根法杖……它其實是一種具有強大力量的魔法道具？既然硬度高到連六大神的武器都砍不斷，這個推測的可信度很高。

絕死一刻比一刻更加懷疑這個少女就是魔導王身邊的那個女孩。既然魔導王能夠施展強大的魔法，又率領著令人驚駭的大軍，當然也十分有可能收藏效果驚人的武具，並賞賜給屬下使用。

與對手稍稍拉開距離後，絕死舉起大鐮刀，同時小心謹慎地觀察少女的一舉一動。

面對穩如泰山的少女，自己卻得一下向前衝一下向後躲。

這樣簡直是高手在應付小角色。

（真的很不妙。）

以現況而論，是少女占優勢。

少女用肉身擋下絕死的攻擊，使出絕死無法躲避的一擊還手。不知道少女對自己最有自信的究竟是體力、防禦力、攻擊力還是魔法回復手段。不過最起碼既然少女選擇了挨揍、還手再療傷的單純加減法，就表示她判斷能藉此取勝。儘管也有可能是為了逼絕死使出深藏不露的能力，而故意採取不合邏輯的戰法。

從少女始終沒有要逼近絕死進攻的樣子來看，也許是在拖延時間等同夥到來。雖然不知道少女的同夥有多少能耐，但是只要有人來助陣，戰局將會更進一步大幅傾向少女那方。少女也很有可能是清楚這點，才會挑起能夠踏實地累積損傷的消耗戰。

絕死能採取的手段很少。最理想的狀態是配合對手的戰略並占盡優勢，亦即自己的攻擊打中對手，對手的攻擊則一一擋下。但事情沒那麼容易。

少女的鎧甲堅固耐打到令人瞠目，想給予有效打擊必須深入敵人懷中。而竭盡全力發動攻擊，又會被少女抓準機會反擊。那麼該怎麼辦？

（真是個難題……還是只能用了？）

絕死視線朝下，匆匆看了一眼自己手上——握緊的大鐮刀。

傳說由古代神祇斯爾夏那使用過的大鐮刀「卡戎的引導」，以教國未曾發現的稀有金屬鑄造而成，論堅固耐用與高度殺傷能力，正可謂神的武器。

而且它每八小時可以使用兩次「死亡」。

不只如此，還可使用對攻擊加上負向追加損傷的「死者火焰(Undead Flame)」。

保護自己不受低能不死者侵襲的「不死者躲避(Undeath Avoidance)」。

生產出不死者的「創造不死者(Create Undead)」。

使對手生病的「疾病(Disease)」。

有望一擊消滅不具擊退抗性的不死者的「不死者永眠(Sleep to the Undeath)」。

可從多種視線效果中擇一獲得能力的「邪視(Evil Eye)」。

於抵擋視線攻擊的同時強化恐懼效果等等的「死亡面具(Death Mask)」。

具有兩種用途的「榮耀之手(Hands of Glory)」。

「卡戎的引導」可以從這些效果當中做選擇，總計每四小時能夠發動五次。

除此之外還具有每二十四小時創造總共三十隻特殊不死者「斯巴達衛士」——能力與以第五位階法術召喚的重裝骷髏戰士(Heavy Skeleton Warrior)同等，武器性能更強，只是由於無法以特殊技能等進行增益，戰鬥能力略遜一籌——最多同時叫出五隻進行役使的力量，是一件非常出色的魔法道具。

總覺得現在就掀底牌似乎太早了。

以目前的單調戰法來說還有嘗試的空間，況且尚未看到對手的底牌就主動攤牌，會讓自己陷入精神上的劣勢。

「那、那個，妳不出招嗎？」

聽到少女戰戰兢兢地問，絕死回以很大一聲的「嘖」。

（等著我攻擊她是吧！這死小鬼！既然如此，這招怎麼樣！）

絕死向後跳開的同時使用武技。

以「雙空斬」、「剛腕剛擊」、「流水加速」揮出的大鐮刀，軌道上出現兩片氣刃橫空飛來。

少女向前移動了。

對，是向前。

像「空斬」這種隔空斬擊型的武技，威力會比直接揮砍來得弱。即使如此，故意讓氣刃刺進自己身上，毫不介意地直線衝刺過來仍然不是正常人會做的事。

（不對，我先前對付她時也做過一樣的事。這的確讓人精神很**受打擊**。）

少女即使被靈氣刀刃直接擊中也只是表現得有點痛——而且像是在演戲。一進入攻擊距離，黑杖立刻以易於看穿的動作呼嘯著揮來。

絕死有驚無險地成功躲開。

少女的攻擊還是一樣沒達到及格標準，但確實慢慢有所改善。起初絕死多得是辦法可以躲掉，現在卻就算已經準備好接招，只要反應稍慢一點就有可能挨打。

（笑，快笑！讓對手以為妳完全看穿了她的動作！）

絕死嘴角浮現一絲冷笑，故意發出笑聲讓對手聽見。

不知道裝得夠不夠像。笑容如果太僵硬——又要受皮肉痛了。

（無論如何都得保留餘力使用「超迴避」，否則後果不堪設想。）

她想後退拉開距離，但少女跟著縮短距離。

距離拉不開。

「斯巴達衛士！」

絕死與少女之間出現了五隻不死者挺立形成人牆。

少女一揮法杖就先打死了一隻。

區區五隻斯巴達衛士，頂多只能承受少女的五次攻擊。但是，這樣就夠了。

絕死踢踹牆壁跳上半空，擦過天花板向前飛躍，試著繞到少女的背後。

然而只見少女讓身體瞬間一沉，接著以幾乎沒轟碎地板的爆發力往後跳躍躲開。大概是不想被前後夾擊吧。小小斯巴達衛士根本不是她的對手，但被這些小怪礙事也許還是會害她分心。

事實上，斯巴達衛士的攻擊似乎並未傷到她分毫。

少女以駭人的速度向後跳開，於落地的同時把手裡的法杖刺進地板，一路削刮堅硬地板進行急速制動。整套動作簡直是亂來，竟然用超乎常理的臂力強行控制過於劇烈的爆發力。

（好怪的……動作。是不習慣發揮全力嗎？……不太習慣戰鬥？）

面對嘴裡「嗯～嗯～」念個不停的少女，斯巴達衛士站到降落地板的絕死左右兩邊。

絕死用念力命令斯巴達衛士「進攻」。不知何謂恐懼的不死者們聽從命令，一齊襲向少女。隔了一拍之後絕死也展開突襲。

少女再次拿出了卷軸。

「火風暴（Firestorm）。」

大火風暴籠罩一切。瘋狂肆虐的灼熱高溫焚燒絕死的身軀，但一瞬間後就像一場幻覺般消失無蹤。然而身上又熱又痛的燒傷證明了一切都是真的。唯一值得慶幸的是可能因為魔法是發動自卷軸的關係，造成的損傷不算太大。

斯巴達衛士們也還勉強能動，但只是僥倖躲過致命傷罷了。只要再挨一次魔法肯定會全數倒斃。

絕死用自己的身體當成軸心高速轉動大鐮刀，用柄尾橫掃過去痛打對手。打中的是鎧甲部分，所以效果不太明顯，但看起來這記重擊沒造成特別嚴重的損傷。斯巴達衛士們也配合著用手上長槍刺去，但颳起颶風的法杖只消橫著一掃就把所有長槍全數打退。果然只有絕死的攻擊能打得到她。

但是絕死抓準這個空隙再次如起舞般旋轉，做出蜘蛛匍匐的姿勢後，鐮刀對準少女的腳踝緊貼地面揮砍過去。

這一刀不慎把旁邊一隻斯巴達衛士也砍成兩截，斯巴達衛士就這樣化作輕煙。話雖如此，本來就沒人會去特別關心召喚出來的魔物。

大鐮刀斬向甲冑，意圖割取少女的阿基里斯腱——火花迸散。

這裡果然也一樣硬。

「剛腕剛擊」、「超斬擊」與職業效果等都發揮作用了，卻還是沒有割出巨大傷口的觸感。

不過絕死挑腳踝下手，並不只有這個目的。

絕死迅即讓雙腳前後張開並狠狠咬緊臼齒，大鐮刀勾住對手的腳踝，使盡全力把它往上拉。目的是讓對手失去平衡摔到地上。豈料——

「——好重！」

一動也不動。

簡直像是參天大樹。

不可能有這種事。

但是，這就是事實。

絕死也考慮到對手力氣大而灌注了渾身力量，結果反而是她差點沒向前摔倒。順著手臂傳來的重量與嬌柔少女的外表實在太不搭調。

也許是某種特殊能力或魔法道具帶來的效果，但絕死感覺自己在對付一棵拔地參天的巨樹。從手感來判斷，不管她再怎麼用力都不可能拉倒對方。

忽然間，她渾身打了個寒顫。

可能是看到絕死姿勢不穩覺得機會難得，少女盡可能伸長握住法杖一端的右臂，卡進試圖阻止她前進的斯巴達衛士之間，用高舉的法杖往絕死打過來。

構成了攻擊距離與離心力達到最大值，令人背脊發冷的一擊。

絕死極度不穩定的姿勢使她躲無可躲。就算讓斯巴達衛士岔進兩人之間，恐怕也不能減損攻擊的氣勢一分一毫。

然而絕死在腦中對斯巴達衛士下令了。

一秒都沒停頓，旁邊的斯巴達衛士用身體把絕死撞飛。少女的法杖如黑色流星從天而降，斯巴達衛士成了絕死的替死鬼被打得粉身碎骨。

絕死一邊在地板上翻滾一邊巧妙移動大鐮刀，從少女的腳踝上收回刀刃。接著她順勢迅速站起來，把大鐮刀筆直向前伸出擺好牽制的架式。

但是少女沒對絕死繼續追擊。只見她激烈翻轉嬌小的身子，形成黑色暴風四處吹襲，其餘斯巴達衛士就這樣變成碎塊灰飛煙滅。

任由傾盆而降的骨頭碎片消失於虛空中，眼神不帶任何感情的少女靜靜地重新舉好黑杖。然後才像是臨時想起般擺出怯生生的態度。

（要再召喚斯巴達衛士嗎？……不過，在那之前得先做個確認。）

絕死從容不迫地開始在頭頂上旋轉大鐮刀。嗡嗡風切聲劃破了寂靜空間，在四下迴盪。

少女徹底維持待機姿勢，像是靜觀其變。

以極微小的步距，絕死的腳尖一點一點逼近少女。

兩者間距逐漸縮短——

絕死急促地呼出一口氣，讓充分加速過的大鐮刀對準少女的左手腕急飛而去。

即使利刃逼近的速度快到連空間都要一併撕裂，少女也顯得毫不介意。她只是機械性地用身體去擋逼近的攻擊，看得出來她想以此為代價賞絕死一杖。可能是已經適應絕死的速度了，她的動作流暢靈活。

然而——割破空氣襲向少女手臂的刀刃，軌道忽然向上一揚。

在對手眼前反覆展現的模式有了變化。

目標是她纖細的頸子。

假如能砍下那顆頭，不知道她會不會死？從剛才的觸感來想，絕死不敢斷定。只是，少女的脖子就跟腹部一樣暴露在外。說不定又是個陷阱，但最起碼如果能直擊該處，同樣給予沉重打擊的或然率很大。這麼一來，受到絕死習得的各種職業幫助，給予對手的傷害極有可能顛覆至今損失慘重的攻防狀況。

從到目前為止的攻防狀況來看，已經得知作為戰士的身手是絕死為上。所以絕死之前只用過一次假動作，其他都是單純攻擊就是為了這一刻，因此習慣了絕死單純攻擊的少女就像她剛才用上武技時一樣，沒能躲開這記直取首級的攻擊。

大鐮刀斬裂了少女的纖細脖頸。然後——

「嗚！」

——絕死被法杖痛毆。

之前她都撐了過來，但這次不禁痛得叫出聲音。

絕死急忙用大跳躍躲開，然後不禁睜大雙眼。

「……又是一樣？」

少女的脖子一滴血也沒流，只留下肌膚被割傷的淡淡痕跡。剛才那一招不可能沒造成損傷，搞不好對手擁有能讓要害攻擊失效的能力。如果是這樣，她習得的幾種能力就無法發揮效用了。

（她真的是活人嗎？難道是……魔導王製作的不死者？）

也許是感覺出絕死的動搖了，少女怯生生地給了個提議：

「那、那個……妳、妳要不要……投降？呃，只要妳投降，我就不會讓妳吃更多苦頭，也會保障妳的人身安全……好嗎？」

對於這番話，絕死的感想是——噁心死了。

從剛才到現在都是這樣，從少女的攻擊幾乎感覺不到任何敵意或殺意。會因此覺得少女心地善良或是另有別的解釋，就見仁見智了。只是——一個心裡不抱敵意與殺意，卻隨手就想打碎對方頭蓋骨的人，豈有善良的心地可言？

讓絕死來看，這個少女令她無比噁心。少女也許是她的姪甥，但她感覺不到半點親近感。

假如提議當中透露出任何憐憫或優越感等情緒，絕死也許會感到不快，但不會產生如此強烈的厭惡心理。然而從少女身上卻感覺不出半點那種情緒反應。

（……如果只是沒有人性的不死者在演戲，還真的可以理解。）

這個少女從頭到腳都顯得很不協調，讓人懷疑她的言行舉止或態度都是演技。但是，這件事現在不重要。絕死個人的好惡跟現在的情況無關。

重要的是，該如何行動才能突破現況，給自己帶來好處。只要能帶來好處，假裝有意投降也是值得考慮的選擇。

「要我投降可——」

講到一半，絕死住口了。

對。

想對話等需要爭取時間或打贏了的時候再說。

少女打贏她了嗎？

——沒有，勝負尚未分曉。頂多只是戰況多少對少女有利。既然是這樣，少女之所以開始對話難道不是為了爭取時間嗎？

「——嘖！」

伴隨著忿忿的咂舌，絕死再次縮短與少女的距離。無論是拉開距離還是使用武技展開攻擊，對手都有魔法卷軸可以接招。儘管不知道她還有多少儲備——還有藏在哪裡也是個疑問，總之只要假設她卷軸還多得是，打消耗戰會讓絕死吃盡大虧。

幸運的是可以推測對手沒有卷軸以外的遠程攻擊手段。有的話就不會用上這些卷軸了。

（也許是修習了盜賊系職業，以這種方式使用卷軸？……不對，她用過疑似自我強化的魔法，這個可能性很低。）

只是，絕死不具有效能出色的遠程攻擊手段，打起遠程戰恐怕沒有勝算。

那麼打近身戰呢？

這個選擇還不錯。所以，她現在就要實際試試。

絕死這次用大鐮刀往少女臉上砍去。可能是不願意讓臉受傷，少女用黑杖把大鐮刀彈回來。

這一下震得絕死的手都在發麻。

少女出手反擊，高高舉起法杖振臂打過來。絕死同時運用「超迴避」與「即刻反射」，身手輕盈地躲開。

果然不分軒輊……不，也許是身為戰士的本領——亦即預測對手動作，修正心象的能力——差距逐漸顯現在對打上了，天秤略微傾向絕死這方。但是就算累積再多損傷，對手只要有「大治癒」就能反敗為勝，絕死必敗無疑。

（既然如此，可能該用了……）

絕死手裡有兩張決勝王牌。

一張是能確實殺死對手的王牌。

另一張是泛用性極高的王牌。

後者可以用來打倒對手，也可以用來逃走，所以不能輕易用掉。

那麼現在是否該打出前者？

每次攻擊少女，她都會做出疼痛的反應。可是，她真的有痛覺嗎？一開始懷疑就沒完沒了。

絕死至今對少女的所有看法都只是她的個人想像，說不定錯得離譜。也有可能對方真的一如外表是個可愛小女孩，對戰鬥既不擅長又排斥。

即使如此，從少女身上嗅到的可疑味道仍然沒有消失。

（該怎麼辦……假如……考慮到可能還會出現更多跟這個少女力量相當的人物，使用那個不見得是正確的選擇……可是……最理想的情況是不用打出決勝王牌就能殺了這女孩……辦得到嗎？）

要問辦不辦得到，答案是「不確定」。

如果「大治癒」的卷軸就那一個，或許能設法打倒她。但如果還得節省時間，可能就辦不到了。

當然絕死在思考這些問題時，也沒有站著休息。她用鐮刀連續斬向少女，但還是一樣沒能見血，而且總是受到少女法杖的沉重反擊。

不同於少女可以站定位置仔細瞄準，絕死必須一邊高速進出殺傷範圍一邊揮動大鐮刀，得用雙腳控制敵我間距，用武器攻擊對手。由於不能把這些用來閃躲或防禦攻擊，想抵擋對手用受傷換取的反擊就相當困難。

少女只有臉孔不願意受傷。腹部則是甘願挨刀，但是會對絕死回以使盡全力的一擊。

絕死根據至今掌握到的情報進行分析。

（還是……該用嗎？只要使出這招就一定能贏……）

唯一的問題是應該現在用，還是時機未到？

後來不知道是第幾次的互相還擊……

少女任由肉體被斬裂，但揮舞的法杖也精準擊中絕死的側腹部。

絕死一邊產生骨骼擠壓聲在體內迴盪的錯覺，一邊被惡狠狠打向後方。她一面覺得痛到反胃，一面讓鞋底與地板激烈摩擦以進行減速。

沒想到會受到這麼嚴重的痛擊。呼吸變得有點困難，橫膈膜痛得抽搐。絕死卻用悠然自得的態度把鐮刀柄尾撐在地板上，靠著它雙腳交叉，慢慢摘下頭盔，戴起不痛不癢的面具——猙獰的嗤笑——給對方看。

是因為對手不會積極進攻，她才能擺出這種姿勢。

「唉，也沒辦法了。」

絕死口氣輕佻地喃喃自語，下定了決心。她決定使用能確實殺死對手的決勝王牌。

少女沒有上前追趕與自己拉開距離的絕死。

這種強者的傲慢將會要她的命。

「……欸，妳剛才問我要不要投降，對吧？我想問妳一個問題……妳是魔導王做出的不死者嗎？」

「咦？那、那個，為什麼要問這個？為什麼不問待遇之類的？」

「回答我。」

「…………不、不是的。就像妳看到的，我不是不死者。」

「喔。」絕死一面回答，一面思考。

少女沒有立刻回答，是因為真的不懂絕死為什麼問這個嗎？還是因為——需要一點時間思考答案？

（更何況我就是看不出來，才會問妳啊……是說她沒有否認魔導王的部分，這又代表什麼意思？不過，算了，管他的。無論她是不是不死者，用這招她就死定了。）

絕死重新戴上頭盔，發動天生異能。

將這項力量用在神明曾經用過的武器上，就能喚醒死神斯爾夏那所擁有的最強力量，因此——

「——The goal of all life is death.」

同時，一個時鐘出現在她的背後。

這正是絕死只有在裝備這把大鐮刀時，能夠使用的決勝王牌之一。

是確定擊殺的招式。

會給予對手無法抵抗的絕對死亡。

是至今從未被破解過的無敵殺招。

「咦！」

少女驚叫了一聲。表現出坦率的——連絕死都感覺得出來她是真心吃驚的情緒反應。

（——奇怪？所以她不是不死者了？不過嘛，我十分能夠體會她的心情。沒看過這招的人，一定會覺得我用了一種莫名其妙的神祕招式。可是呢，事實上這個像是時鐘的東西並沒有任何效果，只不過是對我之後使用的力量提供點幫助罷了。這就叫做——「現在驚訝還太早了」。）

接著，絕死讓大鐮刀發揮內藏的魔法力量。

選擇的當然是——

「——『死亡』。」

絕死對少女施展魔法的同時，只聽見滴答一聲。時鐘開始計時了。

——贏了。

絕死感到勝券在握。

「『鳳凰之火』。」

她看見少女的背後出現一隻火鳥張開羽翼。

（又是魔法！但是，呵呵，沒用的。我不知道妳用的是什麼魔法，但被我用這種力量對付，就別想活命了……妳原本唯一的求生機會，就是在我使用這種力量之前打倒我！）

「死亡」魔法是即刻生效的法術，但是以這種特殊能力發動的話必須經過十二秒鐘才會生效。由於絕死也不知道倘若自己在這段時間內被殺會怎麼樣，因此她不再攻擊，轉為專心防守。

可能是唱誦了魔法但覺得沒有效果，少女揮起法杖以猛烈速度衝刺過來。

之前基本上都只等對手進攻再反擊的少女之所以轉守為攻，想必是發現狀況有異。在無法理解的狀況下並未採取守勢或是觀察情形，可以說戰鬥天分果然不差。

但是論技術或攻防方面的心理戰，就是絕死略勝一籌了。只要採取守勢而不考慮還手，要化解或閃避對手的攻擊都不難。當然，她也沒辦法永遠躲掉所有攻擊，但短短幾秒的話不會太難。

（——六秒。）

絕死躲開少女的連續攻擊。一個眨眼都可能致命的攻擊風暴，縱然是英雄……不，連達到偏常者領域的人都很難用肉眼辨識。正可說是與絕死站在同一領域之人施展的攻擊。只是她現在轉攻為守仔細觀察，可以發現少女基本體能確實過人，但果然沒有善加運用——像是不習慣這種戰鬥的動作。

（——八秒。）

這是與生俱來的強者常有的毛病。

由於體能太過出色——可以用硬上蠻幹的方式打贏，常常容易輕視耍小聰明的技巧或是動作上的爾虞我詐。怠於做這些努力的人，經常會被真正強者打得一敗塗地。要走到那一步才會知道自己有多自大。

對，就像眼前的少女一樣。

（——十一秒。結束了，下次不見。）

遊刃有餘地躲掉換做一般人光是被擦到都可能引發腦震盪的攻擊，絕死在心中向對方告別。

雖然少女給她一種無法形容的噁心感，然而一旦勝券在握之後，就覺得她長得還真可愛。仔細想想，這孩子只是年紀還小不懂事。小孩子沒有任何過錯，是養育她的父母親不好。

絕死就這樣化解法杖的一擊——平白放過攻擊的機會——然後發現狀況不對。

少女沒有死。

（……咦？）

一時之間，絕死腦中一片空白。

對手沒有被絕對致命的招式殺死。那麼一定是時間數錯了，這是最有可能的答案。

除了訓練以外，這是絕死第一次跟這種水準的強者交手。她以為自己毫無所感，看來還是會緊張。在這種精神狀態下要冷靜數秒應該有難度，大概只是一點小失誤吧。

（……兩秒。）

她多數了兩秒，而且數得很慢。

但是——沒死。

少女沒有死。

少女朝氣十足地喊著「嘿」或「呀」等不適合駭人攻擊的可愛吼叫，舉起法杖打過來。

「為、為什麼啊！」

無法理解。

這是絕對致命的招式。絕死分明使出了即使是已死的不死者或是不具生命的哥雷姆也照殺不誤，連她自己都不懂原理的招式，少女為什麼還能活著？

少女的攻擊對絕死的身體造成了疼痛，所以不可能是幻覺。但其他還能有什麼可能？難道是那招對黑暗精靈不管用？還是對有血緣關係的人不管用？又或者是——少女使用的魔法破解了它？

如果是這樣，少女是從哪裡知道這一招的？就連她也只是能藉由天生異能（Talent）來使用，並不清楚這種招式的一切細節。教國當中知道她能使用這招的少數人士也一樣。如果有人知道這種招式的一切細節，那必定就是這把大鐮刀的真正主人——斯爾夏那。

難道這個少女的背後有著那位神祇的影子？多次目睹少女的不死性，使得這種猜測有了幾分真實性。假若是這樣——

「——嗚！」

混亂與焦躁讓她僵在原處，竟結結實實地挨了一記本來能躲掉的攻擊。

「啊啊，煩死了！」

絕死忍著痛，也揮動大鐮刀。幾乎是自暴自棄地揮出的攻擊打進少女身上，她還來不及確認有沒有用就被法杖痛打了一頓。劇痛讓她眼冒金星，但在身體差點歪斜著倒下之前站穩腳步撐了過來。

絕死拚了命地動腦筋。

計畫出錯了。

現在該怎麼辦？

如何才能採取最好的行動？

絕死被痛打了好幾下，但還有餘力。還不到必須認輸的地步。可是，考慮到對手可能有援軍，她必須決定是要繼續戰鬥還是趁早逃走。

那麼假如選擇逃走，憑絕死的跑步能力有辦法擺脫對手嗎？這她說不準。這麼一來——

（——難道要我打出另一張王牌？）

這不是個壞主意，但絕死猶豫著不知該不該用。只因她剛剛才被迫目睹真實例子——絕對無敵的招式也會被破解。

她不認為那招會被破解。但也許是被某種——很厲害的招數抵銷掉了。

（——她還有多少卷軸，還會使用哪些魔法！知道得太少了！）

由於完全無法識破對手的底牌，她不確定該不該打出這張牌。但是就如同之前想過的那樣，時間是絕死的敵人與少女的幫手。

雖說忍耐得了，被法杖暴打的痛楚終究會降低思考能力。

絕死加深了笑意。

笑臉可以掩飾自己的情緒、心思、心情，讓所有人——特別是敵人——全都無法揣測。

所以，她要笑。然後她做出結論。

（——我不再想東想西了！在這種情報不足的狀況下想再多也沒用！）

有一點很清楚，就是自己的決勝王牌已經掀開了一張，而且還讓少女知道她所使用的某種對策剋得了它。光是拿這件事來講，可以說已是遠比絕死至今受到的損傷合計值更大的損失。

絕死發動作為最終王牌的能力，只見白光匯聚於一處，形成了另一個絕死。

絕死擁有兩張決勝王牌。

一張是絕對死亡——更正確來說是一種天生異能，能夠運用沉眠於道具之中的古人祕招。

至於另一張則是藉由取得的職業——低階女武神／全能——創造出的分身體。

勇者之魂。

論戰鬥能力是不如絕死，但絕死本身的實力高強賦予了這個役使物壓倒性的力量。

少女睜大雙眼「咦」地叫了一聲。這讓人聯想起剛剛看過的光景，造成反而是發動了決勝王牌的絕死產生不祥的預感。

絕死還來不及在腦中對自己的分身——勇者之魂下命令，少女先拿出了一顆球。

下個瞬間，少女身邊出現了巨大——也因為地點在走廊上的關係，多少顯得有點擠不下——的土元素。

絕死再度被弄得一頭霧水。

她本以為少女修習的職業很可能是森林祭司。可是現在，少女召喚元素時使用的似乎不是魔法而是道具。

而且是特地叫出那個元素——感覺沒強大到哪裡去的元素。

（不能召喚元素，也不會使用攻擊魔法……所以是屬於只會自我強化的森林祭司？還是說我看漏了什麼，有哪裡搞錯了？……聽說森林精靈王役使的是強大的土元素……不會就是這個吧？可是……這個……有大家說的那麼強大嗎？）

聽聞森林精靈王役使的元素身懷無人能比的戰鬥能力，縱然是偏常者也無法取勝。

從這點來想，可以說現在眼前的這隻元素絕對不是。只是，即使對絕死這種強者來說顯得很弱，對弱者來說必定是強敵。

那點程度的元素，構成不了太大的問題。

它可以交給勇者之魂去對付，絕死本人則繼續跟少女交手。勇者之魂應該不用多久就能打倒元素，那樣接下來就是二對一了。

（……不，現在應該先一口氣擊潰元素。）

「我要上了！」

絕死展開突擊，用手持的鐮刀攻擊元素。勇者之魂也同時出手。

土元素對物理攻擊具備抗性，但敵我實力差距無法彌補。堅硬的外皮被兩人深深砍裂。

不過，不愧是以強壯的體魄見長，一兩發攻擊無法造成致命傷。

但是土元素消失不見了。

「——嗄？」

不懂是怎麼回事。並不是被她打倒了。

這是因為下個瞬間，土元素又再次出現在她的眼前。而且變得比剛才更為巨大。

這究竟是怎麼回事？

怎麼想跟剛才那個都不是同一隻。

「難道是牲祭召喚！」

她從來沒聽說過有這種魔法或特殊技能。只因為這個名稱最貼切，她沒多想就說出口了。

不知道能不能稱為重新召喚，接著現身的土元素確實比剛才那隻更強。這次的元素就連偏常者也無法取勝。但是——

（是我的話就能打贏。可是……做這個抉擇對嗎？）

給予這隻土元素損傷或是將它消滅，會不會讓它的力量再提升一個階段？

再怎麼想也不至於那麼離譜。可是，她也無法斷定絕對沒這個可能。

絕死讓勇者之魂等候命令，觀察少女的動靜。

少女只是一副戰戰兢兢的態度，躲在土元素背後盯著她們。而土元素也沒有要立刻發動攻擊的徵兆。

（我說真的，這孩子究竟是什麼來頭？假如是不死者，只要想成魔導王的創造物就全都說得通了，但如果這孩子真的就只是一般黑暗精靈……這麼不平凡的小孩竟然可以隱沒於世間，太扯了吧？既然身懷這麼強大的力量，不是應該更出名才對嗎？還是說就跟我一樣，被哪個國家藏起來了？）

魔導國是幾年前剛建立的國家。

帝國宣稱這附近地區早在以前就是屬於魔導王所有，但對於歷史綿長的教國來說只是迫不得已的強辯。

什麼魔導國或魔導王，原本都不存在於這片土地上。

（儘管由於魔導王的出現毫無前兆，也有未經確認的情報懷疑那人與舊日諸神是相同的存在……但應該不至於吧……可是……假如是真的……難道這個少女也是？不，既然她擁有王族獨有的雙瞳，最大的可能性還是那個男人的親屬。該不會是魔導王得到了這個少女，所以才從遠方來到這裡施行種族融合政策？）

她不能確定。沒有任何確切證據。魔導王與少女有著某種關聯也只是她的想像。

但她必須把這個可能性列入考量，設想最糟的情況。

（萬一這個女孩真的是魔導國的人……就表示魔導王加上這個女孩，與我水準相當的存在至少有兩人……難道說，魔導王也來到這裡了？）

絕死心裡焦慮不堪。

自己怎麼會這麼糊塗？既然已經假設少女是魔導國的相關人物，從一開始就該想到這點了。

照常理來想，絕不可能有這種事。

一國之君要是跑來兩國相爭的最終戰場，有幾條命都不夠。但她不是聽說過魔導王曾經忽然出現在聖王國，大顯身手了一番後揚長而去嗎？那件事讓各國明白到，這個千軍萬馬莫可匹敵的魔法吟唱者無論哪裡都能來去自如。

再說絕死也曾接獲令人無法置信的報告，指出魔導王曾經在變成屬國之前的帝國競技場作為鬥士現身。既然如此，這人就算來到即將淪陷的森林精靈王都，也勉強算在可理解的範圍內。

絕死把自己臭罵一頓。

假如魔導王真的一如絕死的想像來到這裡，情況就糟透了。光是對付這個少女就已經很吃力了，萬一連那個不死者都加入戰局更是毫無勝算。當然，就連教國也還沒完整分析魔導王的戰鬥能力，但是能夠瓦解十幾萬大軍的魔導王怎麼想都不可能不如這個少女。

（目前所有的推測都只是假設再假設，但是說得通——很不幸地說得通。雖不知道對方在打什麼主意，假如魔導王真的來了，我是不是該跟她交涉看看？）

假若他走這一步能奪走森林精靈王役使的元素，就等於是篡奪了這整個國家。

少女的雙眼——如同繼承王族血脈的證明。

面對繼承正統血脈的證明，以及讓國王役使的土元素隨侍左右的模樣，森林精靈們必定會俯首稱臣。

（然後再擊退教國，就掌握到這個國家的民心了……時機挑得還真完美。時機……完美？）

更強烈的焦躁感襲向絕死。

（——是因為魔導國那時像是不把王國消滅誓不罷休，教國才會急於與森林精靈國決一死戰結束戰爭。可是這會不會正是魔導國的目的？）

突如其來地，她彷彿看見了原本轉亂的魔術方塊復原的幻象。從來不曾在任何戰鬥中感到恐懼的絕死，此時產生一種身體深處塞滿冰塊的異樣感受，打了個短促的哆嗦。對，假如一切全是魔導國的計謀，每件事情就都有了解釋。

（真正的目標不是王國，而是把森林精靈國納入統治，同時給予教國打擊？假如是這樣，他們在耶・奈沃爾被擊退使得侵略行動曝光，其實並非想讓王國陷入滅亡的恐懼，只是在計算時機誘使教國行動？不，還是兩者皆是？因為他想在這麼短的期間內掌控兩個國家？無法置信！再怎麼說，也不可能被魔導國恣意操弄成這樣……不可能有這種事！）

她不想接受事實，但就像剛才那樣，還是得考慮到最壞的可能性。

最高執行機關將魔導王評為需要最高戒備的人物。此人謀略頭腦過人是事實，但機關認為最須戒備的還是他那可怕的武力。

然而——

對，然而——假如這整個戰略全是出於魔導王之手，真正可怕的就不是瞬間屠殺十萬兵士的魔法力量。也不是麾下擁有能殺盡王國九百萬人民的精銳。他那能夠預測百步之後的局面，以隱形絲線任意操縱對手的智謀才叫真正可怕。

本身實力強大的存在如果還懂得施謀用計，那就一籌莫展了。因為那就等於封殺了弱者對付強者的唯一武器。

（……還是說，其實這些戰略是出自惡魔宰相雅兒貝德之手？不管是兩個中的哪一個……不，等等……該不會不只這兩國……教國也是？他們想殲滅來到這裡的所有士兵，藉此向我們宣戰？）

事實上的確有人敢斷言，弱小的士兵們死多少都沒有影響。達到英雄領域的人物，戰鬥能力凌駕於數萬小兵之上。但那是強者的思維，對一般民眾來說又是如何？

沒錯，教國向來主張的是人類至上主義，並藉此團結國內意志。這種思想的背後，有著弱小人類必須團結，如果不先下手打倒其他種族，受壓迫被消滅的就是他們自己的觀念。事實上，與獸人國相鄰的龍王國就是個好例子。

但是，一般大眾的意志能堅強到明知會被壓倒性強者毀滅，還願意繼續打仗嗎？萬一聽到教國沒能滅掉森林精靈國這個大敵，反而是士兵們被殲滅呢？

絕死露出一如平常——掩飾內心——的笑意。

並不是因為高興或覺得有趣而笑。心境恰恰相反。

笑意來自對手用如此完美的計謀對付他們——深知他們徹底中計的絕望感。

（該怎麼做才好？與對手搏鬥周旋好讓士兵們逃走？還是我自己逃走保命？）

身為教國最強的殺手鐗，絕死的死亡會是一個沉重的打擊。所以她自己逃走應該才是上策。

看到絕死分心思考今後的最佳選擇而無法展開行動，少女不知是怎麼想的，對她訴說道：

「那、那個，我想說的是，我再重複一遍，妳還是投降吧？我、我覺得現在還不算太遲，我並不想殺妳。」

這樣做可以帶回對手的情報，不能說一定是步壞棋。但是——

「——逃……我不能逃！」

「咦？」

少女不解地叫了一聲。的確是該有這種反應。對於少女的詢問，絕死的回答——從少女的角度來看——答非所問。在絕死的心中，卻是正確的回答。

對，她只能這樣做。

假如這一切真是魔導國的陰謀，只有一個方法能打破這個圈套。

就是化身為傷痕累累的野獸，咬死眼前的少女，藉此破壞魔導國的計畫。

失去這樣的強者，對於魔導國的作戰將形成一大差錯。

也許最可怕的圈套正等著他們，但現在正是攻破它的好機會。這一刻，只有自己得到這個機會。

（對，我的國家只有我能救！）

如果有人問她是否對教國感恩戴德到需要賭命，心情是有點複雜沒錯。但是有時候，她會遇到一些她欣賞的人。由於她壽命很長，他們大多已成了故人，但是為了那些人深愛的國家，就賭上一次性命也沒什麼不可以。

（——雖然可能送命，但我要使盡全力殺了她。這樣就夠了。）

她心意已決。

的確，她是考慮過撤退。但那不是到了生死關頭才試著逃生，而是想在有十足把握能逃走之際從容不迫地行動。到目前為止的戰鬥中，有一部分的她並不想拿出真本事與對手廝殺。不是因為對方可能是她的姪甥。就算對方是個年幼孩童，她也可以砍傷對方的手腳把人捆綁帶走，甚至視需要殺掉都不會有所遲疑。但是，她之前的確是以自己的生還為第一考量。

現在她要拋開這個想法。

此時此刻不賭一把，更待何時？

明天的狀況一定只會比今天更糟。

「去吧！」

絕死叫道。

勇者之魂聽從指示襲向了對手。

其實沒有必要用喊的，心裡想想一樣可以下命令。就這層意味來說，發出聲音可以說只是白給對手情報的一步壞棋，這點絕死也明白。但她之所以還是喊出聲音，是為了提振自己的心情，以及進一步加強自我決心。

她把元素交給勇者之魂去對付，自己則高速衝向少女。

然而就像堵住通道那樣，元素張開雙臂阻擋她的去路。

它要這樣也無所謂。

絕死可以和勇者之魂合力一鼓作氣打倒元素，再去殺了少女。

如果眼前的元素就是對手從森林精靈王身邊搶走的元素精靈，消滅它便如同奪去對手登位為王的依據。如此或許可以延遲魔導國的下一步棋。

兩把大鐮刀在倏忽之間連砍元素好幾刀。

坦白講，沒有失血要害的元素是個難纏的對手。

高階元素具有對物理攻擊的抗性。縱然是絕死揮舞的大鐮刀也無法一擊奪其性命。

這是絕死很不想對付的類型。但是由不得她抱怨這些。

只是，由於元素站著堵住了走廊，少女的攻擊打不到她。再說用卷軸發動的攻擊魔法應該也不太容易繞行瞄準。比起這個，更值得戒備的是少女也許會把疑似對自身施加過的強化魔法用在元素身上。

（我這邊可以兩人一起戰鬥，比較有利。但是，不能說一定有利。我去不了後面，就表示無法阻止她用魔法強化元素……這是沒錯……）

只是，難道少女不知道會變成這樣嗎？

總覺得有哪裡不太對勁。可是，絕死不知道具體來說有哪裡不對。

元素高舉宛如巨石層層堆疊而成的手臂打下來。絕死很想大幅往後跳開躲避，但狀況不允許她打帶跑地慢慢磨。她用大鐮刀勾住逼近的手臂，錯開攻擊。土元素儘管蠻力驚人，但只要從側面使力，要改變攻擊方向並不難。話雖如此，絕死使用的武器並不適合卸力用途，不過是雙方實力相差甚遠才能玩這種把戲。

在視野邊緣，勇者之魂也同樣成功化解了攻擊。

勇者之魂沒有絕死來得有本事，但它還是辦到了，可見就如同絕死的感覺，這隻土元素果然沒那麼厲害。

這樣看來，它也許不是森林精靈王所役使、教國最為戒備的那隻土元素。

但這並不表示眼前的土元素很弱。

一個普通程度的英雄必定躲不過它的攻擊，早就被打趴在地了。這記攻擊能不能構成致命傷很難說，但至少不免要身受重傷。

絕死化解攻擊，眼睛望向土元素的後方確認少女的動向。自己目前正鑽進巨大敵人的懷裡，視線不緊盯對手很危險，但不確認少女的行動方針更危險。

然後絕死懷疑起自己的眼睛。

（——嗄？）

少女竟然轉身背對她們，拔腿就跑。

跑步動作很可愛，但速度快得非比一般。

她跑了。

一溜煙地逃走了。

「——————！」

絕死恍然大悟。

她召喚這隻土元素不是為了對抗勇者之魂。

而是在爭取時間逃走。

從少女的態度看不出來，也許少女其實也已經快撐不住了。

少女從一開始就沒打算賭命戰鬥。從那時候的行為不就能看出來了嗎？

她在絕死試著繞到她背後時之所以急速後退，並不是怕被前後夾擊。而是不想讓自己的逃跑路線被封死。

她至今的態度以及言行都如實顯現了這一點。

「糟……！」

絕死必須即刻從三個選項中做出最佳選擇。

一、設法追上少女。

二、先打倒土元素再說。

三、絕死也趁機逃走。

在這當中，第三個最容易實行。

召喚者一旦讓元素離開視線範圍，就無法配合狀況下命令。

因此，假設她命令元素「占據這條通道，殺掉想通行的人」，土元素就不會追趕絕死。

但如果她的命令是「殺了眼前的女人」，它就會繼續追擊逃走的絕死。

不過它只會沒頭沒腦地追著目標跑，沒機靈到會繞路堵人等等。

因此移動速度以及敏捷性等方面贏過它的絕死不可能敗在它手裡。

絕死只須轉過身去全速逃跑，土元素就會淪為四處尋找不知去向的絕死的存在。

但她拒絕做這個選擇。不得不拒絕。

因為這樣等於是忽視將來極可能發生的危險——魔導國的陰謀。

那麼，第一跟第二個選項呢？

要去追趕少女也有點難度。就算用最短時間消滅眼前的壁壘（土元素），想追上機動力非比尋常的少女還是得看運氣。再說少女必定會逃去找她的援軍。這樣一來勝負就真的難以預測了。

既然如此，第二個選擇應該是最好的決定。

這樣好像剛才的決心變得不上不下，況且土元素如果不是森林精靈王役使的那隻，這麼做其實毫無意義。

可是，考慮到報酬與風險，這卻成了唯一的選擇。

逃掉的魚是很大，但能釣到別條大魚就該知足了。

絕死眼光銳利地瞪著土元素，看到它的後方——少女正從遠處回頭望向她。

絕死以為她要拋下什麼退場台詞，意識繼續放在土元素身上看她怎麼說，只見少女的嘴唇動了動。

「幸好有保留魔力。」

照理來講距離這麼遠不可能聽得見，但不知是拜絕死的半森林精靈血統還是高強的能力所賜，她聽見了少女如釋重負般的細小聲音。絕死還來不及理解話中的含意，少女早已舉起法杖對準了天花板。

馬雷修習的職業「災厄使徒」有一招決勝王牌。

亦即眾所皆知的職業「世界災厄」決勝王牌的劣化版。

其名為小災厄（Petit Catastrophe）。

這招需要消耗龐大的魔力，相對地破壞力甚至在安茲使用的超位魔法之上。當然，即使如此，依舊不及大災厄（Grand Catastrophe）的破壞力。然而純粹的能量奔流，已十分足夠在一瞬間內吹飛萬物。

下個瞬間，駭人的強大力量襲向了絕死。

她直覺到事情不妙，她會死在這裡。

狂暴肆虐的力量，一擊就讓土元素瞬間碎成粉屑。

這時絕死才終於知道，土元素既不是用來對抗勇者之魂的手段，也不是讓少女逃走的障壁。只不過是讓絕死她們無法逃離這場暴虐突襲的誘餌罷了。

事實上，土元素被消滅之後只差了些微時間，她的勇者之魂分身也消逝無痕了。

接著就輪到——

（——還沒完！我不會死！我不會死的！）

在不如索性死心還比較輕鬆的破壞巨浪中，絕死竭盡自己的所有生命力硬撐下去。但是——意識逐漸地變得薄弱。剛才還能感覺到的，那種全身幾乎被拆散的劇痛已經消失不見。連自己人在哪裡，是不是還站立著都已經不知道了。

這大概就是死亡的感覺吧。

這算什麼？

絕死只有這個念頭。

她不是接下來才要賭命一戰嗎？

不是要為了保護教國——為了盡全力保護祖國不被暴虐無道的敵國侵犯而戰嗎？

怎麼可以這麼卑鄙？

當然，卑鄙恐怕只是絕死的個人說詞。即使處於逐漸模糊的意識中，她也明白這一點。

但她還是只有這個想法。

元素被消滅也並不讓她感到安心。那個大概只有作為棄子的價值吧。還是說對方覺得能殺掉教國的最強王牌比一隻土元素來得有意義？

到頭來，那個少女究竟是何方神聖？

如果真的是魔導國的相關人物，到底有多少人事物逃不出魔導國的掌心？

這就叫做敗北。

此刻她才終於明白，所謂的敗北不是被敵人的攻擊打倒，而是不惜賭上自身性命也想實現的心願悽慘地破滅，被迫迎接無法推翻的絕望。

太過分了。

她不想輸。

說什麼也不想輸。

說什麼想嘗嘗敗北的滋味都是騙人的。
她不過是想否定自己的力量罷了。還是說——想否定母親給她的一切？
否定自己體內的血脈——那些不被關愛的歲月帶來的事物。
可是，即使是這種爛透了的力量，只要能守住她珍惜的一切……
到那個時候也許她就能夠——多少諒解一點母親的心情。
她難得這麼不願意認輸。
卻連這份心情都得慘遭挫敗。
（只希望，她不是魔導國的……關係……人…………）
然後——一切歸於黑暗。

●

安茲跟亞烏菈兩個人一起走出森林精靈的寶物殿。
從結論來說，連期待有沒有落空都不知道。因為寶物殿裡大多都是活像特大號椰子——比亞烏菈的身高還高——的神祕果實等物品，安茲無法判斷它們的價值。
就目前來說，沒找到什麼稀有金屬製品，盡是些從素材而論似乎很容易從自然環境中獲得的東西讓他有點失望，不過至少還能抱持點夢想，期待它們具有罕見的效果或是前所未見的特別功效。

因此安茲的心情還不錯。不——或許稱得上相當愉快。

戰利品已經不在手邊了。

他們早已用「傳送門」將這些東西扔到了位於納薩力克地表區域的木屋附近。

在木屋裡值勤的某個昴宿星團成員也許會大吃一驚，但安茲掛慮被他派去打頭陣的馬雷，沒時間跟值勤人員多解釋。他只有穿越「傳送門」大聲叫那裡的人把丟在地上的道具——考慮到也許有危險性，要小心地搬進木屋內——細心保管一段時間罷了。

事情大致上都辦完了，安茲下定決心後神情肅穆地——當然就是他平常那張骷髏臉——看向亞烏菈。

「那麼，有勞妳了！亞烏菈！」

「是！」

亞烏菈朝氣十足地回答，然後背對安茲蹲了下去。

講得明白點，安茲與亞烏菈的跑步速度完全不同。照正常方式奔跑的話，安茲八成會被拋下。當然，如果加上亞烏菈必須一路追蹤森林精靈王的血跡這個條件，速度不免會慢一點。但就算把這點算進去，安茲可能還是追不上她。安茲是有能夠大幅提升移動速度的道具。但是變更裝備並不是只要把那個部位的裝備快快換掉就好。
安茲平時的裝備是滿足了抗性組合、裝備重量與能力參數增減等嚴格標準的全套配備。如果要破壞這個性能平衡，無論如何都得重新斟酌考量一番，多少需要一點時間。如果是卷軸等消耗型道具，可以說用就用，但他又犯了平常的小氣毛病。
而且最重要的是，就算用了也不確定能不能追上亞烏菈。
因此，這時候的最佳答案就是——讓亞烏菈扛著他跑。
當然，成年男性被一個小女孩扛著跑，非常……非常地讓人難堪。安茲當然也覺得難堪。可能是這點程度的情感不到需要壓抑的地步，心裡越想越覺得難為情。
但是這個選擇說不定關乎馬雷的生命安全。
沒錯，森林精靈王與馬雷交手的話鐵定是馬雷贏。就安茲的判斷，森林精靈王的戰鬥能力已幾乎被摸透，消耗了龐大力量又身受重傷，不可能有勝算。但是，任何事情都沒有絕對的保證。
想用「訊息」問問情況如何，又怕馬雷正在戰鬥會害他分心，因此，最好的方法還是只能盡快抵達現場。
所以——安茲選擇捨棄自己的羞恥心。不是作為鈴木悟，而是以安茲．烏爾．恭的身分做出抉擇。

於是一個理所當然的問題浮現檯面。
也就是要用什麼方式來扛。
既然是讓亞烏菈來扛，公主抱也是個選擇。可能有人會覺得騎肩膀也行。而安茲在眾多選項中，選擇的是讓她揹。不，正確來說是亞烏菈的選擇。
起初安茲提議可以把他當成包袱，扛在肩膀上。因為他覺得這樣還比較不害羞，而且可以調侃自己成了包袱，一舉兩得。
可是安茲這樣提議時，亞烏菈對他說：「屬下不敢把大人當成包袱。」他覺得說服起來可能很費勁就作罷了。
不過公主抱容他鄭重拒絕。精神安定化不用等。
因此，就請亞烏菈揹他了。
早已下定決心的安茲在心中說聲「嘿咻」，騎到了小女孩的背上，順便從道具箱裡拿出一把匕首。不知道會不會用到，不過未雨綢繆總是不吃虧。
旁邊排列著安茲用「召喚第十位階不死者（Summon Undead 10th）」召喚出的不死者——元素頭骨（Elemental Skull）。
想必有人會說既然如此，何不召喚其他不死者來騎乘，代替亞烏菈的角色？但他不這麼做的理由很簡單。
重點在於要捨棄哪一邊？

萬一出現突發狀況使得危險迫近兩人，安茲打算拿不死者當肉盾跟亞烏菈一起撤退，因此安茲無法召喚不死者作為坐騎。

當然，遇敵時再從不死者背上下來即可，但這短短一瞬間也有可能造成致命性的失誤。安茲也覺得自己太過謹慎了。只是，既然這裡是戰場，發生意外狀況的機率更高，做好某種程度的準備——能夠拿不死者當肉盾即刻撤退——從安全性來考量是應該的。

元素頭骨從分類來說比較偏向魔法輸出角色，不是防禦型職業。但安茲還是召喚了這種魔物，原因是防禦型職業並非永遠都是最適任的肉盾。順便一提——以ＹＧＧＤＲＡＳＩＬ來說，不建議讓輸出角色擔任防禦型職業。再進一步來講，只有塔其．米那種怪物有本事身為防禦型職業又兼任輸出角色，所以也不是一種推薦的玩法，毋寧說一般人是辦不到的。只是如果有人要堅稱自己辦得到，也是個人自由。

亞烏菈開始奔跑。

她追蹤留在地板上的些微血跡，下了幾個階梯，然後站住不動。

亞烏菈眼睛離開地板，臉孔轉向前進方向。安茲的視線也望向那邊，但沒感覺到有任何人在。

安茲本來想問怎麼了，但還是決定等亞烏菈開口，以便發生任何難以預料的狀況時可以即刻對元素頭骨下令。另一方面也是因為他心裡猜到了幾成。

而且也被他猜對了。

「……安茲大人，馬雷傳來訊息。」

「——是嗎。」

安茲鄭重地回答。儘管騎在亞烏菈的背上怎麼裝都不帥，身為主人還是不可忘記該有的說話方式。

「看亞烏菈妳的反應，馬雷應該不是在求救。那也就是說，他順利逮到森林精靈王了嗎？」

「意外的是……森林精靈王似乎已經死在別人手裡了。」

「什麼？」

失去了根源土元素的森林精靈王對安茲而言是個弱者。但也沒弱到會被這世界的族類殺死——逃都逃不掉。

「……也就是說，除了森林精靈王之外還有其他強者了。那麼馬雷怎麼樣了？」

「回大人，那個強者似乎已被馬雷打倒，但還有一口氣在。大人您覺得呢？根據馬雷的說法，對方手中可能握有重要情報。他說那人甚至可能監視過安茲大人與夏提雅的對戰。」

「什麼？那場戰鬥嗎？……莫非這人持有世界(World)級道具？……我們立刻前往該處，將此人抓回納薩力克……沒時間了。亞烏菈，就再麻煩妳跑一段路吧。」

馬雷沒說是強者們，所以對方應該只有一人。但也有可能是一個強者配上一些烏合之眾。既然不知道還會冒出什麼東西來，速速撤退回到安全地點才是上策。

「一點也不麻煩。不過——我會火速奔馳。安茲大人，請您抓緊了。」

話音甫落，亞烏菈已經健步如飛地開始奔跑。速度比剛才更快，彎過轉角時為了不減損任何速度，是用踢踹攀登牆壁的方式——就好像安茲從沒坐過的雲霄飛車那樣——繼續跑。安茲擁有感覺不到恐懼的體質，卻覺得有點怕怕的。也許是視線位置比較低，所以覺得更可怕？

安茲化身為戰士時跑步也能快到接近這種速度，但用自己的雙腳跑步跟讓別人控制加減速與急轉彎完全是兩回事。

以體感來說過了幾秒，就看見馬雷的身影了。

馬雷把一個沒見過的人類扛在肩膀上，另一隻手靈巧地握著他自己的法杖與一把陌生的鐮刀般怪異武器。

安茲很想問「聽你說森林精靈王已經被殺，那屍體呢？」或是「森林精靈王身上應該有些魔法道具，到哪去了？」之類的滿滿一堆問題，但置身於敵區之中沒那多餘精神。目前應該以歸返為優先。

安茲保持著嚴肅神情，光明正大地——擺出一種能夠讓人理解這麼做的必要性，像是理當如此的態度——從亞烏菈的背上下來，把手裡的匕首插在走廊上。

要在短時間內記住空無一物的走廊很困難，但插了把熟悉的匕首多少可以幫助記憶。再說安茲已將這把匕首牢牢記在腦子裡，也可以對這個位置施展魔法。

接著，安茲發動「傳送門」。

「你先進去。」

馬雷怯生生地應了一聲，就扛著人類消失在「傳送門」的另一頭。

安茲消除掉元素頭骨，和亞烏菈一起穿過「傳送門」。

從寶物殿搶來的道具就丟在門外，安茲轉動視線，看到安特瑪應該是正前來準備收走道具，對安茲他們低頭致意。想必是看到「傳送門」再次發動，知道安茲要回來了才會有這個動作。

周圍站著一些應該是被叫來幫忙的死亡騎士，看起來閒著沒事幹。

「恭迎安茲大人歸返。」

「唔嗯，東西就繼續交給妳收拾了，安特瑪。還有，妳帶戒指過來了嗎？」

「是，在屬下手裡。」

「那就把戒指給她。然後亞烏菈，此人是重要的情報來源，讓她死了就糟了。我要妳小心地並盡快將她扛到冰結牢獄。送去之後，讓尼羅斯特處理應該不會出錯，但別忘了把她的武裝扒掉。」

「安、安茲大人，我可以說句話嗎？」

「怎麼了，馬雷？有什麼事令你擔心嗎？」

「是、是的。這個人類……？她的實力很強。雖然我用了『沙人之沙（Sandman's Sand）』，但她如果因為一些動作而醒來，我覺得尼羅斯特打不贏她。」

「……原來如此。那麼亞烏菈在我或其他人到場之前先在這女人的身邊待命，對她保持戒備。」

亞烏菈戴上戒指，比馬雷更小心地把那個人類抬起來，用戒指的力量傳送到別處去了。

安茲目送她離開後，轉向馬雷說：

「那麼……馬雷，你為何會覺得那個人類監視過我與夏提雅的對戰？」

這是最大的疑問。

「回、回大人，那個人類用了安茲大人的The goal of all life is death，還有夏提雅的勇者之魂。我認為兩者之間不可能沒有任何關聯！」

「什……！你說什麼！」

一般來講，一個人只能擁有一種稱得上決勝王牌的強大特殊技能。擁有兩種從安茲的常識來說是不可能的事。這樣想來，馬雷的推測或許的確是對的。也許對方身懷某種複製的能力？

「你是怎麼辦到的，可以留她活口？」

「回、回大人。我本來也以為不小心用小災厄殺掉她了，但她生命力大得驚人，運氣好沒有死。」

「你用上了小災厄嗎！……這樣竟然還沒死……那個人類的確是個強者。馬雷你的運氣實在很好……那麼森林精靈王呢？」

聽馬雷說完森林精靈王的死法，安茲皺起——不存在的——眉毛。那人抵禦過「時間靜止」表示很有可能擁有施加了相關對策的魔法道具，安茲想把他身上裝備的道具納為己有。但又想先從那個人類身上挖出情報。

要論優先順序，道具比較要緊。那個人類想逃出納薩力克可不是件簡單的事。

（那就派潘朵拉．亞克特過去吧，搜索工作交給那傢伙沒問題。還是說應該讓他去對那個人類收集情報……不，收集情報的話我會比潘朵拉．亞克特做得更好。這樣一來……）

安茲轉向安特瑪。

「安特瑪，妳再等我一下。我現在叫潘朵拉．亞克特過來。」

聽了安特瑪的回應，安茲發動了「訊息」。

Epilogue

雅兒貝德在冰結牢獄迎接了從森林精靈國回來的主人，然後回到主人的房間繼續工作。

如今魔導國毀滅了王國將大片疆土納入統治，再加上其他原因使得她的工作量暴增。但是沒有什麼問題難得倒身為內政專才的雅兒貝德。這是因為他們燒毀了許多都市，連帶著把一些困難的問題——特別是占領政策——也一併燒了個精光。

因此雅兒貝德目前將自己大部分的大腦資源，用來編纂將來魔導國統治各種國家的時候，可以用在各國占領政策上的教戰守則。

直接把用在耶・蘭提爾上的方法擴大到國家等級也不是不行，但不難想像在擴大規模或高低程度的過程當中必定會產生一些扭曲現象。還是從一開始就把都市與國家的方法區分清楚，才能避免日後發生障礙。

當然，她不會以為這些方法可以適用於任何國家。種族不同，風土民情等也會隨之產生巨大差異。但粗略的架構應該還是可以套用。

（完成的資料得先請迪米烏哥斯與潘朵拉・亞克特看過，然後再請安茲大人批准。）

借用那兩人的智慧，一定可以讓自己的計畫雛形更臻完美。

（也可以讓那女孩幫點忙……）

雖然從一開始就讓她英明睿智的主人過目比較快——主人看得必定比那兩人更深遠——是事實沒錯，但她有著身為守護者總管的尊嚴，無法容許自己提出一眼就能看出有問題的議案。

她一邊思考這些事情一邊整理文件時——

『雅兒貝德！妳立刻到冰結牢獄來見我。』

聽到這個「訊息」，雅兒貝德嚇得跳了起來。因為她從主人的思緒中感覺到了強烈的憤怒。

等級區段高到某個程度後，精神控制抗性便成了必備防範措施。這是當然了，因為迷惑或支配等效果在某些時機與場合下可以收到一擊必殺之效。沒有一個樓層守護者沒對這些效果做好對策。

然而儘管程度輕微，雅兒貝德心裡確實產生了畏怯之情。這是因為她只能讓精神控制失效，並不能連內心油然而生的情感也一併抹殺。

雅兒貝德正在瞞著主人展開一項行動。這下恐怕是東窗事發了。

也許就如她所料，是迪米烏哥斯或誰發覺了，向主人及時反應。

但那件事還在實驗階段，並沒有正式開始運作。主人怎麼會因為這樣，就發那麼大的脾氣？

只是主人如果對自己發怒，她能想到的就只有那件事。

不知道是怎麼了。

雅兒貝德急忙發動戒指的力量，前往冰結牢獄。

主人站在從森林精靈國抓來的半森林精靈的牢籠前面。後面可以看到領域守護者尼羅斯特，以及亞烏菈與馬雷的身影。

主人的表情與平時無異。但她還是能從中感覺出激動的怒火。

雅兒貝德撲到主人的腳邊，立刻下跪磕頭。

「屬下罪該萬死！」

「……怎、怎麼了？」

聽到這個困惑的語氣，她立刻明白到主人發怒的原因並不是自己想的那樣。這樣一來，下跪磕頭就是一步壞棋。

不過她在來到這裡的路上已經想好了藉口。主人的智慧在她之上是事實，但經過一段時間的思考，想好的應對策略應該能夠與主人抗衡。

（但願如此……）

「——在納薩力克內有任何事讓安茲大人不快或是動怒，全都必須歸咎於我這個守護者總管做得不好，同時我也覺得對不起翠玉錄大人，因此我認為像這樣低頭謝罪，才是最正確的做法。」

「…………不，錯了，雅兒貝德。我先糾正妳的誤會吧。我現在的怒氣不是針對納薩力克。」

雅兒貝德放心地輕呼一口氣。不是在演戲，是真心的反應。

「那麼，請問究竟是何事觸怒了大人？」

「在我回答之前，妳先抬起頭來……應該說先站起來吧。我不是很喜歡看到無辜的妳下跪磕頭的樣子。」

「謝安茲大人。」

雅兒貝德一邊致謝一邊站起來。

亞烏菈與馬雷一瞬間露出略帶狐疑的表情讓雅兒貝德有點在意，但現在有更重要的事情需要知道。

「那麼是否是那個俘虜吐出的某種情報，冒犯了安茲大人？」

方才主人說過，要用「竄改記憶（Control Amnesia）」收集情報。

主人向她解釋過就連他經過多次訓練，在漫長的歲月中搜尋記憶時，粗估至少也需要幾週的時間，若要仔細查找重要情報，更是需要數年時間。假如還需要竄改記憶，幾十年跑不了。

很多人也許會以為瀏覽記憶是無法作偽證的盤問手法，然而獲得的情報說到底只是當事人以為的真相。不用說也知道，當事人也大有可能受騙上當。

想要證據確鑿，必須以多人為對象偷窺記憶才能作為可靠的情報來源，那樣時間再多都不夠用。所以主人曾經吐露過不如用更簡單的方法獲得情報來得比較實際。

竄改記憶也是如此。

舉個例子，假設主人燒毀了一座村莊，倖存的村民不知天高地厚懷恨在心，尋求力量——雖然絕不可能有這種事，總之這人最後讓自己變強到能夠傷害主人。

那麼如果把主人是滅村仇敵的記憶刪掉是否就能解決問題，讓這男人為主人所用？答案是不行。這個村人在尋求復仇力量的人生當中，大有可能向別人提過他對主人的恨意。除非把這些部分都刪除乾淨，否則男人的心中將會產生巨大矛盾。

因為他會忘記是誰燒了村莊，卻記得某次在酒席上說過「一個叫安茲的不死者燒了我的村子」。

所以主人只是覺得用這招在俘虜昏死過去的期間一樣可以收集情報，反正挺方便的就不妨用它一用。

「——是夏提雅。」

只聽到這句話，雅兒貝德就猜出大致情形了。

「……那女人隸屬於何方勢力？」

「……雅兒貝德。」

「在！」

雅兒貝德單膝跪地。

「妳現在負責的案件除了納薩力克的防衛任務以外，全部可以擱置不理。我準備立刻攻陷、消滅教國。這場戰爭是他們挑起的，我可得奉陪到底……妳不這麼覺得嗎？」

主人的語氣溫柔和善，暗藏於背後的情感卻恰恰相反。不知有多久沒看到主人這般震怒了。

「——是，安茲大人所言甚是。屬下立刻將命令傳達給全樓層守護者，讓所有人進入備戰狀態。」

「很好。請妳立刻就去辦，雅兒貝德。我是說，立刻。」

主人溫柔的聲調讓雅兒貝德渾身顫抖，深深低頭領命。

OVERLORD
Characters

角色介紹

Character 64

安蒂莉妮・赫蘭・富歇

人類種族

antilene heran fouche

漆黑聖典特別席次「絕死絕命」

住處——教都謝克爾山德克斯的聖殿內一區。

生日——不願透露。

興趣——砸錢嘗試各種新奇事物（美食、穿搭等等）。

職業等級——戰士——10lv

狂戰士——10lv

高手戰士——10lv

低階女武神／全能——5lv

武器專家——7lv

盜匪——1lv

暗殺者——5lv

劊子手——10lv

祭司——10lv

高級祭司——10lv

異端審判者——10lv

[種族等級]+[職業等級]——合計88級

●種族等級　職業等級●

總級數0級　總級數88級

{ personal character }

女武神這種職業，一般來說會因為未滿足前提條件而無法習得，她卻辦到了。缺點是由於條件限制的關係只到低階，整體能力以及殺手鐧「勇者之魂」比起女武神也都略有遜色。

如果能夠犧牲大量生命並累積情報，即使是本地人也有可能忽視部分前提習得低階以上的女武神等職業。例如某幾個角色明明等級不夠，卻習得了忍者職業。

但是就實際層面而論依舊只能說辦不到。這是因為女武神的習得難度比忍者更高，就連偏常者想習得低階版本都不可能，造成收集實驗樣本困難重重。

因此，就算有個擁有YGGDRASIL相關豐富知識的人提供支援，本地人也幾乎不可能習得這種職業。

附帶一提，這數百年來在那個世界習得了女武神職業的——儘管只是低階——只有絕死絕命一個人。

女武神在1級時就能成為任一種武器的專家。不過從2級開始也可以選擇一種其他屬性——毆打、揮砍、突刺——的武器系統加以熟習。例如在1級時選擇了騎兵槍的女武神如果在2級選擇揮砍武器，就能使用屬於揮砍武器系統的所有武器以及騎兵槍。只是在這種情況下，勇者之魂也會變得較弱。

即使如此，絕死絕命為了讓自己能夠使用各種武器——六大神的其他武器，選擇承受這個代價。

這是因為她的天生異能類似於接觸感應能力，她認為比起這個壞處，能夠靈活運用多種武具的好處更大。

此外她能夠使用到第三位階的信仰系魔法，但很少靠它們來戰鬥。她使用魔法是為了治療傷口或異常狀態等，而非用來強化自身能力。這種作法證明了她實力高強，因此向來沒有那個必要，但她沒想到這也讓缺乏經驗成了一個弱點，導致了致命性的失誤。

如果她用了信仰系魔法替自己施加增益等，與馬雷的近身戰想必不至於變得如此強弱懸殊。

Character 65

迪肯・霍根

人類種族

decem hougan

森林精靈王

職位——森林精靈王。

住處——森林精靈國的王城。

職業等級——森林祭司——?lv

高等森林祭司——?lv

召喚師——?lv

元素法師（大地）——?lv

生日——兔・14日

興趣——鍛鍊森林精靈們。

{ personal character }

王族的血統至尊至貴，能得到這種血統應該是一種喜悅，這或許也是事實。然而他不承認實力低弱者爲自己的血親，又總是將親生孩子派往容易送命的戰場死地，導致沒有一個孩子活下來。這項事實引起了森林精靈們的反感，但誰都知道要戰勝國王是不可能的事，因此沒有任何人起而反抗。

OVERLORD
Characters

角色介紹

四十一位無上至尊篇

13/41

死獸天朱雀

異形類種族

shizyuutensuzaku

妖怪博士

personal character

於現實世界在大企業經營的大學擔任教授，是公會中最年長的成員。
對於公會方針等問題從不積極提案，對大家的決定也很配合。
這是因為他在現實世界中已經受夠了校園政治以及對企業、學生的阿諛奉承等。
不過他並不永遠是個成熟穩重的大人，
也有著愛玩PK、用瘋狂玩樂拋開煩惱的一面。
職業方面習得了屬於精神系魔法吟唱者的陰陽師，
擅長以魔法應付各種不同的戰術，但硬要說的話比較偏向魔法攻擊角色。

後記

大家好久不見了，我是丸山。

謝謝大家賞光購買本書，並且讀到最後！

我在第十四集的卷末預告寫過第十五集會在二〇二一年的初春出版，結果推遲了差不多一年。可是，既然第十六集出得這麼快，我想大家應該會原諒我吧。

各位會原諒我的，對吧？

一年一集……假如我是讀者，會覺得好像有點慢，但有些事情還是要易地而處才會有所體會呢。現在的丸山十分能夠諒解其他作家老師的苦衷，像是某某作家也有很多事要忙，不可以怪人家之類的。

不過話說回來，這段期間發生了好多事情，真是太難熬了。如果發生的都是好事該有多好，偏偏我總覺得世界上淨發生一些壞事。不過！當這一集上市時，我想動畫第四季應該已經開播了！

坦白講，對丸山來說好像也就只有這麼一件好事，但或許有發生一點好事就該感恩了。如果能提供更多開朗愉快的話題給大家當然再好不過，但很遺憾地，我就只有這點事情能分享……

總之不管怎樣，慶祝動畫第四季開播！

這都得感謝各位的熱情支持。

《OVERLORD》再過兩集就要宣告完結！請大家再陪丸山一段時間……只是就連丸山也不知道還需要幾年就是了。

不過，最後兩集我也希望能像這次一樣盡快接連著推出。話雖如此，這可能會需要一點準備時間。但我會努力試著盡快推出，最起碼也該努力試試看嘛。

那麼，最後容我向為了《OVERLORD》第十五、十六集盡力付出的各位人士，以及賞光買下本書的各位讀者致上最深的謝意。

改日再會！

二〇二二年六月　**丸山くがね**

Postscript by So-bin

礙於日程需求
我必須提前寫後記。
但插畫工作進入最重要的階段，
完全想不到後記要畫什麼！
這次畫第16集封面真的嚴重難產，
不知道成果理不理想……？
畫以可愛角色為主的插畫
平常是一件非常開心的工作，
但不愧是OVERLORD，
還不如畫一些異形生物
來得輕鬆多了。
可是委託內容就是這樣，只能照辦囉！

完
So-bin

©Takuma Sakai 2021 / KADOKAWA CORPORATION

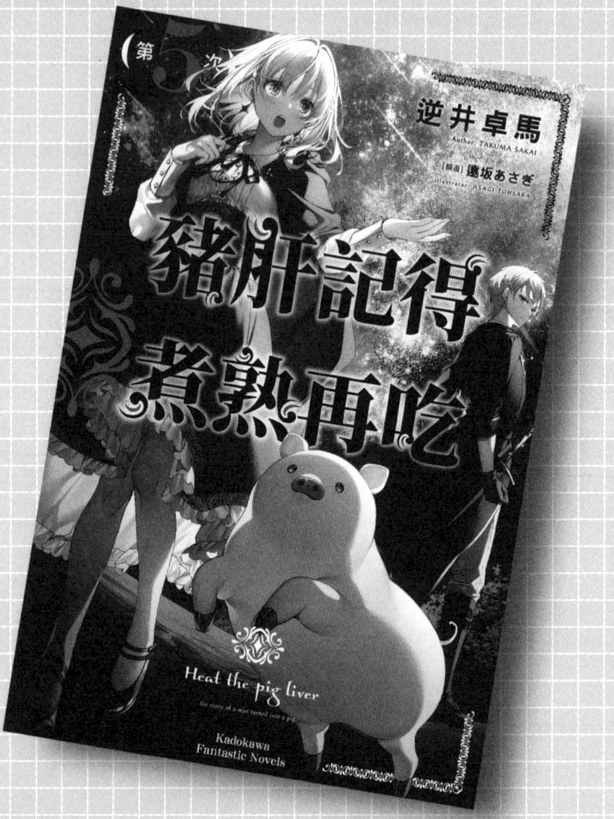

豬肝記得煮熟再吃 1~5 待續

Kadokawa Fantastic Novels

作者：逆井卓馬　插畫：遠坂あさぎ

「請看，豬先生！我的胸部變大了……！」
真傷腦筋，看來這次的事件似乎也不簡單？

總算察覺自己心意的我，想偕潔絲踏上沒有終點的旅程，因此必須奪回被占據的王朝。諾特率領的解放軍、王子修拉維斯、三名美少女與來自異世界的三隻豬，為尋求王牌而造訪北方島嶼，希望能前往反面空間——深世界。據說所有願望在那裡都會具現化……

各 **NT$200~250/HK$67~83**

©Carlo Zen 2020 / KADOKAWA CORPORATION

幼女戰記 1~12 待續

Kadokawa Fantastic Novels

作者：カルロ·ゼン　插畫：篠月しのぶ

世界啊，刮目相看吧！膽顫心驚吧！
我──正是萬惡淵藪。

歷經愛國心的潰壞，以及殘酷現實的擁抱，傑圖亞正試圖架構一個成為「世界公敵」的舞台。比起語言、比起理性，單純地帶給世界衝擊。身為連逃奔死亡也做不到的參謀本部負責人，傑圖亞所圖的，是「最好的敗北」……

各 **NT$260~360/HK$78~110**

©Kazuma Kamachi 2019 / KADOKAWA CORPORATION

新約魔法禁書目錄 1~22 待續

Kadokawa Fantastic Novels

作者：鎌池和馬　插畫：はいむらきよたか

世界的命運託付在三位主角身上
《新約》一切交叉的時刻，最大的決戰即將開始！

亞雷斯塔倒在凶刃之下。上条當麻和一方通行為了對抗惡魔挺身而出……以蘇格蘭為中心的世界崩毀逼近時，美琴和食蜂所見的衝突結果出乎意料！另一方面，濱面仕上為了拯救消失的狄翁·弗瓊，貨真價實的「無能力者」兼無法預測的搗亂者採取行動。

各 **NT$180~300/HK$55~100**

©Matsuri Isora, Nanna Fujimi 2021 / KADOKAWA CORPORATION

Silent Witch 沉默魔女的祕密 1~2 待續

Kadokawa Fantastic Novels

作者：依空まつり　插畫：藤実なんな

魔力測定&恩師赴任——
最強魔女面臨身分穿幫的危機即將崩潰!?

〈沉默魔女〉莫妮卡光是安然度過普通的校園生活就已經讓她精疲力竭，然而身分穿幫的危機卻一波波接踵而至？對大家而言輕而易舉的社交舞與茶會，都讓莫妮卡一個頭兩個大。就在這麼傷腦筋的節骨眼，又出現了新的危機朝第二王子逼近？

各 NT$220~280/HK$73~93

國家圖書館出版品預行編目資料

OVERLORD. 16, 半森林精靈的神人. 下/丸山くがね作 ; 可倫. -- 初版. -- 臺北市 : 臺灣角川股份有限公司, 2023.01

面 ; 公分

譯自 : オーバーロード. 16, 半森妖精の神人. 下

ISBN 978-626-352-162-9(平裝)

861.57 111018407

Kadokawa
Fantastic
Novels

OVERLORD 16
半森林精靈的神人 下

（原著名：オーバーロード16 半森妖精の神人 下）

2023年1月27日 初版第1刷發行
2024年3月22日 初版第2刷發行

作　　者：丸山くがね
插　　畫：so-bin
譯　　者：可倫

發 行 人：台灣角川股份有限公司
總　　監：呂慧君
總 編 輯：蔡佩芬
主　　編：林秀儒
編　　輯：邱瓈萱
設計指導：陳晞叡
美術設計：黃永漢
印　　務：李明修（主任）、張加恩（主任）、張凱棋

發 行 所：台灣角川股份有限公司
地　　址：104台北市中山區松江路223號3樓
電　　話：（02）2515-3000
傳　　真：（02）2515-0033
網　　址：www.kadokawa.com.tw
劃撥帳戶：台灣角川股份有限公司
劃撥帳號：19487412
法律顧問：有澤法律事務所
製　　版：巨茂科技印刷有限公司
ＩＳＢＮ：978-626-352-162-9

※版權所有，未經許可，不許轉載。
※本書如有破損、裝訂錯誤，請持購買憑證回原購買處或連同憑證寄回出版社更換。

OVERLORD Vol.16 HALF ELF NO SHINJIN (GE)
©Kugane Maruyama 2022
First published in 2022 by KADOKAWA CORPORATION, Tokyo.
Complex Chinese translation rights arranged with KADOKAWA CORPORATION, Tokyo.